星星点灯

心心相映

本书编委会

主编　钱爱芙　吴伟锋

编委　蒋莹姣　龚玲娜　倪　玲　冯嘉贤　祁兴芬

王晓薇　鲍艳君　是丹红　张馨之　莫小香

徐　萍　朱　怡　陈雪华　许红云　吴静研

王立成　刘红英　许　颖　边红娟　张　莉

刘丽萍　尹相慧　徐　竹　赵　佳　刘凌骏

花浩东　曹敏娴　蒋　燕　余　燕

钱爱芙　吴伟锋　主编

我们这一年

江苏大学出版社
JIANGSU UNIVERSITY PRESS
镇　江

图书在版编目(CIP)数据

我们这一年 / 钱爱芙,吴伟锋主编. —镇江:江苏大学出版社,2018.12
ISBN 978-7-5684-1019-9

Ⅰ.①我… Ⅱ.①钱… ②吴… Ⅲ.①随笔—作品集—中国—当代 Ⅳ.①I267.1

中国版本图书馆 CIP 数据核字(2018)第 285222 号

我们这一年
Women Zhe Yi Nian

主　　编/钱爱芙　吴伟锋
责任编辑/周凯婷
出版发行/江苏大学出版社
地　　址/江苏省镇江市梦溪园巷 30 号(邮编:212003)
电　　话/0511-84446464(传真)
网　　址/http://press.ujs.edu.cn
排　　版/镇江文苑制版印刷有限责任公司
印　　刷/句容市排印厂
开　　本/718 mm×1 000 mm　1/16
印　　张/14
字　　数/206 千字
版　　次/2018 年 12 月第 1 版　2018 年 12 月第 1 次印刷
书　　号/ISBN 978-7-5684-1019-9
定　　价/45.00 元

如有印装质量问题请与本社营销部联系(电话:0511-84440882)

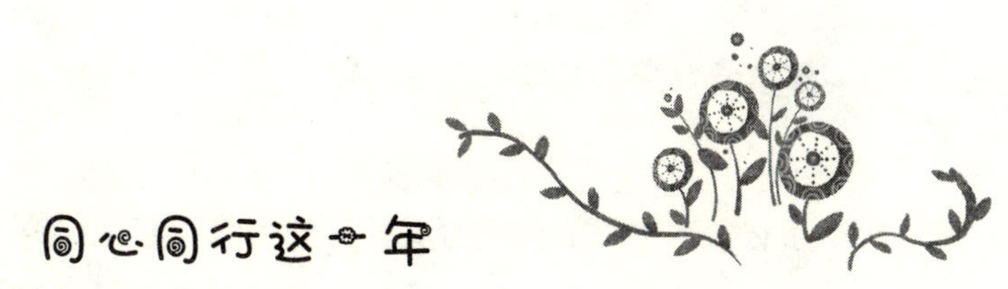

同心同行这一年

《庄子》有云：“始生之物，其形必丑。”但人民路小学的这一年，却是从初生就光彩夺目的一年。

这光芒，来自新教育理念点亮的希望之光。

当下的中国教育，面临着从未有过的困境和挑战：父母对子女未来的高期待导致的焦虑，社会进步和发展中的高要求催生的激进。这些都将成为悬在学校头上的“利刃”。新教育作为一支为中国教育探路的民间教育力量，多年来躬耕田野，为改良中国教育做出了卓越的贡献。

武进区实验小学（简称“武实小”）教育集团对人民路小学（简称“人小”）进行规划和设计，以新教育“过一种幸福完整的教育生活”的核心理念为引领，建设有人民路小学特色的新教育学校文化。学校从“营造书香校园”“缔造完美教室”“家校合作共育”等方面行动，到践行“晨诵、午读、暮省”的儿童生活方式，不以牺牲师生当下的幸福为代价，而是让师生乃至父母的生命借由不断成长获得真正的幸福完整。短短一年的时间，学校就完成了从遭遇父母不信任的艰难起步，到让父母放心、信任并获得众口赞誉的华丽转身。新教育倡导的幸福完整，正是人民路小学的追求，也为人民路小学打下未来发展的底色。

这光芒，来自教师专业成长点亮的智慧之光。

新教育实验在起步阶段就旗帜鲜明地提出了“以教师发展为起点”，更以“职业认同和专业发展”为教师成长的“师之双翼”。人民路小学建校虽然只有短短一年，但读着学校教师的年度生命叙事，却可以深刻感受到其中氤氲着的温润的爱的力量，充溢着的智慧的成长的力量。

爱如果没有尊重为前提，就缺乏根基，难守边界，而爱如果没有了智慧，更可能会成为反教育的力量，甚至沦为学生的灾难。在人民路小学这个大家庭里，无论是有着多年教学经验的老教师，还是刚刚入职的新教师，他们的目光都因为聚焦于孩子的成长，所以无一例外心怀谦卑和敬畏，尊重孩子成长的节律，尊重教育自身的规律。他们阅读经典丰盈生命，从苏霍姆林斯基到陶行知；他们阅读学生丰富经验，从自己的班级到伙伴的班级。在他们眼里，学生不再有优劣而只有个性，班级不再有问题而只有契机，教育生活不再是琐碎中的烦躁和懈怠，而是时刻充满了希望和惊奇的旅程……老师们在人民路小学这个温暖的团队里，以探索和努力、敬业和专业享受着职业的幸福。

这光芒，还来自家长高度认同赢得的信任之光。

家庭是孩子的第一所学校，父母是孩子的第一任老师。只有当家长和教师育人目标一致的时候，教育的合力才能发挥到最大。而赢得家长的信任和支持，首先要让家长认同学校的教育理念。武进区实验小学在武进区的声誉和影响力珠玉在前，虽然人民路小学与之是隶属关系，但家长们最初依然对人民路小学这所新的学校充满了疑虑。面对这样的困境，钱爱芙校长和学校领导班子一起带领学校教师，从课堂到课程，从教学到科研，夯实基础，提升教学质量，让家长看到孩子成长最好的模样；以推动“亲子共读”、开设“家长开放日”、举办“专题讲座”等方式引领父母成长，让家长认同学校教育理念。

人民路小学就这样以务实的作风、扎实的行动，赢得了家长的信任，更赢得了良好的社会影响力。

因为同心，所以同行。追寻幸福完整的教育生活，人民路小学已经在路上。很荣幸能作为见证者之一，见证这粒新教育种子的蓬勃成长，期待人民路小学在未来开出绚烂的新教育之花。

愿继续和你们一起，同心同行！

中国教育学会家庭教育
专业委员会副秘书长
蓝　玫
2018 年 6 月 30 日

目录

第一部分： 星星点灯

第二部分： 心心相印

第一部分
星星点灯

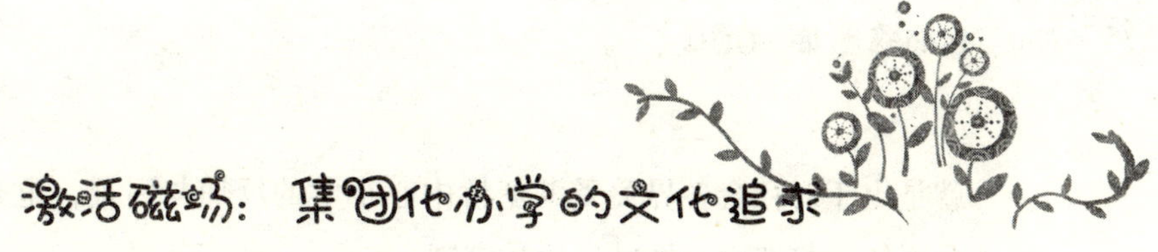

激活磁场：集团化办学的文化追求

钱爱芙

教育没有终点，我们永远在路上。

泰戈尔说："教育的目的应当是向人类传送生命的气息。"教育，就是淬炼心智，成己达人！所以，我们追求——一切为人的发展而为的教育；我们建设——一种促进教师学生健康幸福发展的生态环境。我们相信：做教育，追求什么，就是什么品位的教育；做到什么，就是什么层次的教育。

于是，从湖塘桥中心小学到武进区实验小学教育集团，从一所学校到一个集团，我们反复追问当年出发的初心，重新开始关于"教育、办学"的寻找。我们深知：集团化发展，是一种挑战；集团化发展，说到底是文化的发展，站在文化的高度重新审视和研究，重新定位文化的生态建设，提升文化能力，增强文化自信，形成文化智慧。把文化建设的过程当作集团发展的过程，使整个集团校形成和而不同、既统一又开放的文化生态，才标志着集团化办学的成功探索。

如何清晰集团化办学的新认识？

习总书记说过："时代是思想之母，实践是理论之源。"集团化办学要求我们在实践上大胆探索、在理论上不断突破。首先，我们思考的是如何清晰集团化办学的新认识？

集团化办学是时代的要求，新时代的发展迫切要求相适应的全民基础教育，实施集团化办学是扩大优质教育资源共享的一种重要途径。集团化办学也是学校的追求，我们站在这个历史起点创办教育集团，

就是出于对社会各界关爱湖塘桥中心小学的反哺与回报，也是承担社会责任，打造中心城区优质教育圈。

对于“集团”二字，我这样理解：集，指集合，集你之长，合我所有，集团化办学就是要构筑共建共享的教育共同体；团，指团队，聚成团、抱成团，我们要打造一个既能相互奉献又能彼此支撑的优秀团队。通过集团化办学，打破学校间的“资源墙”和“理念墙”，学校发展不再是孤军奋战，而是站在一种平等合作、协同创新的立场，建立多元共生的格局。

每个生命都要结伴而行。一个人可以走得很快，一群人却能走得更远。在一路的携手同行中，相互加持，彼此成就，让教育的美好次第花开。

如何进行集团化办学的新实践？

清晰了集团化办学的新认识，我们在思考：如何进行集团化办学的新实践？

我们认为，集团化办学不能只停留在形式的聚集上，更应该关注如何将合并后的学校建成“扩大了的优质学校”。

基于此，我们制定了集团发展的三年行动纲要：

围绕一个中心——探索并建构小学集团化办学的实现方式。

锤炼两支队伍——集团领导团队；骨干教师队伍。

探索三种模式——一体化办学、连锁办学、项目带动。

形成四大机制——核心校负责与成员校参与的协同创新机制；整体策划与分校推进的组织实施机制；质量保障与研究创新的复盘评估机制；岗位履职与校际交流的流动合作机制。

处理五种关系——长程规划与分步推进的关系；整体联动与项目合作的关系；文化渗透与个性发展的关系；岗位培养与校区流动的关系；深化研究与质量提升的关系。

开展多种实验——“上善书院”课程基地的建设；“国际理解教

育”的打造；“BYOD”项目的研究；“知行德育”品格的提升；“新教育实验”的推进；“4H 实践创新课程”的研发；《学科校本指导纲要》的创编等。

我们深知，集团化办学既要有仰望星空的美好愿景，更要有脚踏实地的坚定步履。我们将通过三个路径来保障目标的达成。

路径一：创新育人模式

孩子成长永远是武实小教育的出发点和归宿。在“成为儿童，成就儿童”的育人理念指引下，我们提出了“用上善孕育每一颗叫作儿童的种子”的培育计划。种子生长需要两种力量：内部觉醒与外部滋养。我们把上善理念分解为六大培养支柱：书院精神、经纬课程、知行德育、分享性评价、建构式环境、共同体管理；创新了“2 + 5”育人模式，即内部觉醒儿童的基本意识和基础能力；通过优质的课程、优质的项目、优质的教师、优质的资源和优质的机制五位一体实现外部滋养。

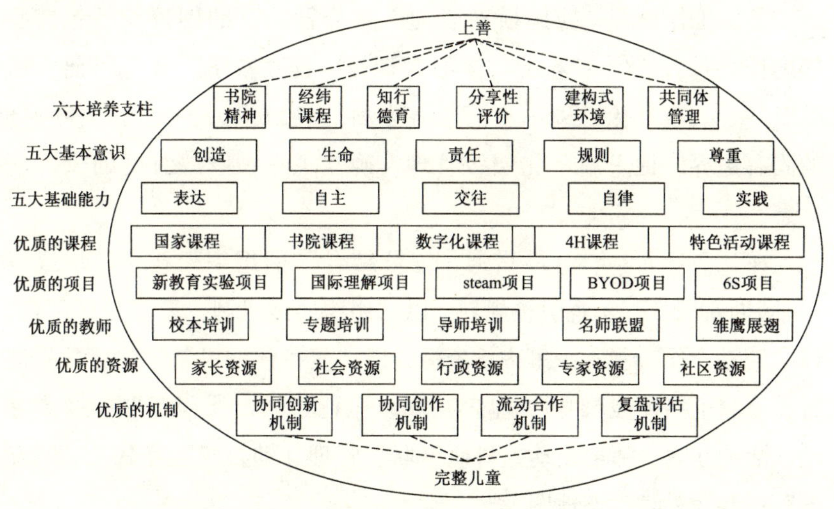

武进区实验小学育人模式图

“种子计划”的创新建构，使集团建设理念“上善 +”得以丰厚，形成了深化改革的驱动内核，并使集团办学有了具体明确的思考与实践路径。

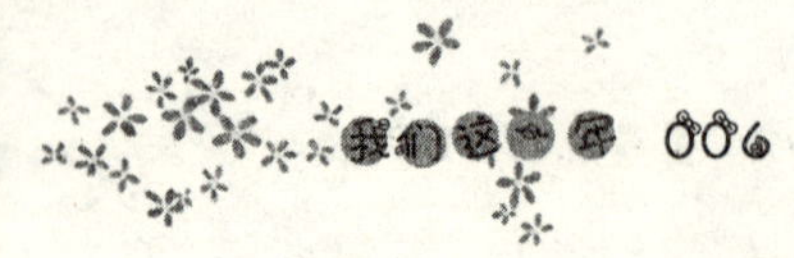

路径二：创新组织架构

设立"集团创新管理委员会"。下设"一院两会四中心"：一院——上善书院；两会——学术委员会（以宏观的战略的校本设计为主，关注整体性、理论性）、督导评价委员会（以学科指导评价为主，关注专业性、实践性）；四中心——课程教学研究中心、教师发展中心、学生发展中心、后勤服务中心；从文化设计师、家校重构者、发展规划师、课程整合师等角度引领集团每个校区的品牌特色打造。采取"移动＋联通"的工作机制，到各校区开展项目研发、实施、评估，具有一定的项目自主权。学期或学年末，集团将以成果展示的形式对各研究项目予以评估。

校区校长蹲点，实施纵向管理。一名集团副校长分管一个校区，负责校区的日常事务管理。集团总校长与分管校长密切联系，各校区落实集团整体发展规划，并将落实情况及时反馈给集团校长，以便集团及时改善服务校区。

条块工作统领，实施横向联通。除分管校区的副校长外，核心校副校长每人统领一条线工作的管理——教育教学、教育科研、后勤服务、人事宣传。进一步消融各学科、各班组、各部门、各校区的固有边界，促进扁平化层级管理，确立了一种收放有度的管理新生态。

在"条块并举、纵横贯通、统分结合"的组织架构下，形成以"协同创新机制"宏观引领规划，以"组织实践机制"落实校区工作，以"流动合作机制"统筹内部资源，以"复盘评估机制"强化效果监督，绘制了集团发展中"理念互联、运行互动，课程互联、课堂互动，活动互联、师生互动，科研互联、管理互动，校区互联、品牌互动"的集团管理生态地图。

路径三：创新资源共享

师资培训共享。集团成立干部教师的专业精修学堂和职业成长基地——上善学院。上善学院以"日常性育人即专业化研究"为价值取向，秉持"任务驱动、项目推进、伙伴学习、平台集成"的发展思路，设立“新儿童研究院”“新教师研究院”“新父母研究院”等教育共同体，为每一位学员创造体验实践的综合研修场所。

学科资源共享。集团统一制定并下发学科校本指导纲要，对教材的二度开发、组织方式的改变、知识内容的拓展、质量考评的指标等多个方面给予明确量化，超越学科中心，形成“学科的课程资源库”，促进集团各校区的教育教学质量整体提升。

基地资源共享。打通集团内部各学习中心、体验区、博物馆等学习场所的流通，使资源最大化，让各校区的学生都能享受到集团内的教育资源，以“让学生走进不同的学校，体验不一样的精彩”为目标，打破校际壁垒，将学校特色转化为集团共享资源。

如何找寻集团化办学的新表达？

在确定行动纲要和实施路径的基础上，我们在设计、找寻集团化办学的新表达。“设计”应该成为教育者的一种思考方式。用设计改变教育，以教育设计未来。

我们探索着集团发展的密码：

相同的教育哲学——上善；

共同的办学愿景——上善文化，丰富教育，完整儿童；

共同的文化愿景——成为儿童，成就儿童。

来！来！来！来到小孩子的队伍里，发现你的小孩。你不能教导小孩，除非是发现了你的小孩。

来！来！来！来到小孩子的队伍里，了解你的小孩。你不能教导小孩，除非是了解了你的小孩。

来！来！来！来到小孩子的队伍里，解放你的小孩。你不能教导小孩，除非是解放了你的小孩。

来！来！来！来到小孩子的队伍里，信仰你的小孩。你不能教导小孩，除非是信仰了你的小孩。

来！来！来！来到小孩子的队伍里，变成一个小孩。你不能教导

小孩，除非是变成了一个小孩。”

——陶行知《教师歌》

“上善”是集团核心校武进区实验小学长期秉持的教育哲学。在多年的办学历程中，我们形成了臻善的办学品质、精善的学校文化、忠善的教师文化、养善的学生文化，以及和善的家校文化。落实立德树人的根本任务，“上善”不仅仅是办学理念，更是一种育人模式，在不同学校有着不同的实施方式。当然，集团化办学不是母体基因的简单移植，既要尊重各校发展的历史性，也要强调区域发展的现实性。暑期，我们对每一所成员校进行了 SWOT（Strengths、Weaknesses、Opportunities、Threats，SWOT）分析，更为全面、系统、准确地了解了各成员校的发展态势，思考了各校区上善文化的校本特色、上善文化的实现方式，以及各校的打开、呈现方式。在此基础上，我们提出了“和而不同、共同发展”即“上善 +”的集团理念，形成了一个价值融合、逻辑自洽的上善理念群，设计了各校区发展的新表达。

武进区实验小学——上善·成己达人

武进区实验小学有着丰厚的文化积淀、丰富的教育资源和丰硕的教育成果。创建的省级特色文化项目——书院课程，已具备了一定的课程影响力，形成了特色鲜明的课程品牌。

我们着力打造“上善·成己达人”的武进区实验小学，这是一个最有书院系课程的学校、最具人文性教育的学校。这里有着独立自主的管理体制：教师即课程，儿童即课程，每一个人都是课程的创造者、实践者、体验者；这里有着灵活而富有弹性的课程内容：每学期开设 100 多门课程供学生选择，涵盖规则与礼艺、人文与科学等五大学习领域的 10 个学科范畴，构筑了促进学生全体发展、多元发展、个性发展的课程图谱；这里追求道德与学问并进的文化精神：学风自由纯正，学规严谨合理，注重自身修养和人格建树，追求真理，尊重科学。在这片令人向往的文化圣园里，儿童在这里可以获得属于自己的阅读“领地”，灵魂在这里诗意地栖息。

我们学校有一个五年级的孩子，特别喜爱阅读，他的个人藏书已经达到了500多本，而丰富的阅读，也为他的发展提供了丰厚的底蕴，他在器乐、计算机编程等方面都取得了优异的成绩。为此，学校特意在季子堂为他设置了一个专属的阅读区，他可以在任何时间到这里来阅读他喜爱的书籍，放飞思维的灵性。哪怕他今后从武进区实验小学毕业了，读了中学、大学，都可以回到这里。

我们相信，教育不仅仅是此时，教育更应该是彼时，是生命中的每时每刻。

教育最大的成功体现在人的发展，所以核心校的发展就叫作成己达人，成为儿童，成就儿童。

花园校区——上善·审美

花园校区拥有雅致优美的校园环境，近几年开发并建构了一系列将儿童、知识、自然、社会融为一体的特色课程群，努力实现个体与群体，自我与环境的和谐共生。学校教育要培养儿童有一颗丰富的心灵和感受人生之美、大自然之美的能力。因为美的存在，儿童的生命才会丰盛优雅。我们诠释了花园校区的新表达“上善·审美”。

“上善·审美”的花园校区，是一座满目青翠、鸟语花香的自然花园，更是一个关注“手、脑、身、心”生命共长的“4H”的生态乐园。在这片上善生态园中，我们把课程融入自然、融入环境、融入社区、融入社会：孩子们在农博园、百草园、农艺馆中开展4H俱乐部、4H事件、4H露营、4H会议、4H课外活动……组织学生开展小课题研究，让学生学会用美的眼光透视世界，用美的情怀丰富内心，用美的艺术感化人生。学习像呼吸一样自然，师生展现出了最美的生命姿态。

李公朴校区——上善·适合

李公朴校区以弘扬公朴精神为主线，在民主管理、民主德育、民主教学等方面取得了卓越的成效，并形成了有底蕴、有特色的“李公朴”校本课程。

一位诗人说：“儿童是未被承认的天才。”儿童有自己的哲学，儿童有自己看待世界、社会和自然，以及自己的方式。儿童需要被尊重，

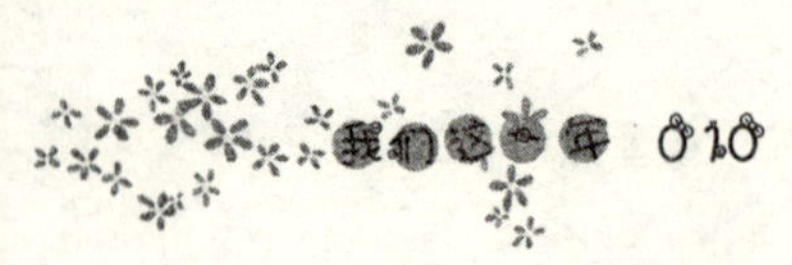

儿童的成长需要丰富多彩的时空和更加丰富多彩的平台。为儿童提供可选择的教育、多样化的教育、适切的教育，是教育人应有的情怀。

“上善·适合”是李公朴校区的新表达，这是一片儿童人格孕育的精神领地，适合不同儿童自然生长的精神家园。它既遵循教育规律，又尊重儿童本义，让儿童自主选择课程、自发设计活动、自觉规划未来。它遵循教育该有的整体节律，给每个孩子构建丰富而灵活的教育生态。公朴精神在这里孕育，公民道德在这里萌发，真善美在这里和谐统一。

人民路校区——上善·开环

人民路校区有着广阔的发展空间，它是一所全新的学校，无论是校园环境的建设、学校文化的创生、团队精神的凝聚，还是特色项目的打造，都存在无限可能，更具设计感和开放性。我们设计了人民路校区的新表达——“上善·开环”。开环教育，是一种自定节律的教育，是自主、自由、灵活的理想教育。

“上善·开环”的人民路校区，是一所全新的儿童学习乐园、一个“以学生为中心”的开放的互动平台、一片儿童成长的栖息地。新教育实验的育人理念、“互联网+”的技术支持、国际视野的世界情怀将是教育开环的三大路径。在这里，原本固化的规定学期划分将被打破：学生置身于“半学期制”“学期制”“大学期制”的弹性学习周期，逐步形成建立在学科群思想上的高选择性套餐式课程体系，包括科目的选择和层次的选择，让学生在选择课程的过程中认识到自己真正喜欢什么，思考如何认真对待未来。或许，当下的教育还不能完全达到这样的理想境界，但“虽不能至，心向往之”。

我们都相同——我们有共同的文化追求、共同的办学理念。“大家相同，大家都好。”

我们又不同——集团化办学不是标本化、同质化。我们又不同，因为每个学校都有自己的办学追求，有着各自个性化的表达。“大家不同，大家都好。”

我们都相同，我们又都不同，因此就是和而不同、共同发展，从而达到一个良好的文化生态，这是我们集团化办学的最高境界，也是最大成功。“和而不同，大家更好。”

我们想要的学校是一个充满生命力的地方，是一个汇聚美好事物的地方。集团化办学的文化共融、特色互融、抱团发展，形成了强大的教育磁场，让所有参与者产生精神共振，永远活在被启发的生命状态里，这就是我们集团化办学的文化追求。

大视野、大格局、大人文是武进教育的特色。教育的美好也许就在于它是面向一切美好可能的开放性接纳与尝试。为了美好的教育，我们更加坚定、更加自由、更加谦逊。教育没有终点，追求没有止境，我们一直在路上！

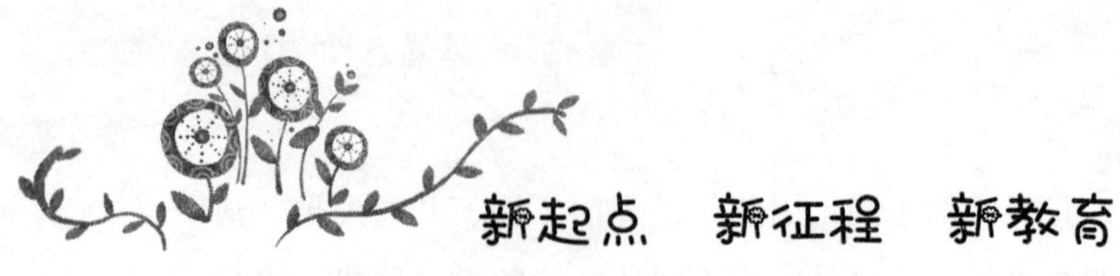

新起点　新征程　新教育

吴伟锋

人民路小学地处武进高新北区，总投资近1.7亿元，占地60亩左右，建筑面积近3.7万平方米，设计为8轨，共48个班，每班大概45人，共可容纳学生近2500名。在武进区教育局全面推进集团化办学的大背景下，人民路小学成为武进区实验小学教育集团的四分之一。人民路小学的教师主要来自于武进区实验小学的骨干教师、李公朴小学的“明星”教师和局委派的优秀教师等，教师团队结构合理，富有活力。2018年2月，新学校正式启用。

学校新面貌　润物细无声

这里，上善若水；这里，师爱满园。一砖一瓦都是知识的承载，一草一木都是美妙的音符。梦想大厅：“过一种幸福完整的教育生活”阐述了教育的真谛；梦想长廊：让孩子穿越“行动之门”“星星之门”“创新之门”“心灵之门”“信仰之门”“幸福之门”；梦想剧场：孩子们展示自我、放飞童年的舞台。宽阔的操场，回荡着孩子们的欢声笑语；一流的室内体育馆，活跃着孩子们矫健的身影；整洁的食堂，孩子们品尝着可口的饭菜。完美教室的打造，让每间教室有主题、有故事，丰富了孩子们的学习生活。音乐教室、科学教室、少先队室、图书阅览室、心理咨询室……室室精彩；至善楼、知善楼、行善楼、成善楼、斋善楼……楼楼雅致。

开学以来，武进区区长戴士福、副区长张小虎等先后走进人民路小学；教育局郑局长、谢局长也来校指导；高新北区杨书记带领班子成员来校调研。我们还接待了宁夏教师团的来访，与首期“苏粤渝”优秀中青年校长高级研修班的领导对话，与海南屯昌骨干教师团队碰撞，与扬州蜀岗区考察团互动。我们在分享中前行，在悦纳中成长。

家校新合作　共栽幸福树

师长应有家长之心，家长应有师长之心。“家校合作”是人民路小学发展的重中之重。开学前，一百多位家长主动参与新校投入使用的准备工作，清扫校园、布置教室、摆放绿植……校园里时时活跃着他们的身影。每天早晨的家长护学岗更是成为校门口流动的风景，为孩子开车门，帮孩子撑雨伞，带孩子过马路……他们用行动传递着真、善、美。开学第三天，就有家长在“化龙巷”发帖“点赞老百姓的好学校——人民路小学”。3 月，我们召开了家委会代表会议，王晓薇主任做了“守望成长 相约美好”的主题汇报，大家还共同谋划了新学期的工作。4 月，我们举行开放日活动，家长们观看学校资料片，观摩课堂教学，与老师面对面交流。一位家长在反馈表中这样说：“孩子进入小学后，懂得谦让，比较宽容，特别有礼貌。学习习惯变得越来越好，语言表达能力也提升了很多。老师能悉心教导每一个孩子，让孩子懂得感恩，很多学校活动都让孩子一点点地被感化，越来越善良”。5 月，我们邀请常州幼儿师范王坚定主任为全体家长做“学现代礼仪　做魅力父母”专题报告。王老师广博的知识、优雅的示范和智慧的表达，使家长们深刻认识到“礼仪是伴随孩子一生的财富”。6 月，学校组织开展“我们这一年”主题征文比赛，让家长记录与孩子、老师、学校共同成长的故事。我们的家校合作文化正在不断丰富和深刻。

学生新课程　满园皆是春

朱永新教授说：“教室是一根扁担，一头挑着课程，一头挑着生命。卓越的生命是由卓越的课程润泽起来的。”这学期，我们积极推进新教育实验，为孩子们提供了丰富多彩的“xin课程”菜单。例如：我们的“晨诵、午读、暮省”，让孩子们在绘本中畅想，在经典中浸润，该活动通过孩子们说一说、演一演，家长记一记、评一评等，让孩子们和家长在共读中成长，在共读中享受亲情；“我们去哪儿”课程，引领孩子们饱览世界各地名胜，感受自然的博大，享受生活的美好；“新生命教育”课程，以孩子们身心舒展为前提，让养成和交往成为个体生命的自觉与互动；“彩虹花晨读”在线课程让孩子们与全国名师零距离接触；我们成功加入了全国“彩虹花和阅汇成长共同体”，有4名学生被评为年课程“打卡小精英”；“超级爸妈”课程邀请家长中的“能人”为孩子们授课，有制作彩虹伞、缤纷魔术秀、安全知识讲解、科学实验观察等，课程生动、多元、跨界；二胡、古筝、国际数棋、跆拳道、羽毛球、儿童画、少儿舞蹈等兴趣课堂也让孩子们学有所长，乐在其中。

我们还积极推进班本课程建设：一（1）班的“赞赞武进好风光”课程，让孩子们“知人文、读历史，感受武进大好风光”；一（2）班的“小种子”课程，引领孩子们亲近自然、品味收获；一（3）班的“好家风好传承”课程，让孩子们了解家风，传承美好；一（4）班的“我与绿植共成长”课程，帮助孩子们从小树立“爱绿护绿”意识；一（5）班的恐龙课程，激发了孩子们探索的热情；一（6）班的“妈妈，我爱你”课程，让孩子们懂得感恩；一（7）班的“环保小卫士”课程，让孩子们学会担当；一（8）班的“我与彩虹花的约定”课程，让孩子们在完美教室中幸福成长。

教师新发展　百舸竞风流

吕型伟先生曾说：教育是事业，其意义在于奉献；教育是科学，其价值在于求真；教育是艺术，其生命在于创新。我们努力让专业成长成为生命自觉。

首先，这学期，我们邀请全国“彩虹花”和“阅汇”领衔人时朝莉老师来校示范绘本教学，中国教育学会家庭教育委员会副秘书长蓝玫老师为我们指导“完美教室”的打造，江苏省中小学教学研究室万伟博士应邀指导课程建设。其次，我们开展了“善：文化中的幸福相遇”“幸福比优秀更重要”等读书沙龙活动。再次，我们研讨班本课程，开展基本功竞赛，承办市小学科学同题异构活动和区少先队辅导员科研会议。最后，我们建立了“教育在线”专题帖，鼓励老师们每周上传教育随笔。老师们在学习中前行，在反思中提升。陈雪华的论文在《常州教师教育》发表。蒋莹姣、龚玲娜赴上海教育报刊总社参加《现代教学》全国征文颁奖活动。吴静研获江苏省“五四杯”论文评比一等奖。其他老师在区级以上发表论文、案例达 40 多篇。王晓薇、蒋莹姣受邀执教“彩虹花”网络直播课，为全国 500 多个班级的孩子授课。蒋莹姣获武进区语文评优课一等奖，陈洁获武进区班主任基本功比赛一等奖，尹相慧获武进区体育评优课一等奖，张馨之获武进区道德与法治评优课二等奖。老师们用激情点燃梦想，用智慧成就精彩。

活动新表达 携手创未来

幸福在哪里？不在教鞭下，也不在分数里，而在美妙的歌声中，在欢乐的海洋里。开学的“知善礼”，我们写善字、赠善帕、唱善歌、行善礼，让“善”的种子根植在每个孩子心间；元宵节期间，孩子们一起赏花灯、猜灯谜、搓元宵，感受传统习俗；“幸福在身边”主题活动，让孩子们在“三八”节为妈妈分担家务、送上祝福、表达感恩；“做雷锋式的好儿童”讲故事比赛，弘扬了雷锋精神，提升了讲演能力，蔡圣艺同学还被评为“常州市学雷锋先进个人”；“出彩少儿星”才艺比赛中，表演的孩子专注投入，观看的孩子鼓掌喝彩，他们收获了彼此的尊重；“童心画文明”少儿手绘墙比赛，让孩子们走进东庄社区，体验了别样的课堂；《迷彩酷娃》《吟诵经典》在集团文艺会演中博得了阵阵掌声；“漫游童话国”“我是设计师”“运动小达

人”，让孩子们今年的“六一”节“有意义更有意思”；“为你点赞”积分评价、“阅读小明星”评比、“彩虹花志愿者”行动等特色活动，让孩子们热爱阅读、热心公益；我们自编自演的法制情景剧《动物自护秀》获武进区一等奖。

孩子喜欢的老师就是好老师，孩子喜欢的学校就是好学校。今后，我们定将“不忘初心，牢记使命”，努力“办人民满意的教育”，“办老百姓家门口的好学校”，让人民路小学成为每个孩子“梦想开始的地方”。

匆匆这年，纸短情长

蒋莹姣

千山万水相聚的一瞬，
千言万语就在一个眼神，
生活是个复杂的剧本，
不改变我们生命的单纯，
不问扬起过多少烟尘，
不枉内心一直追求的安顿，
不管走过多远的旅程，
……

凉风有幸，花开如许，美好的时光总会悄无声息溜走，走过的地方，留下一串串我们的脚印，也遇见了最好的我们。2017 年，我和人民路小学相遇了。或许是微信群里一声声的问好，是孩子们“六一”节绽放的笑容，是晨诵中重拾对诗歌的热爱……无论是哪种，在这一年人民路小学精彩纷呈的活动里，每个人都能找到自己的专属回忆！

开学初，《人民日报》的一篇文章《孩子，妈妈希望你能遇见一位手持戒尺、眼中有光的老师》刷屏网络。而我们，眼中有光，心中更有爱！我们对学生的爱，不是教育策略，不是教育技巧，甚至不是教育艺术，而是从心底里自然散发的一种芳香。

据说无论苏霍姆林斯基出现在校园的什么地方，总会有一群学生围上前去，而这个时候，在苏霍姆林斯基的脸上就会呈现出孩子般纯真的笑容，气氛其乐融融。同样，在人民路小学，校园不仅成了家园，也成了乐园，所有孩子都是自由舒展的生命，都被尊重、被关爱着。面对一批批来校参观的客人、老师，孩子们总能报以礼貌的问好和自信的微笑，全然不见一年级孩子的羞怯，只有天真和热情。

为此，老师们付出了太多太多。打造完美教室，让孩子们有了专属的学习空间；设计班本课程，为孩子们“量身定制”更丰富的实践体验；坚持晨诵课程，在晨光中用诗歌把孩子们吻醒；讲述精彩绘本，给予孩子们更温暖的启迪；开设艺选课程，引领孩子们走进多彩“xin”世界……我们以“上善·开环”为指引，倾注心力发现和创造一切机会，帮助、引导和促进学生发现自身潜力，在与外在世界的积极互动中，认识自我，找到自我。以真挚的爱，化解顽童之愚顽；以真情的爱，抚平受伤的心灵；以平等的爱，温暖每一个学生。这份爱，如此细腻，如此温柔。

桃李不言，下自成蹊。从没有试过每天收到礼物，自从与我的孩子们相遇，就感觉天天泡在蜜里：今天是小马给我画的画像——美得让我不好意思，明天是小静送的心形折纸——“老师，这是多功能的哦，你看，还能当书签呢”，后天又是一诺塞给我的糖果，还有很多小手工、小卡片。不过，我最羡慕的是许老师收到的那份礼物——亲亲热热的一个吻，不知什么时候我也能收到呢？

孩子是最单纯的，也是最懂得感恩的，他们总会用最直接的方式表达自己对老师们的爱，也许这种回报、这份爱，并不是老师们最初的期许，但依然可以看成意外的奖赏，不是吗？

我们爱孩子，家长也信任我们。孩子的成长离不开家庭和学校的教育。家庭是孩子成长的第一所学校，父母是孩子的第一任老师，良好的家庭教育是孩子健康成长的基石，家长是学校发展道路上不可缺少的伙伴，我们也爱着我们的家长。

让我慢慢地靠近你，我的家长朋友；让我轻轻地告诉你，你的孩子有多棒。家访这一沟通形式伴随着人民路小学走过了这一年的春夏秋冬。一位孩子的妈妈这样说：“说真的，之前挺怕老师家访，毕竟孩子的毛病还挺多的，怕尴尬，但面对面聊一聊，发现老师比我还了解我的孩子，也学到了很多教育孩子的窍门，虽然我也许要付出更多时间，但我和孩子心与心的距离近了，特别感谢我们的老师。”受访家庭感动，其他家庭激动，都期待老师的下一站是自己家。老师与家长心与心的距离也近了。

语言学家告诉我们，要赞美一位母亲，你只需赞美她的孩子就可以。同样的道理，当你表扬学生的家长时，肯定比表扬学生本人更让人感动。于是，在所有的评优评先活动中，我们都有属于家长的荣誉；我们还提供了“超级爸妈”课程，这个舞台让很多家长有了“传道授业”的机会。“超级爸妈”可不是谁都能当的哟，那一双双专注的小眼睛、那一只只高举的小手、那一声声“哇，好厉害”，不也是一份荣誉吗？家长在这个过程中，不仅体验了当老师的感觉，也有了一份主人翁的意识。

亲子共读，是我们送给孩子和家长最好、最有深意的礼物。一本本绘本，搭起了亲子沟通的桥梁，家长和孩子在你说我写、共同创作的过程中，用真诚打动了彼此，阅读使他们真的走近了，使他们真的沟通了，阅读极大促进了学生和家长的共同成长。

此外，我们还通过“家长开放日”“专题讲座”等比较重要的家校沟通方式来提供机会让家长与孩子、与老师、与其他家长共同学习、交流、探讨。让广大家长了解认识学校教育，尽可能地帮助和指导家长建立科学的教育理念，想方设法激发起家长自主参与教育管理孩子的积极性、创造性，使家庭和学校教育一脉相承、同步运行、形成合力。

虽未“一见钟情”，但我们用爱感动了家长，当家长们自发地来为新校搬迁做准备工作，自发地转发学校活动初页为学校做宣传，自发地到校门口维持交通秩序时……我们知道，“单相思”已经结束了。这只是开始，将心比心，以心换心，家校携手，我们有更远的路要走。

我们爱自己，同时也关爱彼此。作为一名教师，身上的确背负着重大的责任。我们有好多高大上的代名词：最光辉的职业、人类灵魂的工程师……为了更好地去爱，我们也懂得爱自己。爱自己，不是安于享乐，也不仅仅是保证自己身体健康，而是有追求，让自己变得更优秀。很喜欢一句广告词——“不做下一个谁，做第一个我”。怎样

的“我”？无愧年华，无愧初心。我有时也会问自己：何必呢？但最后都会告诉自己有必要，而且有必要做得更好！

我第一次上“彩虹花”晨读时，20分钟的直播课，尽管做了各种准备，但还是出现了一些小状况。最郁闷的是，5分钟前试上课时还一切正常的摄像头，正式直播时却一直是“正在连接”，那不停旋转的小花，转得我心都凉了一半。虽然孩子们看不到我，但我依然微笑着上完整节课，因为我相信，他们一定能从我的声音中感觉到我的表情。20分钟太短了，我还没讲够呢，有太多遗憾，我知道我可以做得更好。当时朝莉老师问我：“还要不要再上一次？”几乎是一瞬间，没有经过任何考虑，我回答： “要!”为什么不要呢？有什么理由不要呢!

我爱自己，因此不愿将就。我们都爱自己，因此才有了这一年人民路小学的成绩：尹相慧老师在区体育室内评优课中获小学一等奖，陈洁、张馨之老师获区道德与法治评优课二等奖，我获得区小学语文评优课一等奖；工作第一年的张莉、是丹红老师分别执教了区级公开课；老师们的论文在各级各类论文评比中屡获佳绩。当然，所有的这些，都离不开我们这个团队。一个人可以走得很快，但一群人能走得更远，我们就像一群大雁，同抱初心，将振翅高飞。

“夫人之相与，俯仰一世……当其欣于所遇，暂得于己，快然自足，不知老之将至。”这一年，我从“小蒋”，变成了“老蒋”，虽有些许伤怀之感，但更多的是因被信任、被依赖而产生的幸福感。泰戈尔说过：“有一天夜晚，我烧毁了所有的记忆，从此我的梦透明了；有一个早晨，我扔掉了所有的昨天，从此我的脚步就轻盈了。”下一年，期待更好的我们。

我们这一年

龚玲娜

不知不觉，一年快要过去了。回想这一年的工作经历，有唏嘘，也有感动；有辛酸，也有喜悦；有奋斗，也有收获……

2017 年 8 月的一天，突然接到一个电话，让老师们赶紧到人民路小学去帮助协调。等我们赶到新校区，才发现有几百个新生家长在学校里，有几个家长正拿着大喇叭站在中间演讲。这到底是怎么回事呢？当了十几年老师的我还是第一次见到这样的事呢！我站在人群中，悄悄地问了一圈周围的人，原来是家长们不放心孩子在新校区上课，他们担心新校区的环保问题。有几个在以前老学校里就认识的家长直接问我："你们这里的老师都是哪里来的啊？怎样才能转到老学校去？"听到这些话，我觉得其实他们担心的不仅是环境，更多的是担心新学校的老师们都太"新"，教学经验没有以前学校的老师丰富。说白了，就是对新学校不信任。既然有这么多家长来，就表示有这么多家长不信任。这对于一个新建学校来说，真的是个很大的挑战！

可是经过这一年，你会发现家长们发生了很大的改变。寒假过后，学校搬进新校区，没有一个家长出来反对了，重新分一个班出来，也没有一个家长有意见了。相反，许多家长自发来学校帮忙打扫卫生，布置教室，搬齐桌椅。一（5）班旁边的阳台有点危险，还有家长买来高高的植物摆在旁边，防止学生掉落。有一次我问一个家长："上学期你最反对来新学校，这学期你帮忙最积极，怎么变这么快啊？"这位家长说："你们老师平时总是为孩子们着想，就算以后有什么问题，我相信你们肯定也会妥善解决的，所以我们愿意来新学校。"家长这句话很朴实，很简单，但却表达了对老师最大的信任！

从几百个家长的“强烈要求回老学校”，到“就算有问题也相信你们能解决”，我们只用了短短的一年。那么，这一年我们都做了些什么呢?

说简单也很简单，那就是每个人民路小学的老师都用自己的真心对待每一个学生。一（1）班的杨同学，不善与人交流，刚开学的时候每次上课都在教室里乱走，甚至喊叫，班主任鲍老师一次又一次地和家长沟通，了解情况后给孩子制定了适合她的学习方案。数学老师余老师每次都单独辅导她，和她以朋友的方式相处。渐渐地，她变得最喜欢余老师，最听鲍老师的话。一（3）班的一位同学，开学第一个月就多次打伤同学，甚至把老师办公室砸了。这样暴脾气的孩子，现在见到吴校长总是很高兴，有什么问题也不发脾气了，愿意和校长说。因为吴校长和他的老师一次又一次去家访，和家长一起探讨育儿方法，获得了家长的支持，也得到了该生的信任。一（4）班的张同学，刚开学的时候就有别的家长要求调换班级，不愿和他同班。原因就是他在幼儿园的时候经常打架，不爱学习，这位要求换班的家长是担心“近墨者黑”。可是听到这种情况后班级老师并没有区别对待张同学，而是帮助他树立自信和学会与他人相处的正确方式。现在的他和班里很多同学都成了好朋友。这样的事例还有很多很多，因为这一年我们从不放弃任何一个孩子。

说不简单也很不简单，我们做任何事情总是尽自己的全力。比如，我们参加了“彩虹花”和“阅汇”，这不光是读读童书、背背童诗那么简单，我们还做了很多很多。比如边老师让孩子用最美的画来记录自己读到的故事，是老师让孩子创作简单的儿童诗来表达自己读书的心得。第二学期每个班都要有自己的班本课程，我们人民路小学的班本课程都很有特色，有的是面塑，有的是家训，有的是植物，还有的是恐龙……为了让孩子们对班本课程有更真切的体会，不同课程的老师经常沟通讨论、出谋划策。正因为我们的努力，班本课程在集团展评时获得了一致好评。虽然我们的孩子都是一年级的，但我们参加各种节目总能获得奖项，因为每次排节目音乐老师赵老师都很认真，每当孩子们练累了，赵老师还自费请他们吃点心。因为我们相信有阳光的老师，才会有自信的学生。所以这一年我们总是积极向上，力争上游。

这一年，我们用真心对待每个孩子，用“匠人精神”对待教学工作，所以家长信任我们，社会认可我们。相信只要我们继续孜孜以求，人民路小学离家长口中的“名校”会越来越近。

“新婚”第一年

倪 玲

步入人民路小学这一年，如步入婚姻殿堂的第一年——新婚。辛苦但是甜蜜，仿佛在一年之中长大，再也不是黄毛丫头，而是成为一个“家”的主人，顿时所有的担当、所有的事情再也不会指望“父母”去解决，而是心甘情愿地去学会处理。没有任何怨念，就是觉得这是自己的家、自己的生活，自己应该撑起这个家，把日子过得红红火火。

搬入“新房”之前，我们就有了373个孩子，我们一方面要照顾孩子，给予他们最好的学习体验，引导他们朝着向往的目标前进；另一方面我们关心自己的“新房”——人民路小学，希望整理出最好的模样，迎接我们373个宝贝。刺骨的寒风中，我们怀揣着一颗颗暖暖的心，给孩子和我们自己收拾“新房”。有时候干到腰酸背疼，粗糙的手已经不是护手霜所能解决，但是在忙碌的间隙看到孩子们认真学习的模样，我们会心一笑。“新婚”第一年，我们干了很多没有干过的事情，如大雪天去关水阀，检查一个个窨井盖，核对每一间教室的钥匙并贴上标签……说起来每件事都简单，却都耗时又耗力。但是怎么办呢？都是为了孩子呀，谁让我们是长辈呢！我们笑着，说着，干着，向往着孩子们入驻的一天。

2018年2月，终于到了我们乔迁的日子。学校隆重举行了开学“知善礼”，身穿各式动物服装的舞蹈队成员在校门口迎接伙伴们入驻“新家”，家长朋友带着孩子在签名墙上慎重写下“善”字，孩子们领善帕、读善言、唱善歌。“善”的种子撒播在了每一个孩子的心头。进入“新家”后，我们全身心地照顾我们的孩子。每天的晨诵、午读、暮省，每节语文课的“三分钟演讲”，每周的“彩虹花”在线晨读，“做雷锋式的好儿童”演讲比赛……我们给孩子们创造了一个个舞台，让孩子们从心理到身体都能成长为活脱脱的阳光上善少年。而我们在哪里？在后台，在孩子们的更衣室里，在孩子们的化妆间里，在孩子们的讲台前，在孩子们吃饭的食堂里。到处都是我们的身影，我们为了孩子忙碌着，一种儿女绕膝的幸福感萦绕心间，被需要真的是一种美好的感受。

这一年中，学做“父母”是我们的必修课。每个家庭都希望自己的孩子成才，而孩子成才的关键因素之一就是我们。于是，我们在“新婚”的一年里学习为人“父母”的各种大小事项。当然，我们最重要的就是让自己真正成为一个读书人，从而建设我们的“书香家庭”。我们开展共读交流会、好书推介会、阅读故事分享会等，每周在“教育在线”上传读书心得，参加各类征文比赛。我们必须通过言传身教影响孩子、引领孩子。我们希望自己的孩子“腹有诗书气自华”。其实，在培养孩子的同时也是成就我们自己。这种喜悦，这种收获，让“新婚”第一年的我们兴奋不已。

每一户家庭都有亲朋好友，我们的“新房”在这一年里也客人不断。虽然有些忙碌，但是每一次客人的到访，都让我们思考得更全面，工作得更细致，团结得更紧密，因为大家都想展示得最完美。孩子们呢，在我们的“大翅膀”下成长得无忧无虑。北京的蓝玫老师接触了我们的孩子后，这样评价：“一切都像刚睡醒的样子，欣欣然张开了眼，这是教育该有的样态。”

好日子是过出来的，“新婚”第一年，我们彼此呵护，相互搀扶，有经验的带着没经验的，效率高的帮着动作慢的。领导仁爱，同事友善，家长支持，孩子乖巧，我们的“婚姻”如此美满！

新的开始，以心相待

冯嘉贤

时光的脚步从不停歇，我来到人民路小学近一年了。回顾这一年，可谓感慨颇多。静下心来，仔细梳理这一年的点点滴滴，莞尔一笑……一切都还不赖！

还清晰地记得那是2017年的8月初，我接到通知，下学期将到人民路小学工作。什么？工作调动？虽然两个学校同属于武进区实验小学教育集团，但人民路小学毕竟是一个全新的学校，而且我在李公朴小学已经工作13年了，心里有些许不安，有些许激动，也有些许期盼……

2017年8月15日，我们来到了新学校，行政楼、田径场、绿化带都还没有完全竣工……甚至新学期的第一次全体教师会议还是在一个教室里召开的。虽然仓促，但一切还算井井有条。全校的40多位老师大部分都是青年教师，从自我介绍就让我感受到了蓬勃朝气。这一天，我看到了一群将会朝着同一个目标不断奋斗的阳光团队。对于新学期，我充满了信心，对于这样一个全新的学校，我更是充满了期待。

8月底，一切的美好似乎都不存在了，因为各种原因，新学校暂时无法投入使用，人民路小学一年级学生将在李公朴小学过渡一学期。我则将在武进区实验小学跟岗学习，在参加了动员会议后，我已决心在武进区实验小学好好学习一学期。然而，兜兜转转，后来我又有了新的任务——回人民路小学当一名专职的体育教师。短短一个月，我的经历可谓丰富多彩。

参加工作十多年来，我一直是语文教师兼班主任。当然，除了语文课，我每年都会上一定数量的体育课，曾记得有同事开玩笑说我是半专职的体育教师。现在，学校安排我上体育课，我肯定要打起精神全力以赴，上好每一节体育课。慢慢地，从一开始的束手无策到现在的游刃有余，我有了和以前完全不一样的教学感受。同事们又开玩笑地说我越来越像一个真正的体育老师了。

白驹过隙，转眼就到了2018年。新学期，我们搬进了新学校。这么大的一个学校，20多位老师，300多名学生，一切都要从头开始。不过大家都没有被困难吓倒，因为我们有可爱的孩子、热心的家长、敬业的教职员工，看似千头万绪的开学工作，在大家的齐心协力下，竟是那么的井然有序。这一学期，学校开展了各种各样的活动，孩子们得到了全方位的锻炼，老师们也拥有了许多提升的机会。对我而言，这一学期的角色也有了很多变化。总之，学校哪里需要我，我就出现在哪里，也算是竭尽所能吧。

杨熹文说过："人生没有白走的路，每一步都算数。"这一年，我们一步一步走来，我们一点一点成长，走过的每一步都留下了深深的脚印。最后，我想用一句话来概括这一年——扬帆起航，全新开始，以心相待，便是最美。

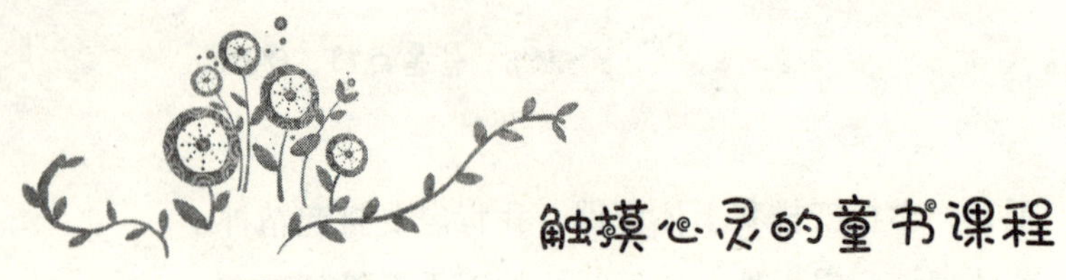

触摸心灵的童书课程

祁兴芬

我一直教语文，非常重视学生的课外阅读。孩子在小学低、中年级养成的阅读习惯、形成的自主阅读能力，将影响他的一生。现在有机会教一年级了，我满怀豪情地想让他们爱上阅读，打下扎实的语文功底。

刚开始，我选择了吟诵古诗，如阅读《声律启蒙》《三字经》等，但是效果没有想象中的那么好。我认真思考了一下到底该如何带领这些可爱的一年级学生走进文学的殿堂，想来想去还是改讲故事吧！挑选孩子们最感兴趣和最容易接受的形式才是最棒的火箭助推器，而我的任务就是把这群小天使送上属于他们的湛蓝天空。

我精选了叶圣陶的《稻草人》，孩子们听得十分认真，但是故事后的讨论环节冒出许多令人措手不及的问题。我开始怀疑是不是故事题材选择不当，离一年级“小不点”的生活太遥远了，但与此同时，孩子们的好奇心与想象力也令我刮目相看。清明节过后，我拿到了一套《新教育的一年级》，翻一翻，决定就讲这些书中的故事，试一试总没错嘛。

第一讲是《生命图》。我边读边讲，不时联系学生的生活拓展一下。例如讲到清明节时一起背一下古诗《清明》，聊一聊清明回老家干什么了，老家是如何扫墓的，等等。再回到故事上，理清父母双方各自三代人的称呼和血缘关系。接着讨论为什么要扫墓。就在这样的讲述和聊天中，学生知道了自己的生命来自于何方，明白了祖辈对家族的付出，回忆了家人对已逝亲人的祭奠方式，对清明传统习俗有了深刻认识。课后，我要求学生用“生命图”的方式，了解自家三代人的姓名和小时候的梦想，准备下周交流。

到了下一周，没想到这些还不怎么会写字、大部分与老家的爷爷奶奶不住一起的学生，竟拿着他们绘制的“生命图”，带来了一段段精彩的小故事。“奶奶的梦想是做一个厨师，她现在实现了梦想，在一家厂里烧饭。”“爸爸的梦想是当一个科学家，他没有实现自己的梦想，现在在织布厂，会修各种各样的机床，厂里的工人都说他很聪明……”“爷爷家里穷，他的爸爸送他去学木匠，整整三年，没有工资。”“爷爷的梦想是当一个能干的木匠，现在他能够做各种各样的桌子，凳子和柜子。我们老家很多人家的家具都是爷爷打的。他还给我做了书桌和玩具。”“爸爸的梦想是做一个老板，挣很多很多钱，他现在开了个水果店，很忙，也很有名。我的梦想是今后帮爸爸再开几家水果店，这样他就可以休息一下了。”一个个鲜活生命的梦想和现实具体地展现在孩子们眼前。这些不就是一个家族的微型历史吗？祖辈、父辈的经历变得触手可及，学生对长辈的感恩之情溢于言表。我没有想到书中的故事会让学生产生这么多的话题，引起他们浓厚的讲故事的兴趣。

没有多久，五一假期要来了。我讲了《新教育的一年级》中的“爷爷在远方”，故事中的花老师给牛妞和全班同学讲了一个绘本故事——“长大做个好爷爷”，故事中的熊爷爷陪着小小熊经历了很多美好的时刻，让小小熊明白要珍惜在一起的美好时光。讲完故事，花老师让全班同学画画、写写、讲讲自己家的幸福故事。我也让学生一起回忆和长辈们在一起的美好时光，说说长辈们给自己做了什么好吃的、好玩的，给自己留下的印象最深刻的一件事。孩子们回忆着爷爷奶奶做的家乡小吃、可口饭菜；回想着和爷爷奶奶一起玩耍的场景；讲述着爷爷奶奶骑三轮车带自己去超市的情景……话匣子一下子被打开了，想不到一年级的学生记住了那么多的细节。更让我感动的是：绝大多数的爷爷奶奶还在老家，但孩子们讲起来仿佛历历在目，幸福随着分享越来越多。小孩子们的感情如此丰富，观察如此仔细！下课了，孩子们围着我，一个小女孩追着我说：“下次再给我们讲好听的

故事。”

我怦然心动：到底什么是好听的故事？与他们的生命相联系？与他们的生活相关？能打动他们的心灵？我突然想到“要让‘童书’变身课程，以时间为序，用一个个故事形成课程”。

5 月份，我特意为一个容易有过激行为的男孩选了“生气的时候做什么”。我们在课堂上讲故事，一起模仿故事中的情景：煮了一锅“生气汤”，朝着“锅里”用吹气、吐舌头、敲锅子等方式发泄自己的情绪。讲完故事我们一起想了 20 种发泄情绪的方法。一个月过去了，那个容易产生过激行为的孩子告诉我，他只发了一回脾气，生气的时候用老师的方法会好很多，能慢慢平静下来，过了生气的特定时段就不那么生气了。很高兴这样的故事改善了孩子们的品行。

6 月份，我们又讲了几个故事。我担心一直使用这样的教育方式会把阅读课上成思想品德课，不能提高孩子们的语文素养。有一天，我在校园里发现好多孩子手里都有一本《新教育的一年级》，还有的学生在翻阅故事中讲到的那些绘本书。我长长地舒了一口气，看来学生以此书为桥梁，了解了更多的经典图书。这样的“童书课程”让孩子们爱上了读书。

走在校园里，从 1 班到 8 班都有许多小朋友和我热情地打招呼，这让我很有成就感。其实是这种讲故事的方式成就了我。感谢新教育，感谢此书的作者童喜喜老师。反复思考这些故事的特点，揣摩安排在文章后面有关“思与行”的两个话题，我发现：这类的阅读内容与学生的个体生命相链接，与学生的生活相关联。这样读读议议的方式营造了良好的阅读环境，形成了伙伴式的读书氛围。所以，对学生而言，他们与故事内容产生了互动，活读书，读活书，形成了读、思相结合的读书方法；对我而言，我找到了让学生亲近图书、爱上阅读的途径。

遇见“彩虹花”

王晓薇

今年，我校有幸成为“彩虹花和阅汇成长共同体”实验学校。怀着些许忐忑和期待，我们开始走上新的成长之路。

当今社会，“互+教育”已经成为学校发展的新挑战和新机遇。我们学校在集团先进教育理念的高位引领下大胆尝试，勇于实践，逐梦新教育。一年来，我们扎实开展学习研究活动。继中国教育学会家庭教育专业委员会副秘书长、新家庭教育研究院副院长蓝玫老师的新教育培训后，我们又邀请了“彩虹花和阅汇成长共同体”领衔人、新教育榜样教师——时朝莉老师来校给老师们做面对面的培训，给孩子们现场上指导课。从线上到线下，与专家学者零距离地交流与接触，更坚定了老师们开展新教育研究活动的信心。

这一年，我们所有孩子都拥有了一个更好的学习机会——在线晨读。每周三和周五，老师们准时带领孩子们参加线上晨诵活动。从儿歌到童诗、童谣，到经典美文，一节节精心准备的课堂让孩子们流连忘返，学习热情越来越高。每周的晨诵似乎成了孩子们的一种习惯和享受。成长是一个潜移默化的过程。一年来的坚持，让孩子们的语言感受能力和理解能力在不知不觉中得到了提升。在学期末的“阅读大冲浪”闯关活动中，孩子们表现出色，成绩喜人。寒假中，我们全体师生和家长还参加了由沪江 cctalk 平台举办的“新父母成长学院”课程活动。家长们在家庭教育、亲子互动、科学启蒙、实践操作等方面得到了很好的学习。我们有 4 个孩子还分别获得了课堂打卡精英奖和能手奖。

在“彩虹花和阅汇成长共同体”的平台上，我们在线执教了新教

育晨诵和绘本阅读指导。第一次备战网络课，虽然在平台上学习了很多“彩虹花”前辈们的网络课授课视频，但因为缺乏实战经验，我们遇到了不少问题和困难，压力比较大。但面对这么难得的机会及全国几百个班级、几千个孩子的翘首以盼，我们心底一直有一个声音在提醒自己不能懈怠。学习的过程是痛并快乐着的。我们抓住一切可以学习的机会改进设计和技术，向周边学校有网课经验的老师学习，了解了一些常识后，又通过网络平台向“彩虹花和阅汇成长共同体”的其他网师虚心请教。“彩虹花和阅汇成长共同体”是一个非常优秀的团队，这里汇聚了全国很多优秀的网师，有着较先进的网络教育理念和前沿技术。他们带着我们模拟训练，让我们改进了很多细节问题，学到了很多新知识新技术。在大家的齐心协力下，我们的几堂网课均受到了来自全国各地老师和孩子的一致好评与欢迎。这是一种鼓励，更是我们继续前行的动力。

遇见“彩虹花”，遇见幸运。人民路小学作为“彩虹花和阅汇成长共同体”实验学校，我们就是那一朵“彩虹花”，我们的老师和孩子就是那彩虹花上的一片片花瓣，美丽且芬芳。

牵一只“蜗牛”去散步

鲍艳君

我一直在低年级段从事班主任教学工作，碰见过各种各样的孩子，但每届总有那么几个“小蜗牛”让我印象深刻，他们的身后有一种特殊的家庭教育方式，在他们的身上我看到了父母对孩子超常的付出。最近我读到了张文亮的《牵一只蜗牛去散步》，顿时豁然开朗，教育孩子不能急功近利，有时需要我们放慢脚步，把主观的想法放在一边，等一等孩子，我们就会有不一样的体会和发现。

等一等，就能赶上来

开学头几天，孩子们个个循规蹈矩，他们都想把自己最好的一面表现给我这个老师看，留下一个好印象。只有小鹏最不“迎合”我，上课不举手，提问不回答，甚至连坐都坐不好，有那么点想跟我唱对台戏的架势。好吧，看我不揪住你的“小辫子”，给你来个下马威。

一天，我教学拼音字母“i u ü”，在比较“u ü”外形上的不同点时，班里几乎没有人不高举起了小手，只有小鹏看着别处，没有什么反应。我马上点了他的名字，这么简单的问题要是回答不出来可要被其他孩子笑话了，谁让你上课不听呢？果不其然，他缓缓地站起来，这才看着我手中拿着的拼音卡片，保持着沉默。为了缓解尴尬，我把我的问题又说了一遍，其他孩子的手都快触到我的鼻尖了，小鹏还是不说话。我俯下身，耐着性子又问了一遍，说实在的，开学这几天，我都没有听见过他的声音。只见他慢慢张开了嘴巴，我把耳朵凑近他的脸才听到了两个字“上面”。我立刻明白了他的意思，他是说

“ü”上面有两点，可这简练的两个字未免也太简单了。这个孩子很不善于表达。随着上课日子的增多，老师对学生的要求也在提高。比如，做不同作业用不同的本子，要用到的学习用品也不同，数学课还要用到尺子，语文习字册会用到垫板等。当我一声令下，同学们都拿出本子开始写字的时候，小鹏或是找不到本子，或是找不到铅笔，或是索性坐在那里一动不动，这个孩子的动手能力不太行，当然，听的习惯也很差。

我赶紧和家长联系，怎么孩子的能力这么弱？恨不得再派一个老师一对一地指导他。从家长那里得知，孩子上一年级前几乎什么都没学，看电视、玩游戏倒是没落下，这阻碍了孩子的语言发展和人际交往，再加上孩子的父亲四十几岁老来得子，所以家里特别宝贝，什么事都包办了，孩子的动手能力也就特别差。我把孩子在学校的情况跟家长一说，他们也特别着急。可能力的培养不是一天两天就行的，只能慢慢来。他就是一只“小蜗牛”嘛。除了课堂上给予他关注外，在课后，我也会经常和他交流，如果他有不明白的就再讲解一遍，尽量做到今日事今日毕。一段时间下来，孩子的情况有了明显的好转：自信心明显增强了，眼睛也能跟我对视了，说话的声音也大了许多。我想，也许是我的等待，让孩子有信心能赶上来。

等一等，看看闪光点

今年班里来了一个特殊的“小蜗牛”小萱。开学第一天，我就发现了她的不一般：课堂上坐不住，时常会走下来抱住老师表示喜爱，课堂上时常尖叫，中午不吃饭就跑回教室，饭后在校园各处溜达……与家长沟通后，家长似乎有难言之隐，对孩子的这种“不一样”始终坚持没有问题的看法，这样的不愿面对现实让我们很难对症下药。经过一段时间的教学，我还发现孩子的接受能力、思维能力都不尽如人意。那么对她的要求就要低一点，我会把孩子每天在学校的表现跟家长沟通，如果表现好就表扬，奖励“大拇指”；如果当天她表现不佳，我也会及时跟家长反应，家长回去进行教育纠正。就这样，一段时间下来，孩子有了明显的进步：课堂上走下来的情况越来越少，偶尔能回答老师的问题，中午也好好地吃饭了……我还发现她能写一手好字。

虽然，这个孩子与别的孩子还存在一些差距，但是她也在一点点地进步；虽然她进步的速度慢了一点，但是她的每一步都付出了很大的努力，对这样的孩子，我们只能更耐心、更有心。

等一等，相信鼓励的力量

班里有一个小男孩，反应挺灵敏，浑身透着一股机灵劲儿，就是课堂上坐不住：要么回头张望，要么拿出文具玩一玩，要么就是跟同桌讲话。所有的任课老师都认识他，看来他的过分活泼很是引人注目啊。一段时间下来，情况没有改观，我很是着急，跟他妈妈联系，表示再这样下去，课堂上根本学不到什么。另外，我反复跟孩子说，只要他能坐住，就有奖励。

下周的课上，只要他端坐着，有炯炯的眼神和积极的态度，我就一定表扬他。真是神奇，孩子像是换了一个人，特别在乎我的话。端坐的时间也越来越长，不光如此，其他课上，任课老师也表示孩子进步很大。那一周，我奖给孩子一张小奖状。看来，纠正孩子的行为要瞅准时机，鼓励也要讲究方法。适时地加大鼓励的力度，也不失为一种好的方法。

孩子的个体存在差异，老师更要摆正心态，对于这部分“蜗牛”类型的孩子，更要俯下身子，等一等他们。静静倾听孩子们内心的声音，慢慢等待花开的那一刻。也许每个孩子开花的时间不一样，但是我们用爱心、耐心就一定会看到花开这最美的风景。或许你也有被气疯和失去耐心的时刻，那么请读一读这一首小诗，相信你马上就能莞尔一笑。下面就附上张文亮写的《牵一只蜗牛去散步》，赠给和我一样，班里有着“小蜗牛”的老师们：

上帝给我一个任务
叫我牵一只蜗牛去散步。
我不能走太快，
蜗牛已经尽力爬，为何每次总是那么一点点？
我催它，我唬它，我责备它，
蜗牛用抱歉的眼光看着我，
仿佛说："人家已经尽力了嘛！"
我拉它，我扯它，甚至想踢它，
蜗牛受了伤，它流着汗，喘着气，往前爬……
真奇怪，为什么上帝叫我牵一只蜗牛去散步？
"上帝啊！为什么？"
天上一片安静。
"唉！也许上帝抓蜗牛去了！"
好吧！松手了！
反正上帝不管了，我还管什么？
让蜗牛往前爬，我在后面生闷气。
咦？我闻到花香，原来这边还有个花园，
我感到微风，原来夜里的微风这么温柔。
慢着！我听到鸟叫，我听到虫鸣。
我看到满天的星斗多亮丽！
咦？我以前怎么没有这般细腻的体会？
我忽然想起来了，莫非我错了？
是上帝叫一只蜗牛牵我去散步。

味　道

是丹红

家里的地板上有尿味儿，那是弟弟的功劳。

家里的钢琴上有咸味儿，那是我练琴时流下的眼泪。

厨房永远有香味儿，那是“灰姑娘”奶奶的杰作。

房间的枕头上有臭味儿，那是爸爸味，妈妈说这叫男人味儿。

妈妈身上永远都是香味儿，我和弟弟最爱闻，所以我们都喜欢妈妈抱。

——《味道》

这是我们班涵宝在自己和妈妈共编的诗集里写的小诗，小姑娘用鼻子感受着家的味道，用童心书写着眼中的世界。当涵妈在家长会上分享这些温暖的小感动时，我的内心是平静而充盈的。

这是一次人民路小学的家长开放日活动，尽管阵雨冷冷，寒风瑟瑟，但当家长们围坐在明亮的教室里，共同分享身边的育儿经验时，空气顿时变得安静而温暖。作为一个经常出差的职场女性，邵鑫海妈妈在汇报时禁不住热泪盈眶，坦言今天第一次帮孩子收拾书包，自认这个妈妈当得不称职。涵宝妈用一首名为“味道”的小诗征服了现场的家长，在她陪伴孩子写诗、记录成长点滴的过程中，我们看到了一位用母爱守护孩子前行的妈妈。作为学历不高的一个妈妈，杨恩瑞妈妈直白朴素的言语中传达出坚持亲子共读、关注孩子兴趣的细腻母爱。

作为观众，我在一旁静静聆听，时而莞尔微笑，时而鼓掌连连。这些普通又不平凡的女性，传达着人世间最伟大的感情——母爱。当然，在宝妈们做分享的同时，我也在认真思索，作为老师兼班主任——一天中陪伴孩子们时间最长的人，我能做些什么？

我想，除了保障孩子们的安全健康和有效习得知识外，唯有用爱温暖他们的成长之路。一年级的孩子就像一条条跟在老师身后的小尾巴。很多次课间我在教室批作业时，身边总会慢慢聚上一圈孩子，就那么静静地看着我一本本打钩。我偶尔抬眼一瞪，这些小精灵便四散跑开。但过一会儿，他们又会悄悄围上来，让你哭笑不得。

在孩子们心里，老师就是舞台上的聚光灯啊，目光所及处，永远都是那个他们目前学校生活里最重要的人。被这样一群“小粉丝”的眼神簇拥着，我更感身上责任重大。我开始寻求方法，力争在有限的教学和生活中为他们的童年多留下些瑰丽色彩和记忆。

在教学上我努力探索适合他们的“孩子式记忆”。本周的语文课上我提问：“你能说出哪些带有走之底的字?”在孩子们的拼拼凑凑下，就目前学过或认识的字里他们想到了“这、边、还、远、过、近”这六个字。我在黑板上刚板书完，就有机灵的孩子开始往书上抄笔记。我看看黑板上的字，喊了句“停笔，抬头”，47 双乌溜溜的眼睛顿时全望着我。“聪明的小朋友会用小脑袋记哦!”我一个“不屑”的眼神飘过去，孩子们有些为难地看着我。“我们假设这样一种情况，你要去公园，找人问路：‘公园还有多远啊?’那人回答‘这边还远，你走过去一段就近啦!’刚才这个人回答的话里面‘这、边、还、远、过、近’这六个走之底的字就都在啦！是不是比你们用笔记得更快更牢?”说完我得意地收获一众“崇拜”的眼神，才抄了几个字的孩子也迅速拿起橡皮擦掉了笔记。望着他们开心地重复“这边还远，走过去就近啦”这句话，我倍感欣慰。可能我给不了他们“特级教师”般的教学感受，但是我会用心为他们甄选最适合的教学方式和方法。

在生活中我积极关心孩子们成长的点滴。不论孩子是内向还是外向，能和老师谈论点学习以外的事儿，对每个孩子来说都是兴奋而满足的。见到小胖换了双新鞋子，我会在课间夸赞：“妈妈给你买了双新鞋子吗?”小胖开心地点点头。“老师觉得特别好看，穿着很精神，注意不要弄脏哦!”看见小浩周一来脸上多了条疤，我在课间把他拉到一边闲谈：“你脸上多了条小毛毛虫嘛，周末发生了啥?”看到小涵披头散发，一问是妈妈出差爸爸不会扎辫子。我立马扯下手腕上的发绳，帮小姑娘理好边边角角的小碎发。孩子们的世界很小，小到上学时间这个小世界里，装的最多的就是老师。因此，在生活中给予他们细微的关注和关心，每个孩子都会回报给你最善意的纯真。

涵宝在自创诗里没有提到她是什么味儿。对于我来讲，47 个孩子都是甜味儿。想到他们天真烂漫的语言和表情，是老师心里就感觉很暖很甜哦！师与生，如果一定要放在味道里品，我期待永远是甜味！

一张点赞卡的故事

张馨之

最近，班里有些热闹，为了激发孩子们学习语文的积极性，我特意举办了点赞卡换购活动，只要在早读、课堂和作业方面表现优秀，孩子们就可以获得相应数量的点赞卡，集齐一定数量的点赞卡就可以换取作业免做券、小文具等福利。活动一出，孩子们的积极性都很高，为了能多获得一张点赞卡，他们纷纷摩拳擦掌。今天的故事就这样开始了……

早读课上，我布置同学们背诵一篇课文，平时调皮的小张同学为了获得点赞卡，使出了浑身解数，终于在早读结束课前磕磕绊绊地把课文背了出来。而小冯同学呢，也花了很大工夫，显得自信满满。上课了，这两位同学之间展开了一场较量。先是小张，背得断断续续的，错误很多，还没全部背完就灰溜溜地坐了下去。接着是小冯，声音响亮，背诵流利，只犯了一个小小的错误。于是，当我询问是否能给小冯同学一张点赞卡时，全班同学都同意了，除了小张。他气得鼓起了腮帮子，眼睛死死地盯着小冯，眼神里满是愤怒，嘴里大声说着："不行不行，他明明也背错了，凭什么可以获得点赞卡？"其他同学听了以后都开始反对小张："他比你背得好多了。"平时脾气就比较冲的小张一听，就更不乐意了，站起来更大声地与同学们争论，甚至开始暗暗指责老师不公平，教室里顿时乱成了一锅粥。这时，我并没有因为小张扰乱课堂秩序的行为生气，而是立即想了一个办法：重新举行一次比赛，这次小冯先背，小张后背。结果显而易见，小冯胜利了，小张灰溜溜地说："我输了，你可以得到一张点赞卡。"

故事到这里并没有结束，我告诉小张："你今天对待这件事情的态度很认真，可以看出你是个较真的人，如果你能够把这样的精神用到学习上去，一定会收获更多。老天是优待你的，他给了你聪明的头脑，让你比其他人学得更快，但学习不是仅仅靠脑子就够了，最需要的是认真的态度，如果你能抓紧早读课下课的五分钟时间再次背诵这篇课文，也许赢得比赛的就是你了。希望你记住这一次较量。老师相信，下次你一定可以赢得比赛。”听了这番话，小张的目光中多了一分坚定，同学们也陷入了沉思。

课堂上的一次小纷争，就这样被化解了，看似简单，实则蕴含着大智慧。我的那番话，不仅是说给小张听的，更是说给所有同学听的。从这一次冲突中，大家懂得了“认真的态度比聪明的头脑更重要”，而小张呢，也从同学们的对立面回到了他们身边，真可谓一举两得啊！

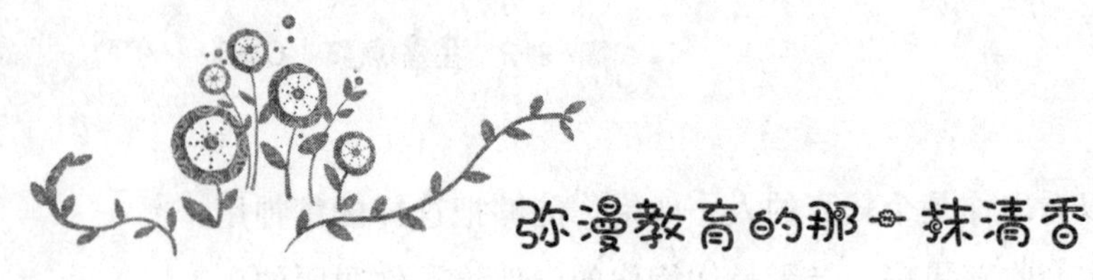

弥漫教育的那一抹清香

莫小香

临窗而坐，悠闲地享受着和煦的微风拂面而来，我的思绪也伴着风儿渐渐飘远。从教多年，守望着一批批孩子，心中充满了无数的期待，希望他们都能含苞绽蕾，吐撒迷人的芬芳。但育人如种花，有的花儿，无须你多加关照，自个儿会默默抽枝生蕾，张瓣吐蕊；而有的则需松土、施肥，甚至还需要你修枝捉虫，方能看到含苞的花骨朵。学生亦是如此，有的学生要改变自身的陋习，需要教师细心地教导，耐心地等待。

伴着清脆的上课铃声，我迈着轻快的脚步进了教室。教室里已经安静下来，同学们正等着我来上课。我轻轻放下手里的作业本，环视了一圈，笑着说："同学们，这次作业你们完成得非常好，许多人都是全对。"我拿起一叠作业本，接着说："在这其中，有一个人的作业，老师非常满意，他是谁的呢?"大家不约而同把目光瞄向了班长张婷。我故作停顿后大声说道："韩——成——伟——。虽然他的作业中有一处小错误，但老师从他的作业中发现这是他最努力，也是写得最认真、最精彩的一次。"在同学们满脸疑惑的时候，我打开了他的作业本，将上面鲜红的"优"字和三颗大大的"星"展示给大家："让我们用掌声来祝贺他!"在我的带动下，全班响起了热烈的掌声。

这是韩成伟第一次获得这样的荣誉。我刚接手这个班时，前班主任老师就提醒我，要注意点韩成伟，这孩子从一年级起就是上课爱讲话，作业不认真，成绩也不理想。在接下来的一段时间里，他的表现也确实没有超出我的"意料"，上课有时想说就说，完成的作业也是歪歪扭扭，字迹潦草，错别字更是接二连三。

一句鼓励的话语。或是“你能按时完成作业，老师很高兴!”或是“你可要坚持哟!”当有其他同学没能认真完成作业时，我会当着全班同学的面说：“你瞧人家韩成伟同学，有信心、有决心把不认真写作业的坏习惯给改正了，你要多向人家学习呀!”当韩成伟的作业连续有一个多月都很认真时，我就在他父母面前当着他的面表扬他的进步。

我相信，他会坚持下去，他不会让相信他的人失望，更不会让自己失望，因为一朵小花正要悄悄地绽放。我也在日记里写下这样一句话：“每天要在心中开出一朵花。”

有了期待，有了关注，我便开始了细心而又耐心的耕耘。班级学生林林总总，五彩缤纷。在晨辉中，我与他们倾心交谈；在晚风里，我同他们交心沟通。发现每个人身上的优点，关注每个孩子存在的不足，尤其对于那些稍显停滞的学生，更要给予他们等待的时间，他们就是那一朵晚开的花。

随着时间的流逝，寒来暑往的更迭，班级里的花儿们开始了悄然无声的绽放，弥漫出教育的馨香：作业本上的字变得漂亮了，教室里的地板上变得干净了，下课时过道上的互相打闹消失了，放学时的路队也不再是一群“乌合之众”……

各项活动，学生们争先恐后地参加；学校的各项表彰也有了班内孩子的姓名。期末考试后，孩子们看着自己的成绩都高兴地笑了，喜悦在他们脸上荡漾，快乐也在我的内心弥漫。

又是一阵微风，将我从回忆中牵回。窗外风景怡人，教育路上的风景也定是迷人的。“路漫漫其修远兮，吾将上下而求索。”多年的实践让我深深地懂得：要想让每一朵花都能快乐地绽放，需要培育者静心地思考，及时发现存在的问题，对症下药；需要培育者细心地呵护，善于捕捉学生的每一个闪光点，不能忽视稍纵即逝的教育良机；更需要培育者耐心地等待，给予学生充分的理解与尊重，不能一蹴而就，立竿见影。花儿需要时间去孕育花蕾，才能在某一个清晨含苞开放，展现它的美丽与芬芳。

可能他是开花果

徐　萍

班里的47个孩子，陪伴他们半年后，我大致能摸清孩子们的习性了。为了更好地了解孩子们的特性，为了孩子们的一切发展，摸清楚孩子们家里的状况也是很需要的。这不，电话家访、微信家访、面对面家访我都用上了。今天我就先说说陈同学吧。

先来一道开胃菜：

某周一我们在讲解一个思维题，有一定的难度。陈同学回答得非常棒！

我："陈同学，你这么聪明像谁啊?"

所有人异口同声："像你！"（好吧，这观点我完全同意，赤裸裸的表白啊）

周二，我布置陈同学发作业，他忘得一干二净。

我："陈同学，你这记性像谁?"

所有人不吭声。

陈同学："这个坏记性像我自己，不像你。"（情商爆表，不能更赞）

这么一个机灵的孩子，是个好苗子啊！可不能因为我教育教学的疏忽耽误了孩子的前程，果断与陈妈妈聊起来。

陈妈妈："徐老师，我想冒昧地问下，暑假来临，小朋友想参加数学培优培训课，合适吗？冒昧地问问啊，如不妥，请见谅！谢谢啦！"（一个合格的妈妈，有涵养的妈妈，说话有艺术的妈妈，不能更赞）

我："真是一个妥帖的妈妈，先表扬你是一个认真的家长。其次，

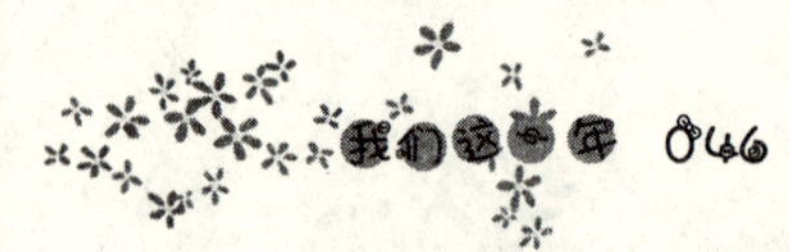

我想我可以把今天听的特级教师的讲座内容跟你分享：数学上的进步，很依赖生活经验和海量文字的阅读。你现在需要做的不是把他送往各个培训班，这个可以放在后面，现在急需的是带他去看看这个世界，打开他智慧的大门。你可以把孩子的成长，放到时间的长河里看待。他是个聪明的孩子，急功近利会毁了他。我们以前总是说男孩子越往后越有优势，不是男孩子比女孩子聪明，而是男孩子小时候皮实的生活丰富了他的知识储备。现在的女孩子同样生活丰富多彩，所以，男孩和女孩跑到了同一条起跑线。小朋友参加这样的集合培训课，遇到与自己同一水平的人或略高于自己水平的人，才是最完美的组合。几个孩子一起学习，犹如同一条链条上的齿轮，如果某个齿轮比你儿子速度慢，他就会拖慢整体速度。同理，如果这个群体中某个齿轮速度快也会带动整体思维速度，选好小组成员是很重要的。”

我进一步补充：“不要迷信所谓的名师，合适的才是最好的。有时候，过多的培训会削弱小朋友的思维能力，而独立思维会让小朋友鹤立鸡群。”

陈妈妈接口说：“徐老师，我明白了，我们在教育的路上，不能走得太急，我们要做一个耐心的花匠，静等花开，是不?”

是的，把一切放入时间的长河，我们都要有绝对的耐心。孩子犹如一朵花，可能春天他不开，也可能夏天他还没有开，更可能错过秋天、冬天，没关系，说不定，他根本不是一朵花，他要长成一棵高大的树，也说不定他早已悄悄地结出了果哦，因为他是无花果。

跟家长沟通畅快。交换思想，是为了孩子的成长，我很开心。

感谢陈妈妈的信任，祝愿小朋友稳健成长。也谢谢可爱的小朋友，给我带来快乐。谨以此记。

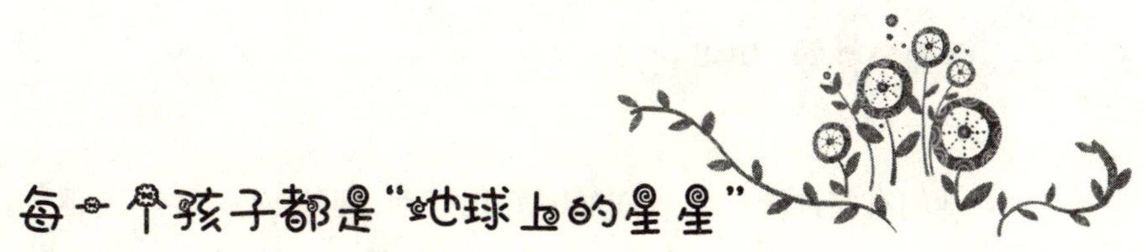

每一个孩子都是“地球上的星星”

朱 怡

整整一个星期的国庆长假已经过去，这周我还是和往常一样认真地做好每一课的教学设计，争取让每一个小朋友都能在我的课堂上学习到美术知识，感受到画画过程中的乐趣。每当看到小朋友们在作业本上涂着鲜艳的色彩时，我都会觉得非常满足。但星期四课堂上发生的一件事情让我开始意识到自己的一些问题。在开学的第一节美术课上，我就告诉学生每次作业都应该画在相对应的位置，每一课的作业应该画在这一页的反面，而不是旁边。但每次我都会发现有很多小朋友会画错位置，后来我尝试过用投影再讲解一遍，但效果并不明显。接下来我每次做作业之前都会一个个提醒小朋友，告诉他们应该画在哪里。但即使在我这样的告知下，星期四去上课时，我发现仍有一个小朋友又画错了。当时的我一下子没忍住怒火，狠狠地批评了这个小朋友。当时这个小朋友并没有给我任何反应，畏畏缩缩地回到了自己的位置上，而这件事并没有引起我的重视。

下节美术课上我提了一个非常简单的问题，叫这位学生起来回答。在我之前的印象中，他一直是一个活泼开朗的学生，甚至有点小调皮，回答问题一直也是大胆直率。而这一回他的声音非常小，小身体蜷缩在一起，我能从他的眼中看出一丝恐惧。看到他这样的反应，我一下子想到了上节课我对他重重的批评。我以为这件事对他的震慑早已退去，但没想到一直延续到现在。后来开始画画时，我走过去翻了翻他的美术作业本，每一课都完成得认认真真，色彩涂得鲜艳干净，一幅幅画都是那么生动有趣。

课后回到办公室，我陷入了沉思。每一个孩子都是独特的，或许

他们有些许调皮，或许他们好玩好动，但这些何尝不是他们的天性。我相信起初每一个孩子对于学校的憧憬都是美好的，想象着校园的美丽，好多的玩伴……但慢慢地，我发现很多孩子越来越害怕上学，在课堂上越来越胆怯。其实当我一味责怪学生，埋怨他们不懂事的时候，殊不知自己无意的一句话、一个批评已经在他们的心里留下了小小的伤痕。每一个孩子都是“地球上的星星”，都是独一无二的。可能他不擅长某一门学科或者不能很好地遵守规范，但每一个孩子必定都有自己的闪光点。作为老师，我们应该做的不是过多地批评指责，而是寻找学生身上的闪光点，鼓励、欣赏他们，因为打开孩子心扉的良药永远是关心。在以后的教学中，我应该更多地去关爱孩子，注意自己的一言一行，和孩子们做朋友，倾听他们内心的声音，让他们在最美好的时光中健康快乐地成长。

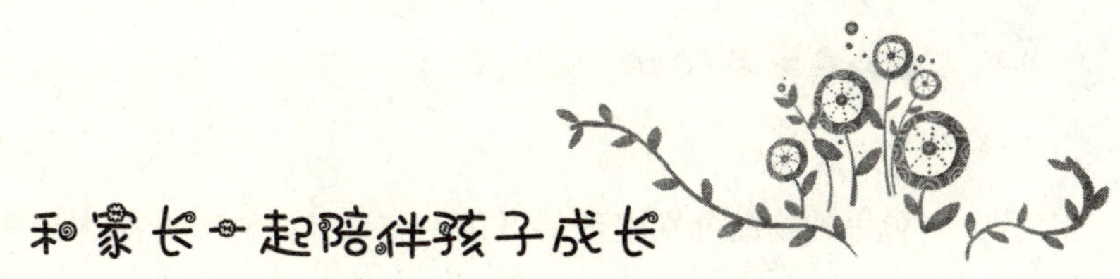

和家长一起陪伴孩子成长

陈雪华

引言：今年，又是执教一年级。一年级，不管教过多少回，我总是感到手忙脚乱。因为每一届孩子不一样，每一届的心态和际遇也不一样。说实话，开学一个月，有幸福，有快乐，但更多的还是焦虑和痛苦。怎么办呢？双休日，翻开了薛瑞平的《心平气和的一年级》，希望能够从中得到帮助。整个双休日，我被薛老师那自由飞翔的语言、真实具体的日常生活，以及深刻的教育思想、独特的教育智慧深深感动。这本书，让我心平气和地读了好长时间，感想真的颇多。

最让我感动的是书的第二部分《请跟我来》。这一部分都是薛老师给家长写的信，通过一封封信，她与家长交友，引领家长向正确的教育理念前行，引领家长帮助孩子一起养成良好的阅读习惯。这个做法让我深受启发：每一个孩子背后至少有2位家长，50个孩子的身后至少站着100位家长。在我的教育之路上有这么多与我一样深爱着孩子的伙伴，我又有什么可焦虑的呢？我要做的就是让这么多的伙伴跟着我一起在教育之路上不断前行，少走弯路。因此，我提起笔，给家长们写了我的第一封信。

尊敬的家长：

您好！

时间过得真快，一眨眼，我们的孩子已经“满月”啦！过去的一个月里，孩子们用稚嫩的、还不是很稳当但却很坚定的一串串脚印告诉我们，他们是小学生啦！这一个月的学习时光，孩子们过得很艰辛，但也是硕果累累。早晨，孩子们从找不到教室到每天有条不紊地把书

包里的物品分别整理到书包柜和桌肚，然后开始大声响亮地阅读；从垃圾不知道扔哪儿到认真负责地打扫教室；课堂上，孩子们从分不清上、下课铃声到安安静静地听课、积极响亮地举手发言；课间，孩子们从找不到厕所、饮水间到和小伙伴们愉快地嬉戏，或者安静地阅读；从找不到排队做操的位置到有模有样地学做武术操、自编操和手指操；从不会写横、竖等最基本的笔画到正确、美观地书写汉字；从找不到吃饭的桌子到能熟练地分菜、整理饭桌……这点点滴滴的进步都凝聚着孩子们自己的努力，他们用自己的行动告诉老师、父母、伙伴：我们正在慢慢长大！

作为老师，没有比看到孩子们一天天进步更让人幸福的事情了。因此，9月对于我来说，虽是忙碌辛苦的，但也充满了幸福和喜悦。欣喜的同时，我也有些小小的忧虑。

忧虑的原因之一，孩子们的学习之路仍很漫长，还有很多很多的坎儿等着他们。作为孩子们小学阶段的启蒙老师，培养孩子良好的学习、生活习惯是我们最重要的任务。多年的教育教学经验告诉我，学习习惯的优劣对孩子今后的学习之路起着至关重要的作用。学习习惯不仅决定着孩子们今后的学习成绩，更决定着孩子们在漫长的学习生活中的幸福指数。习惯的培养不是一蹴而就的，它需要师长和孩子自己坚持不懈、日复一日的努力和付出。而一年级的首要任务是培养孩子良好的学习、生活习惯。学习习惯中，最重要的是培养孩子良好的倾听和作业习惯。责任重大，岂能不忧虑？

忧虑的原因之二，现在虽然只是开学了一个多月，但孩子们之间的差异已经表现得非常明显，孩子们在知识、能力等方面的发展可以说是参差不齐。造成孩子水平差异的原因真的都是先天因素吗？我想，答案是否定的。

孩子们的成长肯定离不开老师和父母的帮助。这种帮助，需要长时间的付出，需要心血的哺育，更需要智慧的参与。过去的一个月里，我们看到：绝大多数家长在用行动配合教师——在用爱心、责任心，与孩子一起克服起步阶段的困难。不管是每天的书写还是朗读，我们都看到了很多家长的积极配合，也感谢各位家长为班级各项事务尽心尽力。

孩子一旦上了路，养成了良好的学习、生活习惯，对于家庭、对于教师，都是一件幸事。在这一过程中，教师自然要竭尽全力引领、帮助他们，如果再能得到家长的协助，那孩子是多么幸福。相反，那些得不到父母应有关心的孩子，当他们独自面对学习生活中的一个又一个困难时，又是多么无助。还有的孩子，当他遇到困难向大人求助时，大人没有给予恰当的指导和帮助，而是干脆撸起袖子自己上阵，直接帮助孩子消灭困难，解决麻烦。而孩子呢，依然没有得到任何成长和锻炼的机会。每当我看到这样的情景时，心里总会泛起一阵阵的哀伤和遗憾，总会发出这样的感叹：没有爱的教育肯定是失败的，只有爱的教育也不会成功！教育者，真心不易！

孩子们入学一个月，从 9 月份在学校的总体表现来看，我觉得，必须培养孩子的倾听习惯。

在我看来，安静、安心地倾听，比强调大声地发言，要重要得多。

倾听习惯、倾听能力的培养，需要老师课堂上的严格要求，也需要家长们有意识的训练。

倾听，首先是一种态度。如果你和孩子说话的时候，不要求他停下手中的玩具，不要求他的眼睛看着你，不提醒他耳朵要好好地听，那么，他就会边玩边听，这样的听反映出的态度不够礼貌。

倾听，也是一种习惯。让孩子做到一次全身心的听，很容易，但几乎每次都能全神贯注地听，那就难了。

倾听，还是一种能力。如果孩子全身心投入地听你讲了几句话，而且他基本能够理解并复述你的话，那么他才具备了很强的倾听能力。而这种能力的形成，需要持续的培养。

今天，我只是建议在今后的日子里关注培养孩子的倾听习惯。在此，我提供两条小建议：

第一条，家里要有安静的倾听氛围。

家人在交流时，多用小嗓门；家人在看电视时，把音量调低；家人在打电话时，也不必大声说。让孩子先安静下来。唯有如此，孩子

在家里交流时声音才会低些。

另外，要做孩子的榜样。当孩子讲话时，你如果能够停下手中的活儿，手脚都安静下来，用专注的目光看着孩子，嘴角带着笑意，不管他说得怎样，你始终在倾听，每一次倾听都是这样。那么，你的孩子就会明白倾听的氛围应该是安静而又专注的。

第二条，全身心地倾听，把听到的内容表达出来。

一说到倾听，我们总认为只要用上耳朵就行。按照这种逻辑，读书只要眼到就行啊，何必口到、眼到、心到呢？

究竟怎样让孩子全身心地倾听？

要对孩子提出具体的要求：放下手中的东西，身体调整到舒适的姿态，眼睛看着他人，安静地听。概括起来就是手到、身到、眼到、耳到、心到。

最佳办法是让孩子模仿他听到的歌曲、朗读和故事。

例如，每天睡前给孩子读一个故事。如果感觉自己朗读水平不是很好，可以借助网上的音频故事。父母自己能读的尽量自己读，这样便于孩子随时提问，也便于父母随时和孩子交流故事内容和听故事的心得，这样还可以随时检测孩子的倾听状态。故事的选择可以依据孩子的兴趣，也要依据孩子的接受能力。一开始可以选择简短的内容，让孩子把听到的读出来、说出来、演出来、画出来，这样能够帮助孩子学会倾听。

当你有了这个意识和方法，孩子学会倾听，就指日可待了。

不敢奢望所有的人都能跟上，不敢奢望跟上来的人都能坚持到底。教师能做的就是，竭尽全力和问心无愧，希望家长也一样。

如果家长在教育孩子的过程中有什么收获或者困惑，欢迎来校面谈或者来信交流。

今天就聊到这里，希望它是你们收到的一份贴心的节日礼物。

谢谢大家！

您的朋友：陈雪华

2017 年 9 月 30 日

三月的爱

许红云

料峭的江南春天，三月的风吹上脸颊比寒冬还要刺骨。一大早穿过学校正中长长的走廊，真想一步就跨进食堂，以避风削之苦。上午9点左右，久违的太阳终于从云缝里露出笑脸，走在阳光下，始觉有了些许暖意。

上午第三节是我们一（8）班的校本课，走进教室，孩子们一拥而上，纷纷来报告芝麻绿豆般的纠纷。谁谁上厕所用门碰了谁，谁谁拿了他的橡皮，谁又下课奔跑了……诸如此类，可爱、天真、诚实的一年级小朋友，每天都把老师们的话当成一道圣旨，捧着圣旨管这个管那个，偏偏就漏了自己，结果是自己也被同伴“告”了。我在心底窃笑着，一边耐心安抚孩子们，一边准备上课。忽然，坐在第一排的刘雨嘉冲到我身边，以迅雷不及掩耳之势在我左边脸颊上吻了一口，口水都沾到了我的脸上。我懵了那么一下，下意识地擦了擦脸。孩子开心地对我说：“许老师，我爱你！”从教近30年以来，这样直白真切的告白我还是第一次从孩子嘴里听到，或许这就是一年级小朋友最动人的力量。我拉过小小的孩子，蹲下身子，把她拥在怀里，在她的额头轻轻一吻，悄悄地对她说：“刘雨嘉，老师也爱你！”孩子满足地飞奔而去，阳光照在她的身上，空气中飞舞的尘屑竟然那么明亮。

第三节课上得出乎意料地开心，孩子们对刚学会的比数游戏玩得不亦乐乎。静静站立一旁的我，在这春寒料峭的江南三月，心底暖了……

记得曾阅读过一则季羡林给学生看包的故事。在北京大学的校园里，新学期开学的时候，一个外地来的学生，背着大包小包进了校园，

实在太累了，就把大包小包放在路边。这时走来一位老人，年轻的学子问：“您能不能替我看一下包呢?”老人爽快地答应了。于是年轻的学子一身轻松地去办理各种入学手续，一个多小时后他回来了，发现老人还在尽职尽责地履行自己的诺言。

几天后北京大学举行开学典礼。年轻的学子惊讶地发现：那位老人竟坐在主席台上。他就是北京大学的副校长、著名学者季羡林先生！在那一瞬间，这位学子的心中是怎样的一种震撼！人格是最高的学位，师表是最好的教育。他们的高尚就在于用自己的言行去感化学生、昭示学生、熏陶学生、影响学生，使学生明白“学高为师，身正为范”的道理。

世上有很多东西，给予他人时，往往是越分越少，而有一样东西却是越分越多。那就是爱！爱，不是索取，不是等价交换，而是付出，是给予。行走在教育路上，我愿意陪着孩子们一起成长，在前辈们的感召下、在孩子们的信任中，让世间之爱一如窗外的阳光，越来越多。

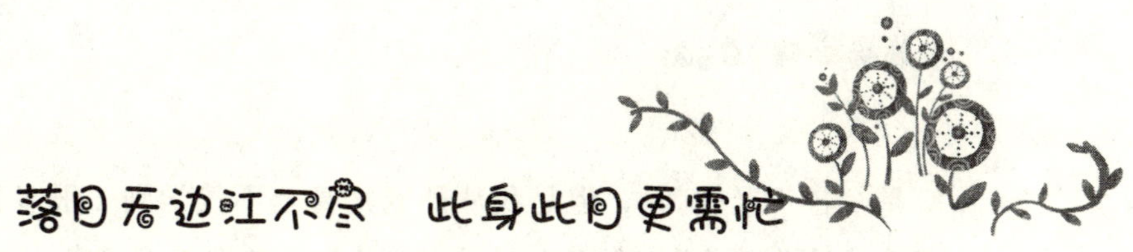

落日无边江不尽　此身此日更需忙

吴静研

人为什么需要回忆？每个人都有不同的思考。我的理解则是：一路看一些人，一路享受回忆的宁静，用一些冷暖自知的文字祭奠逝去的韶韶年华。

2017年8月，怀揣着对新学校的各种期待，我被调到了一所全新的学校——人民路小学。其实在整个8月，甚至在梦里，我已多次见过它美丽的模样。在工棚还没有完全拆掉时，我曾钻过一小堵围墙，偷偷溜进还未竣工的教学楼，看它碧瓦朱甍，层楼叠榭，在那个阳光都格外艳丽的8月里，似乎还能透出些许绿油油的凉意来。

很快到了报到的时间，可却出了问题。在祥和欢乐的新生报到日出现了另外一种声音：有一部分家长认为新学校才刚刚造好，教室里还有一些油漆味，坚决反对孩子们在崭新的教室里开学。即使向家长们解释了无数遍，并出具了一堆相关证明还是无济于事……权衡之下，为了让家长放心，让社会放心，我们推翻了开学之前的种种计划，让一年级的新生在仅隔一条马路的李公朴小学过渡半年。部分老师分流到集团内各校区，而我则被分流到了集团中心学校——武进区实验小学。

武进区实验小学的前身是大名鼎鼎的湖塘桥中心小学。这是一个铸造过很多奇迹、塑造了很多名师的教育圣地，这里被称为青年教师成长的摇篮。吴校长为我们每一名分流教师都贴心地安排了跟岗师傅，让我们制订跟岗计划，撰写跟岗实录，每一步都是希望我们能在崭新的环境中尽快成长，可谓用心良苦。我的跟岗师傅是武进区实验小学名声响当当的书法家孙琪老师。虽然我已经从教多年，名义上也可以

算是一名“老教师”，但是我从孙老师身上不仅学到了很多新教法，更多的是学到了孙老师身上坚忍不拔的毅力和把美术组成员抱成团的亲和力，或者更确切地说，是所有武进区实验小学人身上都拥有的一种高贵的品质。正是有这样的品质，武进区实验小学才会在那么多优秀学校中独树一帜，在武进教育史上留下浓墨重彩的一笔。

跟随师父上课、画墙画，日子就在这不咸不淡中飞逝。12 月，我接到通知，需要我回到人民路小学配合后勤工作。收拾简单的行囊，整理好心情，我离开了武进区实验小学。

当我和几名同事踏入人民路小学的食堂大门时，都被它的宽敞明亮所震撼。同时震撼到我们的，还有那几百张锃亮的、还贴着保护膜的餐桌。因为担心时间长了保护膜会氧化，所以我们的任务就是把那些膜撕掉。说干就干，我们还给自己起了个诙谐的名字——撕膜小分队。半天下来，每个人的手指甲都成了“防狼武器”，回到家连孩子都不敢抱，生怕指甲刮到孩子。在这期间也试过很多方法：用铲子刮，用吹风机把膜吹热再撕……试来试去还是直接手撕最快。于是，我们就在手上干裂、倒刺和冻疮的状态下顺利完成了任务。有人问我苦不苦，我自己也产生过退缩埋怨的念头，但是现在回过头想想，却是教师生涯中一段特别的回忆。我想，人生总是要经历各种滋味，最后才能剪辑成幸福的片段，让经历过的风景变得有意义。

时间走到了 2018 年春天，我迎来了人民路小学历史上第二个学期。以一名真正教师的身份走近它，走近了那帮可爱的一年级孩子。

与我之前所教的一年级相比，这帮一年级的孩子显得更加活泼、有灵气，有一种生命自由舒展的状态。除了平时的上课、听课、开展教研活动外，给我满满幸福感的是我社团里那 23 个孩子。才一年级，什么事都需要手把手教的年纪，却有着一份超乎年龄的成熟懂事。当我需要作品布置墙面时，他们一遍遍不厌其烦地做手工，画小报，做宣传画。把刚打好的形状擦掉重画，把才堆砌好的黏土揉掉重来，这样的画面在我的社团中每天都有，为的只是能够让自己的作品完美呈现在教室墙上。去东庄社区画墙画时，30 多摄氏度的闷热天气，没有一个孩子喊苦喊累，踮起脚尖，在比自己大无数倍的白墙上努力涂抹出精彩的轨迹。除了孩子们，家长们也给了我满满感动。他们给我们买奶茶，帮我们收拾画具，家长们的暖心与贴心，让那个炎热的 5 月凉意阵阵。直到昨天，还有一位家长加了我的微信，特意来跟我说一声："吴老师，今天看到洪妍慧的画，发现她画得真是越来越好。真的好开心，就想和你一起分享，谢谢老师的辛勤教育。"幸福是什么？作为教师的价值观体现在哪里？这就是幸福！这就是作为一名教师的价值！

回忆是一种很奇妙的东西，它让我们汲取回忆中的苦和甜，然后教会我们如何面对今天和明天。一个人的生命范围，就是走过的路、遇过的人、见过的风景、发生的故事和收获的回忆。

人民路小学第一年，我在路上。

回首这一年

还记得去年我们围在一年级教室开教师会议，眨眼一个学年却已悄然飞逝。回首走过的300多个日子，虽然忙碌、辛苦，但是感到踏实、充盈。因为梦想在前，所以豪情满怀；因为责任在肩，所以步履坚实。这一年，每天走在校园，脑海中经常萦绕着这样几句话：一个人能走多远，要看他与谁同行；一个人有多优秀，要看他有谁指点；一个人有多成功，要看他与谁相伴。庆幸有领导高瞻远瞩的引领；感谢中层们的鼎力相助；感激全体教师的携手同行和真诚关心。我们“遇见美好，享受幸福”。

——王立成

苏联教育家捷尔任斯基说：“谁爱孩子，孩子就爱他；只有爱孩子的人，他才能教育孩子。”每个孩子都有其独特的天赋和可塑性，我们要让孩子们置身于充满微笑的教育氛围中，让他们感觉到自己的确是被人需要、被人爱着的，那么，最让人头痛的问题学生也会成长为举止得体的好孩子。有时，我们不要为一点小事就对孩子大声训斥，随意对他们下结论，而是要走近他们，关心和爱护他们，让孩子产生信任，然后立下“规矩”，拿出“威严”，这样才会让孩子对我们产生敬意和仰慕。其实，成就孩子的同时更是成就我们自己。

——徐　竹

从一开始的各种焦虑紧张到现在的淡定从容。这一年，我最大的收获就是心态实现了积极的转变。心态改变行动，行动又影响心态。良性的循环、积极的状态，让我每次看周围的事物都有意外的欣喜。

人民路小学是个大家庭，即便目前是个小小的团队，但仍让我感受到了从上到下的凝聚力，我是人小大家庭的一分子，我感恩在这个团队里。这一年的工作，充实而又忙碌，让我改变了不少，这种改变是幸福的成长。

——赵　佳

近期阅读了《老师怎样和学生说话》这本书，感触最深的是“在与学生的交流中首先应该尊重孩子”。苏霍姆林斯基也曾说：“教育的艺术首先包括谈话的艺术。”人与人的交流是平等的，教师和学生只是角色的不同，并没有等级之分。命令式的语言或者冷漠的态度可能只会让孩子徒增厌恶之感。我们和孩子之间的交流谈话要讲究说话的技巧和有效的沟通。我们应该尊重孩子，关心孩子的感受，聆听他们的心声，鼓励孩子对自己的行为负责。

——刘凌骏

自从走上教育岗位，我就一直在思考：什么样的老师是一名好老师？怎么才能做一名好老师？李镇西老师的《幸福比优秀更重要》为我揭开了迷雾。李老师说“好老师的标准是：课上得好，班带得好，分考得好，如果加上‘能说’和‘会写’就是名师了”。李老师还告诉我们：教师的魅力其实主要就是学识的魅力，这种魅力更多来自阅读。今后，我要多读书，读好书，吸取前人经验，弥补自身不足，竭力做一名好老师。

——花浩东

我是学校唯一的科学老师，初出茅庐，对科学教学比较迷茫。所幸集团内的科学老师给予我许多帮助。武进区实验小学本部的杨苏兰老师，每周一次的科学教研活动，都不忘喊上我，评课议课让我受益良多。李公朴小学的李芳老师更是我科学教学上的启蒙老师，每周一次雷打不动的听课，我听她的，她听我的，我们的课后讨论总是意犹

未尽。集团化办学给每位教师创造了学习的机会和合作的机会，缩短了新教师的徘徊观望期，加快了融入成长的速度。

——曹敏娴

哲学家费尔巴哈说："你的第一责任是使自己幸福。你自己幸福，你也就能使别人幸福。"那么到底是什么让我幸福呢？幸福是我尽心准备的课让孩子们在课堂上兴趣十足，连总是开小差的小朋友都抢着发言；幸福是某一天上课前，一个古灵精怪的小丫头偷偷塞给我一张纸，打开一看，上面画着我上课的样子，并且用拼音写着"送给蒋老师"；幸福是下课后，我在批作业时身后不知不觉多了一群小尾巴，搞怪地做着鬼脸；幸福是操场上午后阳光时，和孩子们一起玩游戏。其实，老师的幸福就是和孩子们一起分享快乐，一起经历失败，一起体验成功。

——蒋　燕

苏霍姆林斯基曾说："请记住，远不是你所有的学生都会成为工程师、医生、科学家和艺术家，但是所有的人都会成为父亲和母亲、丈夫和妻子。假如学校按照重要的程度提出一项教育任务的话，那么放在首位的是培养人，培养丈夫、妻子、母亲、父亲，而放在第二位的，才是培养未来的工程师和医生。"把每一个孩子都放在心上，静待花开。这是我能做到的最真的承诺。

——余　燕

第二部分

心心相印

我是闪亮的星

一（1）班

一闪一闪，小星星，
高高挂在天空中，
就像天上小钻石。
灿烂太阳已西沉，
它已不再照万物，
你就显露些微光，
整个晚上眨眼睛。
每颗星星都独特，
发出光芒耀大地，
我愿等你放光彩，
一闪一闪，小星星！

最美的期许

每一个宝贝，都是一个天使，

照亮每个家庭。

在这里，爸爸妈妈想要对你们说：

周梦杨妈妈：宝贝，现在的你是一个美丽童话的开始，以后的故事也许包容百味，有绚丽的晨曦，也会有风雨兼程，但一定也有灿烂的阳光迎接。

陈睿凡妈妈：亲爱的陈睿凡，你长大了，长高了，在成长的道路上，会遇到许多不同的问题，有甜有苦，也会有泪水，但是无论遇到什么，爸爸妈妈都希望你坚强、理智、自信。愿你幸福、上进，愿欢乐永远伴随你！！

陆品轩爸爸：亲爱的陆品轩，人的一生很短暂，爸爸妈妈不渴求你出人头地大富大贵，我们只希望你快乐平凡，有爱心，负责任，做自己喜欢做的事，自由自在地过你的人生。但你不能平庸，该追求的时候要追求，该拼搏的时候要拼搏，该有毅力的时候一定要有毅力，至于结果如何，没有关系。只要你努力过了，就无愧于你的人生！

屈雨梦妈妈：屈雨梦小朋友，爸爸妈妈既希望你用自己灵巧的手，描绘出一幅又一幅美丽的图画，也希望你用自己的笔，书写一个又一个生动的故事。

施佳爸爸：施佳宝贝，你要知道，我们愿意把灿烂如花的青春送给你，愿意把优良的秉性和健康的体格赋予你，把我们能给予的全部给予你，将所有的爱全缩写在你看世界的眼眸里。愿我们的祝福是一种庇护，开一朵吉祥而灿烂的莲花，而花中的你，一定要快乐、健康、幸福！

姚希彤妈妈：姚希彤宝贝，你有着最令人羡慕的年龄，你的面前条条道路金光灿灿，爸爸妈妈愿你快快成长起来，去获取你光明的未来！

张雅婷妈妈：可爱的张雅婷小朋友，你一直都是爸妈的开心果，你那爽朗的笑声总是会让我们一起欢笑。我们不渴望你一定要成龙成凤，只希望你抱着一颗善良、勇敢、自信的心一直走下去，开心快乐地长大就好！

周睿轩妈妈：周睿轩宝贝，希望是快乐的种子，而你是一滴水，把种子浇灌，让我心中充满希望，在太阳的照耀下，成长为果实。这太阳就是你的笑容，果实就是我的幸福。我爱你，希望你一辈子开心！

肖天煜妈妈：肖天煜，你已经慢慢长大了，希望你永远保持这颗热情善良的心，也希望你能明白只有踏踏实实地做好每一件小事，才能实现你理想中的大事。不要投机取巧，不要轻言放弃，做一个勇于承担、敢于改变、乐观向上的阳光少年吧！

晁雅欣爸爸：晁雅欣小朋友，人生不可能一帆风顺，有阳光，也有风雨，希望在你这个美好的年龄，享受童年的快乐，快快乐乐地学习，健健康康地成长，有一个愉快而又难忘的童年。

梁好妈妈：梁好小朋友，学习就像是在跑马拉松。虽然你不是跑得最快的，但只要你坚持不懈，拥有超越自我的信心，属于你的风景终会出现！

朱加量妈妈：朱加量小朋友，你是个活泼开朗的孩子，希望你认真学习，快乐成长，将来做个对社会有用的人。

谢欣烨爸爸：谢欣烨，我的宝贝，在爸妈心目中你是最棒的！通过爸妈和老师的教导，加上你自己的努力，感觉你成长了好多。继续努力！加油，宝贝！

方际程妈妈：亲爱的方际程，你善良、乐观、待人真诚！每个人的成长道路上，都会有顺境和逆境，爸妈希望你懂得坚持，坚持过后才有彩虹。愿你幸福，永远快乐！

龚翔妈妈：龚翔长大了不少，也在老师的教导下取得了不错的成绩，好样的！你不是追求完美的孩子，爸妈只希望你能够快乐地生活和学习，快乐地度过自己的童年。

袁伟豪妈妈：亲爱的袁伟豪，爸爸妈妈希望你以后不管遇到什么事，都能够坚强勇敢地去面对，为实现自己的梦想努力吧！愿你永远

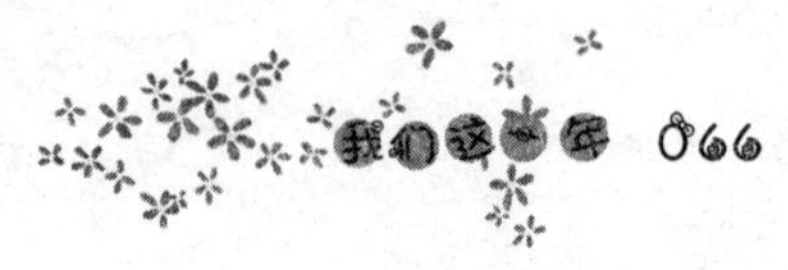

开心快乐！

季凌霄爸爸：亲爱的季凌霄小朋友，爸爸妈妈很欣慰看到你这样努力地学习着。但是你不能骄傲自满，你要再接再厉，争取让成绩更上一层楼。在学习中，要有自信，充分发挥自己的潜力。身为家长，我们为你自豪，相信你一定可以超出爸妈对你的期望，继续努力吧！相信你的付出会得到一个让你自己满意的回报！加油！加油！

杨予萱妈妈：杨予萱，你可知道，没有一种给予是应该的、理所当然的。所以我们要心存感激，你要学会有情有义，懂得珍惜和感恩。世界上伴你左右、有缘而行的有几人？事事感恩，会活得更快乐。

杨欣怡妈妈：亲爱的欣怡小朋友，你是一个活泼可爱、善良有责任心的小姑娘，现在正是你美丽童话的开始。爸爸妈妈都是很平凡的人，我们希望你能健健康康、快快乐乐地成长。希望你学好知识，奋发向上，加油！自信才能超越自我！努力才会有回报！

刘铮妈妈：帅气活泼的刘铮，成长的路是快乐的，学习的路是幸福的。多问自己是不是老师的好学生，爸爸妈妈的好孩子，同学们的好伙伴。做自己该做的，做自己认为对的，爸爸妈妈会一直陪伴你的，加油！

徐梓轩妈妈：亲爱的徐梓轩，你是一个外表内敛、内心倔强的小男孩，只要你想去做，一定是可以做到的。爸爸妈妈希望你怀着一颗感恩的心做一个健康、快乐、独立的男子汉。

刘晨曦妈妈：我的晨曦宝贝，你是一个活泼开朗的小女孩，爸爸妈妈希望你认真对待每一件事。更希望你健健康康、快快乐乐长大。

郑逸妈妈：亲爱的郑逸，你是爸爸妈妈的开心果。你活泼可爱，你的笑声总能感染我们。你有时候会犯点小错误，但你会及时改正。爸爸妈妈希望现在的你把学习放在第一位，努力学习才会有收获！

李典浩妈妈：亲爱的李典浩，希望你勤奋好学。记住，今天的学习，是明天的欢笑，学会包容和感恩，希望你能勇敢、自信、健康、快乐地长大！

殷鑫宇妈妈：亲爱的鑫宇宝贝，成长的道路从来就不是一帆风顺的，你所受的伤、受的累都是你的财富，只有在磨练中才能懂得珍惜。爸妈希望你做一个既成材又成人的孩子。为你加油点赞！

裴宇涵妈妈：亲爱的裴宇涵宝贝，你正在茁壮成长、吸收营养，你不断地给我们带来惊喜。虽然你有时也会犯迷糊，但不管怎样，你都是爸爸妈妈的心肝宝贝，希望你用微笑面对今后的每一天。

白又文妈妈：亲爱的白又文，爸爸妈妈希望你能快乐成长，做自己喜欢的事，能勇敢地面对生活中的困难，我们永远支持你。

邢梦妮妈妈：亲爱的邢梦妮，你是一个很乖巧的小孩，爸爸妈妈希望你以后能够勤奋好学、乐观向上。但是你要坚信明天的自己会感谢今天的付出，懒惰是不可能成功的。

陆晨阳妈妈：陆晨阳宝贝，一路的学习，一路的成长！鲜花若香，蝴蝶自来！愿你坚持做自己！

付涵蕾爸爸：付涵蕾宝贝，你就像是正在茁壮成长的小树苗，生机勃勃。爸爸妈妈希望你快乐健康地成长。我们不求你有多大宏图前景，但你要学会尊重人，要知道尊师重教、尊敬长辈。你是一个很懂事的女孩，能够理解爸爸妈妈。望你继续努力前行，有付出就会有回报！宝贝，加油！加油！再加油！爱你的爸爸妈妈就是你强有力的后盾！

余思慧妈妈：余思慧，你是个诚实、善良的孩子。由于你的努力，在学习上总算有了一点起色，希望今后继续努力，争取和别人同行。

路钰爸爸：路钰，记住你是一个男子汉，责任第一、敢于担当。也许你暂时还不明白这句话的意思，但希望你在以后成长的道路上都要记住它……

方思跃爸爸：方思跃，继续保持你的善良，并且更要记住坚毅是走向成功的最高指标，你的成功与蜕变都是你不懈努力的结果哦！

石紫玉爸爸：亲爱的石紫玉同学，你现在是一棵小树，成长的路上有阳光雨露，也有风雨雷电。爸爸妈妈会在你成长的路上一直陪伴你，一起加油吧！相信你会通过自己的努力破茧成蝶！

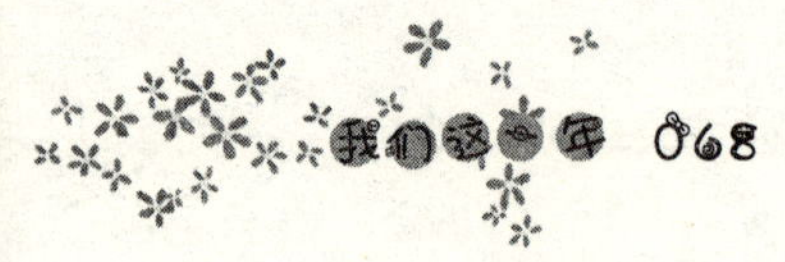

刘紫涵妈妈：亲爱的刘紫涵宝贝，我们的生活充满了七色阳光，但即使是在阳光普照的时候，也难免出现短暂的阴云。成长过程中，会有一些挥之不去的烦恼。这些烦恼来自生活，来自学习，来自与同学的交往……你要永远保持一个善良、乐观的心态，做最好的自己！

许嘉鑫妈妈：嘉鑫，你是停泊在港口的一叶小舟，愿你扬起信念的帆，载着希望的梦，驶向辽阔的海洋。

刘博浩妈妈：亲爱的博浩宝贝，你是一个机灵、可爱的小男孩，这学期你的进步很大，能认真听讲，有时还能积极举手发言，绘画比以前有进步，你的正楷字写得也不错！不过，你有时候还比较淘气，不能管住自己。如果你能严格要求自己，那就会更能干，更出色。加油吧，少年！

荣煜妈妈：荣煜，你是一个聪明可爱又调皮的小朋友，有时也会犯迷糊，爸爸妈妈希望随着时间的变化、知识的积累，你会越来越棒！

王悦欢奶奶：悦欢，你是一个聪明伶俐可爱的小朋友，你活泼调皮，擅长讲故事，成绩虽然不是很优秀，但我对你充满信心，在未来的学习生涯中继续努力吧！爸爸妈妈都会和你在一起，与你一起成长。

虞佳欣妈妈：女儿，你在爸妈心中一直是个独立自主的女汉子，希望你看到自己的进步，改掉自己的不足！加油，虞佳欣！

赵沛堃爸爸：堃堃，你有属于你这个年龄段的天真、诚实。和同龄人相比，你的独立能力、沟通交流能力和学习成绩还处于弱势。新学年即将开始，希望你在这些方面的能力能够快速提升！

周诗雅爸爸：美丽大方的周诗雅，随着你渐渐长大，妈妈和家人会更加无微不至地照顾你，让你学会用自己的双脚走路，用自己的双手吃饭，用自己的嘴巴来表达。

张佳悦妈妈：无论时光离去了十年还是二十年，无论你曾佩戴小红花还是满脸泥巴……亲爱的张佳悦，愿你永远怀揣一颗天真烂漫的童心快乐地生活！

张诗雨妈妈：嘿！姑娘，你现在的年纪，除了学习上的困难，其他的爸爸妈妈都可以帮你，但是困难也只是暂时的，未来的路还要靠你去探索，不要一遇到困难就哭鼻子。加油，张诗雨！

张鑫妈妈：亲爱的宝贝，马上升入二年级了，你要努力。以后的学习任务会更加繁重，要学着成长，希望你能虚心学习，不断上进。希望你在成长的道路上，开心快乐，一帆风顺，相信付出一定会有收获，我们永远支持你！加油，张鑫！爱你的父母。

张凯文妈妈：张凯文，妈妈的可爱宝贝。你善良热情，对身边的人和事都比较热情；你可爱淘气，对身边的事物都比较好奇，喜欢探个究竟；你聪明好学，对待学习认真细心……希望你在成长的路上一直保持这样的状态，做父母乖巧的孩子，做老师听话的学生，做同学学习的榜样！

叶子乐妈妈：亲爱的叶子乐小朋友，学习是一件开心又辛苦的事，开心时，爸爸妈妈陪你一起开心，辛苦时爸爸妈妈陪你一起度过！愿你在成长的路上做个坚强、善良、勇敢、快乐的小小男子汉！

在“人小”这个大家庭里

班主任/鲍艳君

加入人民路小学这个大家庭已经快要一年了，我感觉自己成长了许多，收获了许多。下面我就来谈谈自己的感受。

有一种爱叫同事之爱。没有哪个学校像我们学校这么历经坎坷了。开学初由3个年级的师资配备变成了一个年级的师资配备，8个班级的孩子等于一个学校的学生，这在学校的起步阶段也就意

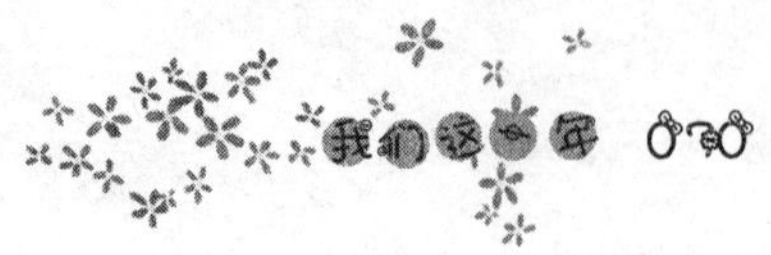

味着一个年级的教师工作要撑起一个学校。在这样人手少、任务多、起点高的情况下，我们级部组的同事同心同力，任劳任怨，办事效率高，教学效果好。大家不计得失，尽心尽力，取得了很多成果。新教师尹相慧、张莉、是丹红分别在市级、区级上了展示课，张馨之老师“金牌通讯员”的称号名不虚传，王晓薇主任策划学生活动，徐竹老师负责环境布置和通讯报道，曹敏娴老师不分昼夜制作媒体课件，所有班主任尽心尽责地完成学校布置的任务，协调好学校与家长的关系。一年中没有一次投诉，这确实不容易。

在这样的工作环境中，同事有爱，配合默契，一人有难，众人帮忙，真有一种革命年代的团结精神。大家相处融洽，彼此体谅，为我们单调的工作增添了许多快乐。凝聚力把我们团结在了一起，在这样爱的氛围中，工作也变成了享受。

有一种情叫家校之情。这一年，学校得到了家长朋友们的大力支持。家委会的成立，校门口家长志愿者的值岗服务，学校家长课程的参与，元宵节儿童节活动的配合，都离不开家长们的支持。家长们没有一句怨言，乐意为孩子们服务。虽然我们只有一个年级，和其他学校相比，我们确实势单力薄，但是家长们是我们的后援团，是我们的一家人。一家人不说两家话，多来走动，增添了许多感情。

有一种暖叫师长之暖。有时候不必过多的寒暄，一句话、一个动作也能让人感动不已。今年我和张莉老师结为师徒，我们除了在平时的教学工作中经常沟通外，平时也会一起吃饭、一起聊天，感情增进了不少。5月份，她要去参加区里的语文展示课，我帮她磨课，那一阶段，我牺牲自己的休息时间，调了课去听她上课，下班后和她一起讨论教学环节。真的是她忧我忧，她喜我喜，好在最后得到了听课老师的一致好评。等她上完课，我的一根弦才放松，做了这么多，我没有一句怨言，这些她也看在眼里，所以我有什么要帮忙的，她也总是二话不说就帮了。回想当年，我也得到过许多老前辈的帮助，现在如果我有能力，也是我付出的时候了。我想多关心年轻人，教会他们知道老师该有的样子，以后等他们成了师长，自然懂得付出的重要。

人民路小学的路还很长，我希望“团结”“奋进”“有爱”能始终萦绕在我们身边，伴我们一路前行！在人民路小学这个大家庭里，我是幸运的，也是幸福的。

我们这一年

陈睿凡妈妈/沈馨

时光匆匆，一眨眼，小学一年级的学习生活已接近尾声，在这一年中，孩子的学习和生活，真是让我时而欢喜时而忧啊！

从幼儿园生活转换到小学生活，不但孩子本身要有一个很大的转变，家长也要跟着转变，与孩子一起努力，一起学习，一起进步。

家校携手，使孩子逐渐适应了小学生活，孩子基本能按照老师的要求去做，懂得了尊敬老师、团结同学、关心集体。明白了什么是课堂纪律，小学的课堂与幼儿园的课堂还是有很大差别的，要求更加严格。小学刚开始时，我们一直叮嘱他，上课注意力和眼神必须时刻跟随老师，老师提的问题要积极地举手发言，就算说错了也没关系，说错了老师会纠错，才会知道错在哪里，下次才不会再犯。记得有一次学校开放日，爸爸去参加了。老师提问：“你的眼睛像什么?”孩子举手回答说：“我的眼睛像我的妈妈。”引来了同学和家长的哄堂大笑，别的孩子会说：“我的眼睛像葡萄”“我的眼睛像灯笼”……回来后爸爸就向我吐槽，说孩子真丢人。我觉得孩子说的这句话没有毛病呀！我对他说：“老师也没说你错，只是纠正你一句话中不要出现两个我，而且我们把眼睛

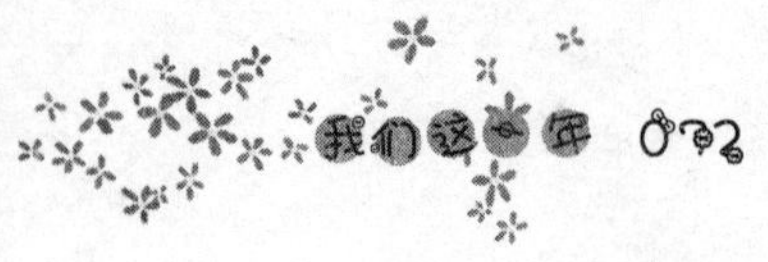

比作另一个事物，这个句子是不是变得更美了呢？”孩子也顿时领悟地点了点头，我觉得这样就够了。在后面的学习中，孩子也知道了课堂上的学习方法，自己要有优秀的表现才会赢得同学、老师更多的称赞。所以，很多时候一句表扬的话比一句批评的话，能让孩子做得更好。

学校组织的“每日一讲”活动非常好，可以让孩子更自觉地去看一些课外书，培养思考力和解读力。很多知识不在课本上，在课堂上孩子的课外知识达到一定的积累后，能提高语言运用能力，这就是所谓的“胸有成竹”。

孩子最近沉迷沈石溪写的小说。他的书基本以动物为题材，衍生了很多生活中的道理，我觉得这样的阅读能让孩子更好地领悟。每次孩子从图书馆借回来书，坐在车里就如饥似渴地看起来，每次看完后还会提问我们很多问题，有时候我们都被他问得哑口无言。但是当他告诉我答案时，看到他那满满的自豪感，大人是由衷地开心。鲍老师不但把课堂知识传授给孩子，而且经常会给孩子讲一些课外知识，我觉得孩子应该都超喜欢这样的老师吧！反正我在学生时代很喜欢这样的老师。上课过程中，有点疲劳，注意力开始不集中，老师就会讲一些课外知识，这时候我们的注意力就会又开始跟随着老师，继续下面的课程了。

最后就是生活习惯。小学刚开始的时候，每天的书包都是我来整理，但是一段时间后我发现，这样不行，孩子有依赖性。之后我就放手，让孩子自己整理。我说：“你看着课表把每天要用的书和文具带齐了，我不会再帮你整理，如果到了学校发现什么书没有带，被老师批评，那是你自己的事情。”开始的几天我还会趁他睡着的时候偷偷再检查一遍，后来我就完全脱手了，现在每天他都能自己整理得很好。有时候做个懒妈妈也挺好的。大家不要小看收书包这件事，书包里乱七八糟，有时候忘记带书，不仅影响孩子当天的学习，也会让孩子上课说话找理由。经常会在家长群里看到一些孩子忘记带书，家长让孩子去门卫那儿拿。我觉得孩子是我们一辈子最大的财富，无论家长有多忙，都不要忘记每天至少抽一个小时陪伴孩子，辅导孩子，教育孩子。一年级真的是太重要了，只有打好基础，培养良好的学习习惯，未来的学习才会越来越轻松。作为家长，辛苦的付出肯定会让孩子度过充实而愉快的小学生涯，孩子快乐了，家长还有什么不开心的呢？

印象深刻的一次家长讲堂

梁好妈妈/方玲

人民路小学从开办到现在才一年的时间，虽然时间很短，但人民路小学的教育理念让我特别感动。学校开展了丰富多彩的课程，也加强了学生的思想品德教育。同时，“人小”秉持“上善”的文化理念，是一所向善向上、让孩子们能成长在幸福中的学校。

每天语文课安排两至三名孩子上台演讲，这样既锻炼了孩子们的口才，又培养了他们的自信心；同时学校也开展了国际理解课程，邀请了多位南非友人来和孩子们交流，还策划了“万圣节”活动、“超级爸妈”、“趣味数学”等，这些都让孩子们开阔了眼界，增长了见识。成为“梦想开始的地方”是人民路小学的追求。

让我印象最深刻的是最近开展的一次家长讲堂活动。吴校长邀请到了常州幼儿师范学校副教授、高级礼仪培训师王坚定主任，来给我们上了一堂关于礼仪教育的趣味课。这不仅能够帮助孩子们从小养成良好的礼仪习惯，还使他们掌握了礼仪的常识，也让我们意识到生活中家长也要以身作则。

王教授的讲课寓教于乐，还举了一些生活中的例子，让我懂得了礼仪教育的重要性，做家长的要给孩子做示范。家庭教育很重要，要从小培养孩子的气质，让孩子变得彬彬有礼、落落大方，他们今后走向社会将受用终生。父母的一言一行都会对孩子产生潜移默化的影响，正如王教授所言：“礼貌不花钱，但是很值钱。”

两个小时的讲座，我们受益匪浅。对孩子的教育，不仅仅是学习上的教育，更重要的是让我们对礼仪的意识有所提高，也更加重视礼仪教育。这次的讲座非常宝贵，给我留下了深刻的印象，非常感谢王教授的这次家长讲堂活动。

我们爱“人小”，我相信“人小”的明天一定会更加美好！

给人民路小学点赞

肖天煜妈妈/巢玉丽

一转眼，我家懵懂的小男孩已经是一名少先队员，即将成为二年级的大哥哥了。陪伴孩子走过的这一年，点点滴滴的记忆太多了。这一年他从懵懂步入知书懂礼，离不开老师的悉心教导。每次我咨询孩子在校情况时，鲍老师和余老师都会很耐心地回答，孩子有什么小的坏习惯和表现不好的地方，也会主动和我沟通，并帮助孩子及时改正。我想说，我的孩子很幸运能成为“人小”的学生。“人小”的第一次家长会就让我很惊喜，让我真正开始了解我的孩子上的是一所怎样的学校。记得吴校长说：“我们希望，从我们学校走出去的孩子有我们的烙印，有我们的特点，那就是自信、热情、坚强，有礼貌、有梦想、有气质，他要有为人处世的能力，要有全面的多元的综合素养。”

正如吴校长所说，孩子们的校园生活很快乐，并且丰富多彩。学校开设的多元化艺术课程，让孩子们除了学校课本知识之外，也可以选择自己喜欢的艺术课程。家长进课堂活动，让孩子们了解了许多课外知识，也让我们家长体验了和孩子们一起做活动时的快乐。还有各种很有意义的班本课程，让孩子们在实践中去感受生活，去领悟生活。“彩虹花阅读”和礼仪课程等，都让孩子们受用一生！想说的话还有好多好多……

我们这一年

陆品轩爸爸/陆由彪

时间流逝，如白驹过隙，转眼间孩子即将升入二年级。在这一年里孩子在学习过程中学到很多，收获很多，虽然现在在许多方面还是很欠缺，需要学习的地方也很多，但我会和孩子一起努力一起学习。

这一年新学期，孩子们从李公朴小学过渡到人民路小学。刚开始分班的时候，孩子天天跟我唠叨，如果和熟悉的鲍老师分开了怎么办？能不能提前和鲍老师商量一下不要分开……当然，不止我“护犊”心切，分班也是其他家长焦虑的一个侧影。可以说，家长在分班问题上“内心戏”十足。学校在“一碗水端平”的前提下，在家长代表的面前“抽签分班”，因为家长代表目睹了分班过程，保证了公平公正，所以大家对抽签结果十分满意。

紧张的一个学期的校园生活快结束了，在这一年里，孩子从一名幼儿园的好孩子成长为一年级学生，学到了很多也懂得了很多。我要感谢老师，是她对犹如白纸一张的孩子进行教导，细致到孝敬父母、对人有礼、学习家务、自觉学习、不懂

就问……这让孩子成长得很快。

这一年里，每天的课前三分钟演讲励志小故事，让孩子克服了胆小，孩子各方面都取得不错的进步。无忧的生活在这一年即将离去，回顾过去的日日夜夜，孩子从一开始不适应到今天的开开心心、快快乐乐地学习，爸爸妈妈为他每一个小小的进步、每一个小小的五星而骄傲！

我庆幸孩子选择了一所能让他快乐学习的学校，我也庆幸孩子遇到了几位有丰富教学经验又有育人智慧的好老师。

今后，我也希望老师们给我们家长多提宝贵意见，我们一定把最好的一面投入孩子的教育当中。最后，祝“人小”越来越好！

我们这一年

叶子乐妈妈/李素红

2017 年的夏天，结束了无忧无虑的幼儿园生涯，我们加入了全新的小学知识探索的队伍。记得刚开学那会，看着你小小的个子背起了书包和水壶，和妈妈说完再见然后毫不犹豫地一头扎进了完全陌生的新校园的大门，那一刻，妈妈有种无与伦比的自豪感，终于有种“吾家有儿初长成”的感慨！你长大了！

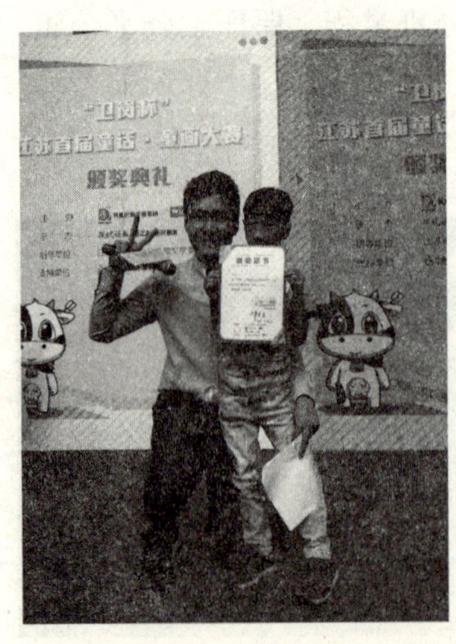

2018 年的夏天，一年级转瞬即逝。这一年里你有了太多的第一次。第一次接触到新的同学和老师，第一次跳绳达标，第一次戴上鲜艳的红领巾，第一次学校期末闯关，第一次没有妈妈的陪同跟随老师去春游……这一年，你成长了！

记得在训练跳绳的那段时间里，一开始你完全不会跳，从最初笨拙而机械地甩一下跳一下开始练，几天下来一直掌握不了窍门。哥哥和妈妈的示范对你来说根本不起作用，我急你也急，但是你却不放弃。最后，在爸爸特有的方法指导下，你每天练啊练，终于从最初的一分钟跳十几下到跳一百多下，你挑战成功了！

这一年，好多生活中的小细节、小进步在你身上也得到体现。你学会每天回家第一件事是写作业，听着你朗朗的读课文的声音，看着你作业本上越来越工整漂亮的字，瞧着你图画本上越画越好的画，收到你从学校带回的奖状，我很欣慰，宝贝，你长大了！有时你还能帮妈妈做些力所能及的家务，我很高兴，宝贝，你进步了！

当然，你还有很多需要改进的地方，让我们一起努力、加油，好吗？最后，要感谢所有老师对你的辛苦付出和谆谆教诲，特别是漂亮又可亲的鲍老师！

毛虫与蝴蝶

一（2）班

蝶

匍匐

枝叶尖

勾画

羁旅的岁月

任凭

风雨雷电

作茧自缚

丝丝缕缕

吐出银色精华

雪藏海空云志

等待

一飞冲天

蜕变

写于今天：亲爱的孩子……

杨愉欣妈妈： 亲爱的孩子，希望你更加虚心专注学习，改进不足之处。在老师的关心、同学的帮助下，各方面都更上一层楼！加油！

韦奇妈妈： 亲爱的孩子，希望你能够自己的事情自己做，能够独立完成家庭作业，上课专心听讲，改掉粗心马虎的毛病，跟同学们相处愉快，成为一个快乐的孩子！

裴歆羽妈妈： 亲爱的孩子，愿你坚强勇敢、独立自信，无论遇到多少困难，都能勇往直前，始终保持一颗积极向上的心。

黄安琪妈妈： 亲爱的孩子，当你不用提醒，主动跟叔叔阿姨打招呼时，那一瞬间，爸妈知道你已学会了礼貌待人；当你不用督促，主动阅读课本、写作业时，那一刹那，爸妈明白你已学会了自律自觉；当你不用安排，主动张罗着练习滑冰时，那一时刻，爸妈懂得你已学会了迎难而上……加油，安琪！爸爸妈妈会一起陪你茁壮成长！看好你哦，加油！^_^

周玥婷妈妈： 亲爱的孩子，妈妈希望活泼开朗的你不管做什么事情都要认认真真。以后有更广阔的天地在等着你！

崔志轩妈妈： 亲爱的孩子，希望你勇敢自信、坚强乐观。更希望你有一个健康的体魄，身体是革命的本钱。知道吗宝贝！所以你不要挑食，要好好吃饭，认真锻炼身体。你是妈妈最大的希望，加油！宝贝，你是最棒的！

杨凯璇妈妈： 亲爱的孩子，愿你开心健康地过好每一天。做老师眼中的好学生，爸妈眼中的好孩子。加油！妈妈看好你哦！

李添源妈妈： 亲爱的孩子，你说最喜欢“一分耕耘，一分收获”这句话。希望你能朝着明确的目标，争取在各方面取得更大的进步！

余梦琪妈妈： 亲爱的宝贝，现在的你是美丽童话的开始。以后你的故事也许包罗万象，但一定美不胜收。也许有风雨，但一定会有灿烂的阳光。愿你健康、快乐、聪明、纯真、善良！

崔翔宇爸爸： 亲爱的孩子，愿你做事踏实认真，对新鲜的事物有强烈的好奇心，对自己喜欢的事情有激情。在努力勤奋中把握自己的方向。梦有多大，路就有多远！爸爸妈妈永远为你加油！

伏曦爸爸：亲爱的孩子，伏曦小宝贝。爸爸妈妈希望你能感受爱，学会爱。希望你经历雨露风霜依然一路繁花。愿你健康快乐成长！

余霄妈妈：亲爱的孩子——霄宝。爸爸妈妈希望你做个自信、开心、有目标的男子汉，每天坚持进步一点点。

范佳丽爸爸：亲爱的孩子，快开学了，让我们再读一遍龙应台写给儿子安德烈的一段话：孩子，我要求你读书用功，不是因为我要你跟别人比成绩，而是，我希望你将来会拥有选择的权利，选择有意义、有时间的工作，而不是被迫谋生。当你的工作在你心中有意义，你就有成就感。当你的工作给你时间，不剥夺你的生活，你就有尊严。成就感和尊严给你快乐。

葛睿妈妈：亲爱的孩子，愿你开开心心每一天，做好人做好事。好好学习，天天向上！

黄泽萱妈妈：亲爱的孩子，有了目标就要有耐心、信心和恒心。愿乖巧懂事的你快乐成长！

孙启畅爸爸：亲爱的孩子，愿你做一个惜时的小孩，做事不拖拉；愿你做一个自信的小孩，遇事不害怕；愿你做一个健康快乐的小孩，永远纯真善良。

张炎彬爸爸：亲爱的孩子，你有着最令人羡慕的年龄，希望你上课认真听讲，开动脑筋，成为一个胆大、爱学习、懂事的好学生。爸爸妈妈会陪伴你快乐成长，一起去收获你光明的未来。

陶子欣妈妈：亲爱的孩子，爸爸妈妈不是温柔型的父母，经常会因为你淘气或者粗心而生气发火，但我们对你的爱从未减少分毫。妈妈愿你未来的成长路上都有良人相伴，愿你以后所有快乐都无须假装，愿你此生尽兴，保持赤诚善良！

杨馨艺妈妈：亲爱的孩子，宝贝，妈妈愿你的笑容永远天真，愿你的天空永远晴朗，愿你人生的每一天都与众不同。爱你！

李睿爸爸：亲爱的孩子，爸爸知道你现在并不快乐。我们给你压力，只是希望你将来能够骄傲地活着！

黄煜轩妈妈： 亲爱的孩子，你从上小学开始，就时常调皮、捣蛋，没让爸爸、妈妈和老师少操心，但是在期末考试中你并没有让我们失望。孩子，你不笨，只是缺少一些耐心，希望在新学期里你能更进一步。

刘煜铖妈妈： 亲爱的孩子，我们想对你说，每个人的一生都是一个问题套着另外一个问题。刚解决了一个难题，又和下一个难题不期而遇。希望宝贝在成长的路上从容应对，勇敢坚强。相信走过风雨必见彩虹！爱你的爸爸妈妈。

庄磊妈妈： 亲爱的孩子，希望你在成长的过程中，努力做一个意志坚定的人，努力做一个会思考、爱思考的人，做一个有理想的人。

朴智赫妈妈： 亲爱的孩子，遇到困难，要自己想办法去解决，多一点耐心。希望你自己的事自己做，不要依赖父母。妈妈有时性格急了点，辅导你时凶了点，我向你说声对不起，我会改正缺点。孩子，你的路很长，需要你自己努力。我们一起加油！爸爸妈妈永远爱你。

王俊喆妈妈： 亲爱的孩子，希望你认认真真听讲，大大方方演讲，工工整整写字，给妈妈、老师留下一个美好的印象。

史伟涛妈妈： 亲爱的孩子，上课认真听讲，只要努力就会有更多的收获。好好学习吧！知识永远是最强的力量！

徐雨欣爸爸： 亲爱的孩子，一次成败不能决定你的一生。人的一生没有终点，只有另一个起点，自己努力了才能走得更远。心若在，梦就在，只不过从头再来。

张伟杰妈妈： 亲爱的孩子，愿你快乐学习，快乐成长，拥有一个快乐的童年。

姚柏克妈妈： 亲爱的孩子，希望你好好学习，天天向上。勇敢自信，勤劳善良。

王偌雪妈妈： 亲爱的孩子，付出不一定有回报，但是不付出一定没有回报。每个人都会累，没有人为你承担所有悲伤，人总有一段时间要学会自己长大。宝贝，加油！

徐芊羽妈妈： 亲爱的孩子，请珍惜你拥有的学习机会，读更多的

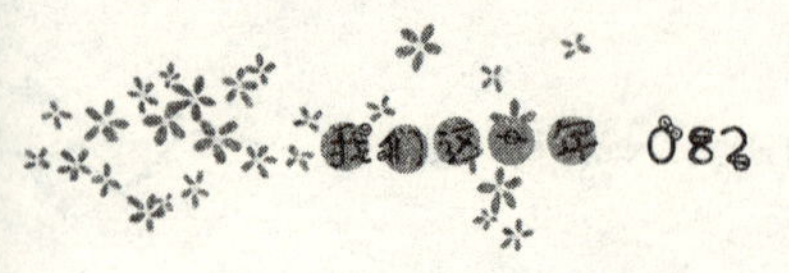

书，行更远的路。请感恩陪你前行的亲人、朋友、老师、同学，他们都是你人生中独一无二的风景。

杨泽宇妈妈：亲爱的孩子，懂事乖巧的孩子，愿你健康快乐地成长。希望你在今后的学习上更专心，更踏实。加油！

武雨涵妈妈：亲爱的孩子，望你学会独立，学会坚强，学会勇敢地面对你成长道路上许许多多的困难和挫折。希望你思想端正，品行优良。努力向上地汲取养分，茁壮成长。

常锦浩妈妈：亲爱的孩子，希望你能做一个老师心中的好学生，父母心中的好孩子。做人第一，学习第二。加油！

杨敬涵妈妈：亲爱的孩子，希望你像小树一样茁壮成长，在知识与阳光的灌溉下枝繁叶茂。要相信自己一定能行，勤能补拙，没有什么困难是克服不了的。加油吧！

韩天佑妈妈：亲爱的孩子，爸爸妈妈的两颗心乘起来等于翅膀，我们会用全部的爱为你护航。不管世界有多少漫长的路，愿你放飞梦想，到处飞扬！

韩纪岐妈妈：亲爱的孩子，只要你努力了，就一定会有收获！相信你能做到。你一定会做到。加油哦！

张宇嘉妈妈：亲爱的孩子，勤奋好学，乐观向上。今天的学习，是明天的欢笑，懒惰的人是不可能成功的。遇到困难时，不要让烦恼淹没自己，要想办法尽快摆脱困境。

周杰妈妈：亲爱的孩子，只要你勇敢一点，在课堂上勇于表达自己的想法，积极发言；做作业的时候专心一点、细心一点，你就是最棒的！

张俊龙妈妈：亲爱的孩子，愿你开心学习，健康成长，变成我的骄傲。加油吧，孩子！

王瑞泽妈妈：亲爱的孩子，你从刚入学时的边玩边学习，甚至连老师布置的作业都记不得，到现在主动完成作业。虽是简单的两句话描述，却见证着你一年的努力、自律与付出。希望你做老师欣赏、父母欣慰、社会接纳的好孩子。加油！

韩家赫爸爸：亲爱的孩子，希望你健康快乐地成长。学会独立，做事要有始有终。做一个善良的人，尊老爱幼！

孙凝妍妈妈：亲爱的孩子，一年的学习成长，看到你长大懂事不少。拥有良好的品质与习惯，这在你以后成长的路上会有很大的帮助。加油吧！

韩雨泽妈妈：亲爱的孩子，你为人正直善良，品德正义诚信，做事努力认真专注。愿雨泽宝宝健康快乐地成长！

我们这一年

班主任/许颖

这是忙碌的一年，也是收获的一年。这一年我们并肩作战、砥砺前行。回想这一学年，有太多的感动。

忘不了开学初余老师竭尽全力帮我一起管理班级，忘不了身体不适时办公室同事的关心和帮助，忘不了搬入新校区时家长们出钱出力与我一起布置教室，忘不了大冷天里和我一起打扫整条走廊的家长义工……点点滴滴都印刻在我的脑海里，而我能做的就是认认真真地教小朋友们，尽心尽力把每个孩子教好。

也曾为一些孩子的不讲卫生着急，也曾为某些孩子的惹是生非烦恼。可随着家、校共同的努力，孩子们努力后的点滴进步，我看在眼里，更喜在心头。印象最深刻的要数小张同学。初入小学，小张就惹下大事，不小心把同学的脑门撞伤了，事情在老师的协调下妥善解决。但是调皮的小张并没有真正认识到自己的错误，一如既往地捣蛋。经

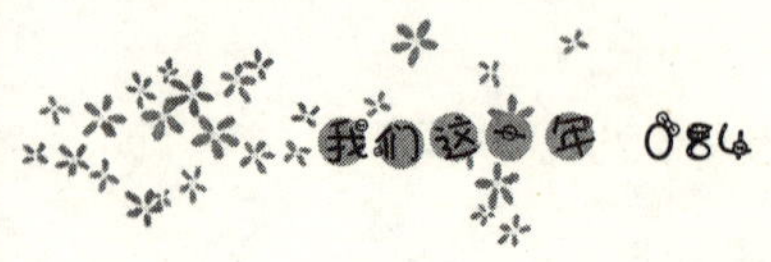

过和家长的多次沟通，我们制订了“盯人”计划：每个课间老师都陪在他身边，有时是与他谈心，有时是陪他玩耍。大约一个半月后，他的心慢慢沉静下来，上课能坚持听讲20分钟以上，作业能按时完成，即使是上其他老师的课也不再发出怪叫声，不再随意走下位置。于是，我们又重新制订了计划：慢慢放手，调动他的学习积极性和内驱力。只要他有一点点进步，立刻在班上大大地表扬；出现懈怠时，就悄悄地提醒他。现在的他，已经把老师当成了可以信任、可以依靠的“自己人”。每天中午，只要我一回到教室，他就要拉住我的衣服告诉我：“老师，我作业做完了，我一句话都没有说，做完就看课外书了！”我也会贴着他的耳朵说：“真棒！许老师偷偷地给你准备了一个奖品呢！你不要告诉别人啊，人家要说我偏心你哒。”偶尔，他控制不住自己做小动作时，我看他一眼，假装生气地问：“我们的默契呢?”他就会立刻坐端正后向我示意。我心换他心，看着他的成长和进步，我与他的家人都充满了欣喜。看着班级孩子蓬勃朝气的笑脸，我内心洋溢着幸福。

这一年，孩子们在各种各样的活动中成长起来：广播操比赛、万圣节活动、唱歌比赛、元宵节包元宵活动、讲故事比赛、才艺展示……孩子们从拘谨不安，变得落落大方，家长们看到他们的变化都欣喜不已！学校更是给孩子们搭建了成长的舞台，让他们在活动中找到最棒的自己。看着孩子们的笑脸，我们觉得所有的辛苦都得到了回报！

感恩有你们——（2）班的家长们；感恩有你们——我可爱的孩子们！

你们这一年

黄泽萱妈妈/张丽

这一年，你参加了入学之礼，戴上了鲜艳的红领巾，光荣地成为一名小学生；这一年，你遇到了人生道路上指引你方向的启蒙老师，老师们不仅教导你学习文化知识，还教会你做人的道理。在一（2）班这个大集体里面你结交到了知心的朋友，也学会了和同学的团结友爱……

这一年，学校老师对你的点滴付出让爸爸妈妈没齿难忘！一天下午，我接到班主任许老师的电话。我的第一反应是你在学校调皮了，但是电话那头却传来比我还焦急的声音："黄泽萱妈妈吗？刚才上体育课，孩子摔跤把膝盖摔破了，现在正带她到学校对面的医务室包扎。我感觉还好，您要不要过来看下接回去休息？"顿时，一股暖流充满全身。平时在家孩子摔跤了也属正常，但一位老师才带了孩子几个星期就这么爱护孩子，我这心里真是既踏实又放心。在学习上，我是一位比较焦急的妈妈，加上孩子底子也比较弱，在"彩虹桥"上我会写一些辅导孩子后的反馈，反映我焦虑的内心。但是老师总是说：给孩子一些时间，从幼儿园到小学是一个变化的过程，环境和学习要求都在变化，需要时间给孩子适应和过渡。第二学期，孩子们来到崭新的学校。作为家长，第一担心的就是孩子能不能适应新的环境。但是第一天孩子回来说："妈妈，我们学校的饭菜很好吃，我今天把饭和菜都吃完了。"第二天，孩子说："食堂的阿姨每天都搭配有营养的饭菜给我们，真是太好了！"……一个挑食的孩子能这么说是多么难得啊！

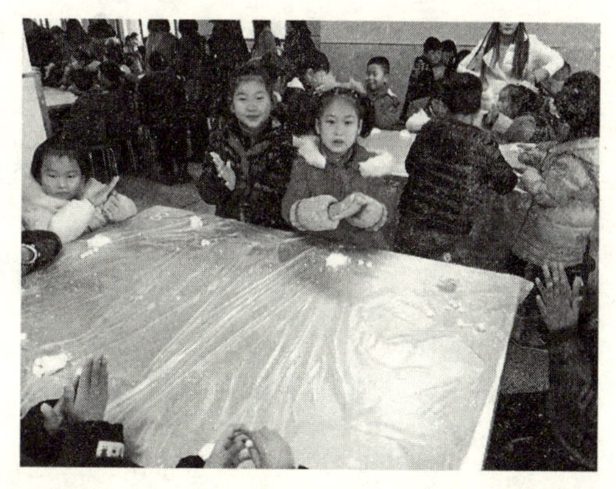

这一年，孩子的茁壮成长见证了老师们的付出。在学校，一有时间许老师就会让孩子阅读他们自己爱看的书。原本学习底子比较弱的你很有进步，原来只认识几个零碎的字，现在能阅读整篇带拼音的文章；原来只会掰着手指头计算的你，现在变成能口算、能估算、能打竖式和计算应用题了；以前你要爸爸妈妈陪着买东西，现在能拿着钱

自己帮爸爸妈妈买东西；之前你不懂得关心集体和同学，现在闹钟一响就早早去学校，主动帮忙做事情……这些都是你的变化。你的努力、你的勇敢都是送给老师最好的回报！

这一年，我和孩子的磨合折射了老师们的努力！孩子在阅读上有进步，每天定时读书。虽然阅读已能读懂主题，但是较同龄孩子还比较弱，认识的字有限，也经常忘记字的读音，所以有时候焦急的妈妈会不耐烦，但是你却对妈妈说："妈妈，这是你对我严格的爱！"此时，妈妈心里是惭愧的。星期天，我们在家里练习考卷，当我看到你竟然完整地做完试卷时，我好奇地问："为什么现在肯自己一个人做试卷了？原来你都是不肯一个人做一张大试卷的。"你却回答："妈妈，我看的《好吃的项链》里面的小哇克和小林鼠它们要吃樱桃，但是又想带回去跟妈妈一起分享，它们内心很矛盾。我做试卷的时候也很矛盾，既想玩，又想把学习成绩提高，但是想到小哇克还是把樱桃带回家给妈妈吃，所以我也坚持把试卷做好呀。"哇！我当时就对孩子说："孩子，你真棒！只要想主动学习了，我相信你会越来越好的！"

这一年即将过去。孩子，让我们感恩学校的付出，感谢老师们的教诲。新的学期，我们一起努力，一起加油，一定会越来越好！

我们这一年

李添源妈妈/张烨

时光飞逝，眨眼一个学期接近了尾声，这意味着我们小学生的一年级生活即将画上圆满的句号。回想起我们共同收获的点点滴滴……忙碌、紧张，却又充实、快乐。这一年是特别的一年，是值得记忆的一年。

还记得刚牵着你的手跨进校园时，你就像一只快乐的小鸟飞奔了进去，反复兴奋地说着："我是小学生了，我上一年级了……"我却担心你会适应不了小学生活。没想到，你能快速地融入小学生活，融入你们那友爱的班集体。

你们是人民路小学的第一届学生，刚开始我很担忧，到了后来慢慢开始宽慰。因为，在这里我明显看到了你的变化：看到你懂事了，学会了自理，学会了感恩，学会了宽容，学会了分享，学会了勇敢。我知道这一切的进步都离不开学校的教育，感谢老师和学校在孩子成长过程中的鼓励和付出！

很庆幸在你的成长道路上能一直陪伴着，看着你的每一次进步。

学校的每一次精彩的活动都留给孩子美好的回忆……

万圣节时，学校花心思请来了外教，让孩子们体验外国友人的节日，同时也感受了英语的氛围，在玩乐中学习；元宵节时，老师和家长们忙活了一天，只为了让孩子们体验传统节日的内涵；“六一”儿童节，从孩子们灿烂的笑容中就能看出学校和老师们的付出。感恩学校，感恩老师！

第一次在学校播音，留下了你稚嫩的童声；第一次在学校值日，你兴奋地早早来到学校；第一次走出校门，体验大自然的美好时你欢快得犹如飞出林子的小鸟……

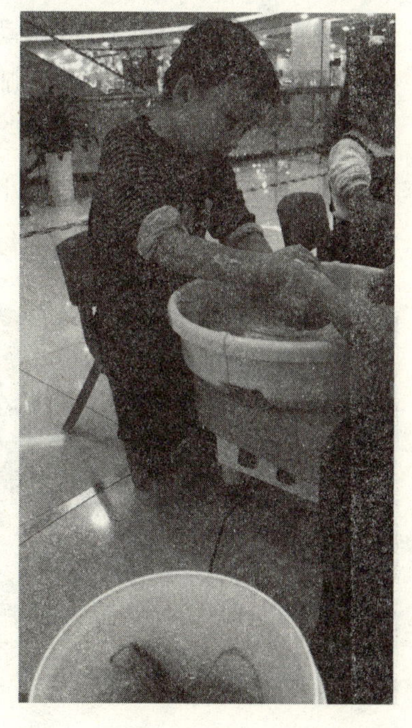

作为班主任兼语文老师的许颖老师，很重视孩子阅读习惯的养成，要求孩子们每天至少阅读半小时，一再强调阅读的重要性，这使孩子们也慢慢养成了阅读的好习惯。

学校是孩子的第二个家，很庆幸自己和孩子选择了人民路小学。在此我谨代表孩子，代表家长感谢学校。相信我们的学校在今后会越办越好，培育出一批又一批的优秀人才。

回望过去，筑梦未来

刘昱铖妈妈/陈晓玲

2017 年 9 月 1 日，刘昱铖正式成为人民路小学一年级的学生。这是她人生中一个新的起点。一切都是新的开始。在幼儿园阶段，她还是比较调皮、自理能力不强的孩子。上了小学之后，感觉她一夜之间悄悄地长大了，懂事了。升入小学，孩子对学校、老师和同学从陌生到熟悉，非常快地适应了小学生活，这让我们做家长的心里轻松了不少。现在她已然成了一名戴着红领巾的优秀小学生，在一（2）班大家庭里快乐学习，健康成长。

这一年，孩子掌握了丰富的知识，熟练地掌握了拼音，学会了独自阅读，得到了计算与逻辑思维的培养。孩子在学校全面发展，这与各位老师的教育是分不开的。

记得有一次，孩子上课没有认真听讲，数学计算方法没有掌握好，导致题目不会做。我就在微信上问了余老师，余老师耐心地讲解了一遍又一遍，这份责任心让我感动。在生活中，孩子也得到了成长，会管理自己和本组的同学，帮老师管理纪律，帮助同学积极参加班级活动等。

这一年，孩子成长为自理小能人。每天晚上整理自己的书包，从来不会忘记自己的学习用品。每个周末整理自己的房间，将被子叠得整整齐齐。自己安排学习时间，懂礼貌，会关心他人。最大的改变是不再是电视迷了。以前她超级爱看电视，暑假时一看一天，我们下班回来还在看。开家长会的时候，自从许老师倡议少看电视之

后，在我们的严格督促下，孩子星期一至星期五都不看电视，周末适当看。经过一段日子的调整，孩子现在很自觉，这些良好的习惯会继续保持。

进入小学之后，我们更加注意培养孩子阅读的习惯。许老师也一直在强调阅读的重要性，中午时间会让孩子们看书，课堂上会讲绘本故事，每天组织课前三分钟演讲，每个同学都要轮流上台讲故事，每天早晨都要朗读古诗。在这一年里，我们一起读了将近 40 本课外读物，每天陪孩子一起读书的时光，让我们也受益匪浅。

人民路小学的精神生活丰富多彩。春游和秋游，孩子玩得兴致勃勃；元宵节做元宵，家长们也积极参与，场面非常热闹；万圣节做南瓜灯，戴着面具体验不一样的节日；种子日记，让孩子亲手去播种，等待小种子发芽；水果拼盘体现了孩子的无限创意……学校为孩子们私人订制各种社团活动，让孩子们既玩得开心，又得到了锻炼，在丰富多彩的活动中流连忘返。

回忆这一年孩子的学习生活，历历在目。孩子的点滴进步都让我们家长感受到了老师们的付出和辛苦。在这里要说一声："谢谢老师，您辛苦了！"也想对孩子说一句："宝贝，你真棒！"在以后的学习生活中，我们会努力配合学校的工作，继续支持孩子。我们一起加油，一起努力！

我们这一年

王偌雪妈妈/吴田田

时光飞逝，转眼一年即将过去。这一年，有欢声笑语；这一年，有温馨时刻；这一年，充满了挑战；这一年，成长了许多。

新学期伊始，偌雪有幸得到了分菜的任务。真的很难想象，在家从没做过家务的她是怎样的笨手笨脚。刚开始时她很兴奋："妈妈，老师让我分菜呢！"接着几天，孩子说："妈妈，分菜有些累。""妈妈，豆芽菜不知道怎么分，夹不起来。”但是说过几次之后，再也听不到这样的牢骚了。我试探性地问问她分菜感觉怎么样，孩子轻描淡写地说：“没什么难啊，挺好的。”我很开心，虽然只是一件小事，但是我知道，这是一种成长。

偌雪是个比较文静的女生。当然，说文静是因为我不愿意承认她内向，总希望她可以更好，可能这就是做父母的望女成凤的心态吧。但是我慢慢地发现，她有所改变了，她变得对自己有信心了，也敢于去表达自己的想法和需求了。我知道，这些都离不开老师的帮助。记得有一次，她放学回来很高兴地跟我说：“妈妈，今天老师让我管纪律了，还说下个星期让我接着管。”我被她的兴奋和开心感染了。有时她会带回一些老师奖励的小礼物，每次都开心地告诉我：这是字写得好奖的，那是纪律好奖的……就是在这一次次的认可中，孩子的自信心慢慢建立了，主动举手回答问题的次数都多了呢！由于工作繁忙，我平时去学校的机会比较少，因此很珍惜每次与学校和老师的沟通机会。还记得第一次看到老师在家校联系册上的回复，感激之余更多的是安心，因为都没想过老师会回复。有这样尽职尽责的老师，是我们这些做家长的荣幸，也是我们孩子的幸运。

这一年，学校开展了各项社团活动。偌雪很喜欢画画，进入美术社团后每天都更开心了。假日里，她曾经跟我说：“妈妈，我好想去学校啊！”我当时感动极了。孩子在学校收获的远远不只是那些知识，还有对自己的认同和对学习的热爱！希望孩子们一直拥有这样灿烂的笑容，让我们一起成长吧！

匆匆这年

徐雨欣妈妈/张萍

寒窗苦读十余年，只为一朝金榜题名——十年寒窗，看似日子悠长，其实如白驹过隙。女儿学习生活的第一年转眼就要结束了，这一年她取得了优异的成绩，回忆起来都是满满的幸福和快乐。

上半年，我们暂寄在别的学校里，那里人多教室少，环境没有新学校的好，甚至还有家长不理解，在这样的学习环境下怎样会有好的教育？带着社会各界的种种质疑，学校、老师、家长和学生一起努力改善环境，克服困难，让孩子有了一个舒适的学习环境。下半年我们搬到了新学校。崭新的一切让老师、学生和家长更有干劲，一流的环境、一流的硬件、一流的师资、一流的……这么多的一流，怎愁教育不出优秀的学生呢？

这一年，学校请来了南非的朋友和孩子们过万圣节；每天一大早老师和家长一起在校门口值日，风雨同舟，同甘共苦，为的就是让每一个孩子能够安全地走进校门；学校邀请家长代表在元宵节和孩子们一起做元宵……

这一年，我参加了“超级爸妈”课程。当我走进校园时，看到每一栋教学楼的名字里都有一个“善”字，这也体现了学校的教学理念；当我走进教学楼时，一阵阵朗朗的读书声清脆悦耳，犹如一首首乐曲，很是美妙；当我走进教室时，课堂气氛非常活跃，孩子们一个个精神抖擞，争先恐后地举手回答问题；当我下课走出教室的时候，孩子们很有礼貌地和我再见……我被感动了！

这一年，我的手机里多了很多群，有家委会群、家长群，还有班级群。这些群成了我们家长和老师之间的交流平台，让我们及时了解孩子在学校的学习状态和身体情况等。老师经常会拍摄孩子上课的状态，每天都会认真地解答家长的疑惑。老师和家长之间互相有了信任。

这一年，在对子女的教育上我多了一些心得体会。首先，家长特别要注意孩子身上一些细微的变化，运用正确的方法去帮助和教育好孩子，使之朝着健康向上的方向成长。其次，教育孩子要以身作则，积极配合老师对孩子进行教育。作为家长，要多与老师联系，关心孩子在校表现，有错误能够及时纠正。这样，老师也能够更全面地了解孩子，更有利于老师从孩子的个性出发，寻找一种更适合孩子的教育方法。我们要经常教导孩子尊敬老师，认真听从老师的教导。最后，锻炼孩子的生活能力，培养良好的行为习惯，学会换位思考，不给孩子太大的压力。

缘，让我们相识在金色的9月；梦，使我们相聚在同一个班级。校园是一部五彩缤纷的生活剧，演绎着老师、家长和孩子的喜怒哀乐，记录着大家的酸甜苦辣。

人民路小学是一个走向幸福、走向梦想、走向未来的地方。这个地方的源头就是快乐，一种为了孩子未来、家校齐心的快乐，一种每个人都有权利去体会的快乐。

这一年已然离去，期待下一年的到来。

家校配合，才是最好的教育

杨敬涵妈妈/梁白情

回顾这一年，有太多的感动与收获：还记得参加新生入学仪式时的紧张和兴奋；还记得开学第一天各种习惯的培养；还记得外教课上生动有趣的英语启蒙课程……

在学习的过程中，许老师利用每一分每一秒，秉持着能在课堂上学好的知识绝不拖到课后的原则，尽可能不麻烦每个家长。最初，看到孩子的家庭作业那么少，我心中不免产生很多疑虑，这样的教育方式真的行吗？经过一段时间的观察和了解，我发现所有的顾虑都是多余的。看似轻松的学习状态下是每位老师辛勤的付出，是老师们根据每个孩子的掌握程度布置课堂作业及耐心的教导。在轻松的状态下学习应该是每个家长都梦寐以求的事情吧！毕竟没有哪个家长不希望自己的孩子在学到知识的前提下开心地玩着。快来看看我们如何在轻松愉快的环境下学习新的知识。

在这里孩子们席地而坐，玩游戏、阅读，老师们带着孩子们度过了一段美好的午休时光；每周的演讲小明星和家长走进课堂如火如荼进行着，家长走进课堂无疑是家校配合最好的诠释；丰富的校园生活才刚刚开始，紧接着我们迎来了一年一度的万圣节。“不给糖就捣蛋”，外教又给我们小朋友上了一节生动的万圣节课。小朋友们变装成自己喜欢的人物造型，制作了精美的南瓜灯，度过了新生生涯中的第一个万圣节。

这一年，我最欣慰的是，孩子在老师的引导下不断取得进步。上了艺选课程“演讲与口才”后，经常会冒出几个脑筋急转弯考考我，还时不时冒出几个成语接龙在我面前显摆。当然，调皮捣蛋也着实让老师费心着，头疼着。老师时常向我反映孩子在学校的学习状态。我深深地认同吴校长的话：家长与学校配合得越好，教育越会成功！凡是家长不与学校配合的，结果都是悲剧的……

一年级的学习生活即将进入尾声，让我们每一个学子都做有礼貌、心存感恩的人！

我们这一年

庄磊妈妈/陆玉梅

时光荏苒，时间的脚步永不停歇。在四季的更替中，我们结束了快乐幸福的一年级生活。还记得去年夏天，稚嫩的孩子从幼儿园毕业了，满怀期待地来到一直念叨的“大学”，可当他来到陌生的教室，看到陌生的老师和同学时，却抱着我说：“妈妈，这里的人我一个都不认识呀。老师我也不认识，怎么做朋友啊？”

一开始，我也不放心，因为老是听说小学里的老师可凶了，对家长不理不睬。可几天下来我就安心了。我们的许老师好温柔，每天晚上接孩子放学，我们都会询问孩子在学校里乖不乖啊，上课认真吗，她都不厌其烦地回答每位家长。每天晚上回来，孩子都会跟我说说在学校的一天：有快乐的游戏，也有跟同学之间发生的矛盾。渐渐地，我从一开始的不放心到现在完全的放心，因为我发现我们的老师像妈妈一样爱护着孩子！

记得今年学校组织的春游活动，我拿起手机翻看朋友圈，忽然看到了我们许老师的一条动态。去动物园的人很多，有大人拥挤撞到孩子了，她很生气，愤愤不平。还有一次，孩子回来跟我说：“妈妈，今天我的胳膊在学校里被同学碰伤了，余老师看见了赶紧去拿了医药箱帮我包扎。”从这些事中我感受到了老师们对孩子的爱！老师们为孩子付出的不仅仅是知识的传授，她们还用自己的真心对待每一个孩子，把他们当作自己的孩子。难道这不值得我们尊重和爱戴吗？

在这一年里，孩子学会了写字，学会了看书，懂得了怎样做一个有礼貌的孩子，走在外面不会乱扔垃圾，学会了帮助比自己小的孩子，放假在家总会帮忙扫地，干点力所能及的事情。我很高兴，孩子长大了。是我们可爱的老师教会了他这些，是我们可爱的老师引导孩子做一个有素质的少年。我相信，在这样的氛围下，孩子一定会走向正确的人生道路。

小蚂蚁书屋

一（3）班

做一只永不言败的小蚂蚁，
障碍永远无法挡住小蚂蚁的去路，
受到阻挡的小蚂蚁会立刻寻找另一条
与它前行方向一致的路；

做一只未雨绸缪的小蚂蚁，
懒惰永远无法侵袭小蚂蚁的勤劳，
面对严冬的小蚂蚁会提前准备好
一整个寒冬的食物；

做一只永不言败的小蚂蚁，
寒冷永远无法破坏小蚂蚁的憧憬，

面对寒冷的小蚂蚁会期盼
下一个艳阳天；

做一只竭尽所能的小蚂蚁，
忙碌永远无法磨灭小蚂蚁的耐心，
面对工作的小蚂蚁只是
尽自己所能埋头苦干！

孩子，我想对你说

看着慢慢长大的你，懂事的你，
我体会着辛酸，体会着快乐，
你是我的宝贝，我的骄傲，
有些话，
孩子，我想对你说——

张懿恬爸爸：拥有强健体魄，培养良好生活习惯。树传统美德，立诚信，以善为先。学习之道在于坚持，在于谦虚接受。活到老，学到老。

綦圣艺爸爸：优秀的小学生需要具备六个学习习惯：预习的习惯、收拾文具的习惯、认真听讲的习惯、勤于思考的习惯、课后主动复习的习惯、作业完成后自查的习惯。

李逸轩妈妈：聪明的人，今天做明天的事；懒惰的人，今天做昨天的事；糊涂的人，把昨天的事也推给明天。愿你做一个聪明的孩子，愿你做一个时间的主人！

杨子恒妈妈：你的可爱，你的善良单纯，你生气时的傲娇小表情，都是妈妈最心底的温柔。愿你像颗种子，勇敢地冲破泥沙，向阳而生。愿你做自己的主人，勇往直前，无惧无畏。宝贝，加油！

卜岩鑫妈妈：世上没有不劳而获的成功。希望宝贝在今后成长的路上越走越远，不要因为一点小挫折就轻言放弃！加油，宝贝！

季婕妈妈：慢慢地更加有爱心；懂得和其他小朋友一起分享快

乐；慢慢养成爱学习的好习惯。

万张轩爸爸：好好学习，尊师重友，尊老爱幼；每天早睡早起，作业按时完成，坚持锻炼身体，增强体质；开心学习每一天，健康快乐每一天。

庄雨桐妈妈：宝贝，爸爸妈妈希望你能做一个正直、善良、乐观的人。在成长的道路上偶遇坎坷，要相信自己，勇敢向前，你一定可以！我们会一直在你的身后给你加油、打气。不求你一生大富大贵，但求你一生一定平安喜乐，这是爸爸妈妈最大的心愿，我们永远爱你。

刘俊哲爸爸：做好人，做好事！

张梓轩妈妈：宝贝，从你出生以来，我一直都觉得你是上天送给妈妈的礼物！你有时撒娇，偶尔任性，当然更多的时候是按时完成我布置的作业，帮家里做家务，慢慢地成了妈妈的小帮手，还会骄傲地告诉我你在学校也能做得很好。面对即将来临的二年级生活，妈妈希望你可以继续保持积极、乐观、向上的心态。如果再加上点耐心，那就完美了。

华彦铭妈妈：妈妈会用心去体会你的心理需求和情感需要，给予及时反馈，一如既往地给你真正的爱。

黄芷涵妈妈：几乎每一个人都期望在人生的旅途上一帆风顺，在成长的道路上勇往直前。许多人都说过："成长的道路上，即使没有莺歌燕舞，没有盛开的鲜花，那最好也没有风雨，没有弯路。"但是我觉得：没有弯路的人生不是真正的人生，没有荆棘的成长不会使人真正地成长。

张语沁妈妈：成长是漫长的道路，一步一步脚踏实地地走。过程或许有辛苦，回望脚下的路，一切都是值得的；陪伴孩子是一种幸福，陪伴孩子成长是辛苦的路；孩子是家庭的希望、祖国的花朵，我们都希望他们能在健康、安全、快乐的环境下生活、学习、成长！

白涵月妈妈：懂事的你总能体恤父母的辛苦，独自完成所有的学习任务，明白读书要靠自己的道理。在一年级的道路上，处处都留下你努力的脚印，希望你能坚持。

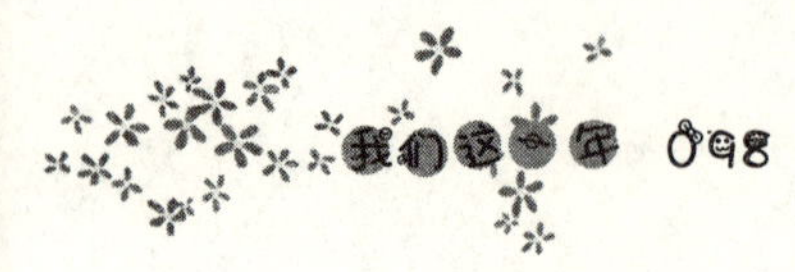

刘亦然妈妈：宝贝，一直以来你都很棒，只要再勇敢一点，再自信一点，你就会更加绚丽夺目！

周佳怡妈妈：亲爱的孩子，转眼间一年级已经结束，你在过去的时间里成长了很多，变得懂事、自信、有礼貌。因为有了你，我们才体会做父母的快乐和不易。也感谢老师的辛苦教导，孩子学习进步了很多。爸爸妈妈一直坚信你是最棒的！你永远都是爸爸妈妈的骄傲，加油！

肖晨轩妈妈：孩子就像一棵棵小树苗，老师们每天辛苦地给这些小树浇水，和我们一起陪同孩子成长。将来这些小树会长得又高又壮，谢谢老师们的用心良苦。

张艺曦爸爸：从小就胆小，离不开母亲；从小就会察言观色，避重就轻。做每件事情都好胜心太强，容易钻牛角尖。希望你每一天都有所成长。

陈诗佳妈妈：你长着一对翅膀，坚韧地飞吧，不要为风雨所折服！愿你快快脱去幼稚和娇嫩，扬起风帆，驶向成熟，驶向金色的海岸。愿知识之泉，经书籍而奔流，流进你的心田！

张依涵妈妈：不要为香甜的蜜汁所陶醉，朝着明确的目标，飞向美好的人生。

朱浩宇妈妈：希望你能够继续健康快乐地成长，在今后能够永远幸福平安。好好学习，成为一个有担当的善良人。

张景善爸爸：愿你——思想自由，人格独立，以梦为马，不负韶华，孜孜以求，逐道而行！与君共勉。

李佳薇妈妈：你的成长让我体会到无尽无休的快乐。妈妈忘不了和你嬉戏玩耍时的快乐。希望在老师们的教诲下，你能够积极主动举手，做一个听话、懂事、爱学习的好孩子。

王子涵妈妈：愿你像向日葵般迎着太阳成长，稚嫩的小脸上透着灵气和希望，爸爸妈妈会像绿叶般一直陪着你成长。

金泽宇妈妈：希望你在最该学习的年龄努力拼搏，将来的你会感谢现在努力的自己！人要有群处的技艺，更要有独处的勇气！小小男子汉，加油！

侯昱舟妈妈：丫头，你已是一名小学生了，妈妈希望你不再撒娇，不再那么任性，自己能每天按时完成老师和爸妈布置的作业，多看课外书。偶尔帮妈妈做做家务，让自己学会独立完成每一件事情，不要爸妈再催促。晃眼将要进入二年级，希望你在新的学期，新的年级，要有信心，好好学习，勇于发言，积极向上。宝贝，我相信你能做到！

薛涵月妈妈：你即将步入二年级，过去的一年里，你认真努力地学习，开朗活泼地生活，进步非常大！在表扬你的同时，我们也要求你改正一些问题和不好的习惯：做事马虎粗糙，不细心。希望你对他人宽容一点，对自己要求高一点，勤奋好学，健康成长！

王紫萱妈妈：前方的路有荆棘坎坷，有欢笑有泪水。望你不卑不亢，不畏艰险，勇往直前，加油！

钱天辰妈妈：一年前的你调皮任性，一年后的你稳中有升，将来的你还需进取。爸爸妈妈会陪你一起努力。让我们一起加油，静待花开！

漆邶钺妈妈：转眼间你已经入学一年，将要成为二年级的小学生。成长这条路上有爸爸妈妈的陪伴，希望你快快乐乐。愿你百尺竿头，更进一步！

罗雅静妈妈：上课听好老师讲的每一节课。只要你努力，就会有更多的收获。好好学习吧，知识就是力量！

王秋妍妈妈：你是家里的开心果。你活泼可爱、尊敬老师、孝敬父母、乐于助人。不过在学习上你还可以更加勤奋，学习态度也可以更加认真，完成作业还可以更加仔细。希望你有所进步，加油！

黄思琪妈妈：一分耕耘，一分收获。今天的付出一定能在明天得到回报！

范镇宁妈妈：三思而后行，决定做一件事情就要全力以赴。你可以不成功，但不可以后悔。不积跬步，无以至千里；不积小流，无以成江海。先做人，后做事。

彭若晨爸爸：健康地生活，快乐地成长。做一个勤奋的人，天道酬勤，凡是成功的人无不是勤奋的人，也只有勤劳的人才会获得回报，勤劳是通向成功的阶梯，一定要记住古训——懒是万恶之源。爸爸妈妈会用我们全部的爱为你护航，不管未来的道路有多么坎坷和漫长，愿你能够放飞梦想，到处飞扬。一寸光阴一寸金，寸金难买寸光阴。一定要珍惜时间，不要虚度光阴，每一天都要过得充实而有意义。

张耀妈妈：看到你在一点点进步，妈妈为你感到开心。对你非常有信心，让我们一起努力，更上一层楼！

肖振午妈妈：这一年来，你渐渐学会了课外阅读，终于可以自己在书海中尽情遨游，探索那些奇妙的世界。我们欣喜地看到，你改掉了一些坏习惯，养成了不少好习惯，比如饭前洗手、早晚刷牙等。希望你在课堂上更加积极主动地举手发言，认真学习新知识，快乐而充实地成长！

朱辰鸣妈妈：孩子，你要感谢你遇到的所有的人和事，你的父母、老师、同学、朋友，以及学校、社会，是这一切成全了可爱的你！爸爸妈妈也特别想对你说，谢谢你，我们的宝贝！希望你快乐健康地成长！

鲁子轩妈妈：成长是一个久远的过程，也许会有弯路，但你要坚定信念，让自己保持愉悦奋进的状态。

滕天煜妈妈：从小事做起，自己的事情自己做；不找借口，反省自己；勇于承认，勇于担当。

董钰涵妈妈：自己能做的事情自己做。付出努力不一定会成功，但是不努力就一定不会成功。先对别人好，别人才会对你好。

彭兮瑶爸爸：一年级，是你成长的起点，你看到的、接触到的、学到的、接收到的知识会很多。但是，你要记住，成长是辛苦的，成长也是快乐的。勇敢、自信、坚强将是你快乐的源泉，同时也是你目前缺少的品质。爸爸妈妈会和你一起努力，在你成长的过程中，做你坚实的后盾，加油！

李心妍爸爸：时光荏苒，岁月如梭。一转眼，你已经是一个即将步入二年级的学生，一个亭亭玉立的小姑娘。回想这些年成长中的点点滴滴，你发出的第一声哭喊，露出的第一个笑容，迈出的第一步，叫出的第一声“爸爸”“妈妈”，犯下的第一个错误，掉下的第一颗牙齿……依然如同昨天发生的事情，历历在目。爸爸妈妈尊重你的每一个认真考虑过的选择，只希望你能永远健康快乐，并在未来接受且尊重自己的选择。最后，爸爸妈妈希望你能成为你想成为的人。

石孙岩妈妈：转眼工夫，一年级已经结束了。这一年当中有刚入学的渴望与欢喜，有入学后的期盼和守护，有考试满分时的骄傲和激动，也有考试不如意的伤心和期望。在爸爸妈妈心里，你永远都是最棒的！

毛乐阳妈妈：我希望你在学习上更上一层楼，有自己的理想。希望你身体健健康康，万事如意。希望你永远可爱，每天开心。

我在“人小”这一年

班主任/丁文昕

在武实小本部待了4年后，于暑假调入人民路小学。这一年是不一样的一年，我们经历了在李公朴小学的过渡，一学期后搬入崭新的学校。这一年是我教师生涯中不一样的一年，第一次做了班主任，在与学生、家长的相处中，我收获良多。

1. 教学和教育，两手都要抓

学校领导考虑到我要做班主任，更考虑到我家里的情况，让我教一个班的数学，所以我对待教学不敢有一丝的松懈。我在想办法让学生掌握知识的同时，还注意培养他们的思维能力。每节课我都会在黑板上写一个训练思维的题，这个“每日一题”栏目小朋友们都很喜欢；口算练习，我改变传统的做法，让小朋友们进行报数比赛，还给做得又快又对的同学发奖品，现在我们班小朋友的口算能力都还不错；

补充习题，我采用积累“苹果”赢奖品的方法，每天的作业做得又对又美观的同学，我会批一个“小苹果”，积满10个“苹果”就能换一个礼品，小朋友的积极性得到了提高。

在教学的同时，我还注意小朋友思想的教育。除了每天的夕会课，我还经常利用中午的时间，带小朋友读《孝经》《弟子规》等经典，读完我们还会集体讨论，让他们在讨论中明白做人的道理。当问到“你为何而读书”时，他们各抒己见。最后，我还会给他们讲述名人读书的小故事。

2. 家校合力，共同努力

这学期学校组织了一次次丰富多彩的活动，不仅锻炼了孩子的综合能力，也拉近了家长与学校的距离。“圣诞欢乐行”让孩子第一次和外国友人有了零距离的接触；“年课程打卡”让孩子感受并尝试了多元化的学习方式；“彩虹花和阅汇”的晨诵活动，让孩子在大声朗诵中信心倍增；“六一活动”让孩子在提升能力的游戏中度过了属于自己的节日；“家长半日开放活动”让每位家长真实地了解了孩子的课堂表现；“学现代礼仪做魅力家长”让家长和孩子重拾中华民族的传统美德，并将之传承。

这学期，家长从最初的怀疑到现在的信任，并积极参加班级的活动，我们所有的付出都是值得的。这一年，我们一共开展了15次“超级爸妈”活动。家长们人才济济，有教小朋友做京剧脸谱的，有教做手工肥皂的，有讲航空航天知识的，还有讲“我从哪里来”的……这些活动丰富了小朋友们的见识。

3．特殊学生，重点关注

墨墨是班里一个有点内向的女孩子，不管是上课还是下课，她都是一个人默默地待着。我也曾鼓励她要多跟其他孩子一起玩，有时候也让其他小朋友玩的时候来叫她，可是她都不愿意，她就喜欢一个人。后来我才知道，墨墨没有妈妈，她的妈妈因为意外去世了，听到的时候，我惊呆了，天呐，原来墨墨是失去妈妈的单亲孩子。从那以后，我更加关心和理解她，不是因为同情，而是我知道了她之所以内向是因为缺少母爱。在课上，我不再批评她不举手，而是鼓励她。当她不参与的时候，我就和她约定，如果能举手一次就让她做一节课的纪律委员或者做一个礼拜的课代表。她欣然接受，因为她觉得她也是个“有权”的小干部了。第一次她只举手一次，我表扬她进步了；第二次她能举手 3 次了，我表扬她听话了；第三次她能举手 5 次以上了，我表扬她是个懂事的小姑娘；直到现在她能经常举手了，我表扬她是个优秀聪明的孩子。笑容之花也开始经常在她脸上绽放。

这一年，有很多收获，细细想来还真的挺感动，这感动有来自家长的理解和信任，也有孩子们的善解人意，更有办公室同事的互相关心和帮助。

这一年，无悔！

一寸光阴不可轻
——我们这一年

◎蔡圣艺家长/蔡兴锋

时光匆匆，转眼间孩子已经快要进入二年级。稚儿的纯真美好，在过去的一年中依旧未变，而在这多彩的一年里，比之前更多了一种

成长，即便稚嫩，即便青涩，却更加令人欣喜，仿佛幼小的种子在无数滴甘露与春风的滋养之下，终于透出了一小点浅浅的青芽，却又极坚定地扎根在沃土里，一步步脚踏实地地成长，纯净明亮的眼睛里闪烁着对未来的美好憧憬，对自己成长的自信与渴望。

我很庆幸为孩子选择了一所能让她快乐成长、快乐学习的学校——武进区人民路小学，也很幸运遇到了几位既有丰富教学经验又有育人智慧的好老师。

孩子的一次次蜕变，都历历在目。当她第一天怀着紧张忐忑的心情踏入学校时，我们的心情也是一样的。戴上红领巾的时候，孩子懂得了何为“少年先锋队”，第一次，她稚嫩的肩膀上有了一些重量。拿到新书本的时候，孩子欢欣雀跃的眼神彰示着对于“触摸”学习的快乐。而在这一年里，她也在学校与老师的指引下，走过了一段成长之路。少年韶华，每一点滴都滋养了她求知的心，每一寸光阴，哪怕转瞬即逝，也重于泰山，意义非凡。

第一次上台领读，第一次登台演讲，第一次主持学校的文艺节目，许许多多的经历和尝试都在引领她一路马不停蹄地前行、成长。

童声嘹亮，仿佛犹在耳边。2017 年 12 月 22 日下午，“爱我中华唱响童年”合唱比赛举行，如火如荼。每一个孩子的笑容都如阳光般灿烂，将整个灯光绚丽的舞台照耀得更加明媚，将整个冬日的寒意驱散得一干二净，只余下一腔暖意。每一个小朋友都穿着整洁漂亮的服装，笑容飞扬，极其自信地站在舞台上，又随着音乐节奏做出适当的舞蹈动作，整个班级动作一致，歌声响亮。上场时从容，表演时自信，下台时欢乐，孩子们化着淡妆的小脸上，笑意盈盈，未有丝毫胆怯。少年风采，莫过于此。

才艺表演记忆犹新。一曲《上善赋》沐尽春秋古韵："清音雅乐，向善向上。师贤生惠，幸福徜徉！""上善·开环"的人民路小学携远道而来的南非朋友一同跳起《悦动青春》，现代感十足的火柴人遇上原汁原味的非洲歌舞，吴侬软语唱起苏州评弹。很多时候，我会被学校教育多元化的精彩生动所触动。校园文化的积极向上、向善至德，我总能够在一次次精彩纷呈的节目与活动中感受到。

六月阳光烂漫，恰如孩子朝气勃勃，永远笑容灿烂的脸庞。六月一日，儿童节如约而至，色彩斑斓的校园，在这一天里似乎格外富有激情和活力。在这样一个专属于孩子的节日里，学校的庆祝方式亦是别出心裁，颇有童真童趣的同时，又兼顾了他们的实际心性成长。梦想广场上摆好了形形色色的卡通形象，如冰雪皇后、蜘蛛侠、小黄人等可爱的动画形象，在阳光下显得格外引人注目，更加引得孩子情不自禁地靠近。作为家长，我也赞同这样的设计。许多动画形象都在传扬一种正能量。譬如勇敢无畏的冒险精神，勤于思考的学习方式。当这些积极优秀的东西渗透于妙趣横生的动画中，引起孩子喜爱的时候，更加潜移默化地影响着孩子的心性。因为喜爱，所以学习，很多悄然的变化是难以言说的。接下来是水果拼盘游戏，看到那些精美的拼盘，不难想象那一双双稚嫩小手的灵活与他们思维的创新性。红色的西瓜沁着甜甜的凉意，猕猴桃、圣女果等又具别样风味，孩子也为自己亲手所设计的精美拼盘而喜悦。孩子体味到了动手实践的乐趣，经历了一个设计色彩搭配的过程，学会了与他人分享自己的所有，也在与人合作中懂得了交流与协作的方式。

校园蓝色的天空中，白云丝丝缕缕，衬得苍穹无比净澈，宛若孩子澄澈的心灵。孩子们在学校、老师、家长的共同陪伴与努力当中成长，一步步的脚印，越来越大，越来越坚实。

学校的每一项活动都致力于培养孩子的学习和生活态度。班本课程教育向善，教育道德观念，让孩子学会了感恩，迈出了生命成长的又一步；演讲比赛锻炼了展现自身风采的能力，又激励孩子去了解相关的知识。点点滴滴，在回忆里流淌出了感动，流淌出了欣慰与喜悦。

一寸光阴不可轻，过去的一年里，岁月缱绻了多少美好与感动！我们，未负韶华！

我们这一年

陈诗佳家长/马耀桂

不知不觉中已经到了这学期期末了，孩子已经入学一年。在这一年中，孩子在学习中成长了不少，我们家长也从中受益良多。

学期刚开始的时候，孩子学起拼音来很吃力，人也不自信，不敢发言。王老师发信息给我说孩子学习上不够积极上进，希望我们一起帮助孩子进步。我很着急。但孩子在老师的教导下进步很快，胆子变大了，还能积极地发言，而且通过努力得到了老师的点赞卡。我非常感谢老师们所做的一切。

为了这些学生的成长，老师们举办了很多活动。“超级爸妈”由家长当老师给孩子讲自己的成长历程、工作及生活常识，课程丰富多彩，既拓宽了孩子们的知识面，也增加了家长与孩子的互动。“家长开放日”老师把孩子们的表现反馈给家长，分享学习生活中的快乐与问题。儿童节时举办的“水果拼盘”大赛，通过活动培养孩子们的动手能力和创造力。“我心飞扬”体育节活动，使孩子们享受到运动带来的乐趣，形成热爱体育的风气。

前段时间，孩子和她的同桌发生了一些不愉快。我听到这件事觉得不可思议。她自小就听话懂事，从不让我们操心，不承想却发生了这样的事。愤怒的我当时就把她打了一顿，并要求她向老师承认错误，向同桌道歉。打了她之后我有点心痛又有点后悔。我们平日忙于工作，给她的关怀不多，却给她提很高的目标和要求。后来，我们也向孩子承认了错误，并给她讲了做人的道理。丁老师知道这事后并没有责怪孩子，而是让她改正错误，鼓励她做一个品学兼优的学生。得到老师的谅解，我如释重负，决定不再逼迫孩子，让她快乐地学习。也十分感谢老师的教导与鼓励，让孩子能寻找到正确的方向。

谢谢老师们的辛勤付出，在老师们的关怀教导下，孩子会不断进步，变得越来越好。

我们这一年

钱天辰家长/李惠茂

时光荏苒，又听知了声声。生活的脚步永不停歇，在四季的更替中，我们的一年级生活即将结束。回首这一年，有很多难忘的瞬间，不光有孩子成长带来的“烦恼”与喜悦，也有对如何做好父母的感触与思考，更有学校与老师的用心与付出。回忆纷至沓来，搅得我心绪涌动。整理下思绪，感受现在，回味往昔，共品我们这一年的点点滴滴。

初入学时，我们对孩子能否适应学校生活无比忐忑，因为孩子无论是语言能力还是行为习惯都较同龄孩子要落后很多。入学后孩子的表现也的确跟我们估计的差不多：不交流、耍性子、搞破坏……各种事情接踵而来，让我们甚是烦恼与无助，更一度让我们全家都陷入了教育的瓶颈期。这时，王老师和丁老师向我们抛出了橄榄枝。在此后的很长一段时间里，我们每天有效互通、商量对策、积极扶助，孩子也从抗拒的边缘慢慢走入了正轨，融入了集体，适应了小学生活，现在每天都很开心地催着我们送他上学。作为家长的我们，由衷地、发自肺腑地感谢：感谢两位老师的耐心、用心和真心，孩子的成长离不开你们的细心呵护。这一年来孩子的点滴进步我们感同身受：能够独立站在讲台上完成演讲；能够跟同学一起合作完成任务；能够记住老师交代的每一件事情；能够主动跟我们分享学校的趣事；能够学会自主学习、阅读；能够为生病老人盛一碗粥和洗一双筷。当然，还有傻傻地犯了错误回来跟我们“斗智斗勇”。在他人看来这些极为平常的小事，对于孩子来说却是莫大的进步与前进的动力。每次老师的一张小奖状、一个点赞卡、一件小礼品、一句表扬话，都能让他开心好一阵子。他把老师给的肯定都小心翼翼地收藏在自己的小抽屉里，如视珍宝。孩子的婆婆有时会打趣地问：“天天，学校里你最喜欢谁?”孩子每次的回答都是：“丁老师和王老师。”从孩子质朴的言语中，我们读懂了——孩子喜欢的老师就是好老师。

这一年，对我们家长来说也是重要的一年。因为我们要学习如何做好自己才能教育孩子，我们也在不断地学习和摸索，到底应该把孩子培养成一个什么样的人，应该怎样去培养。

首先，对孩子要有足够的耐心，这一年来，孩子时不时地会犯一些错误，有时还会屡改屡犯。起初，我们都会耐不住性子，甚至会有极端的做法，但好景不长，孩子依旧如常。一次偶然的机会，班级要求制作“好家风”的手抄报，我们全家一起收集素材，给孩子看了我们自己家族的族谱族训，还给孩子介绍了学校的文化“上善若水，开环如流”，更给孩子讲述班级里的好人好事。其实，孩子有属于自己的“偶像情怀”，他知道要向谁学习，他欠缺的是学习的方法和有效的途径。在此之后，我们接纳了他的缺点和天真，坚持“一遍不会，我们再来一遍”的原则。孩子也慢慢地改掉了很多坏习惯，同时也学到了很多的新能力。

其次，对孩子要花足够的心思。孩子踏入小学，一切都是全新的开始，学习将成为孩子的主心骨。因此，开始我们就对孩子的学习紧抓不放。这学期，孩子开始练习写话。刚开始，孩子很抗拒，不喜欢写，经常把日记本藏起来，要不就“忘”在家里不给老师批。后来，我给孩子找了很多的素材，甚至为孩子制造了很多的写作素材（如：和孩子一起做科学小实验，和孩子一起饲养蚕宝宝，和孩子一起做手工，等等），一学期下来，孩子虽然还需要我的帮助，但他也有了一点点的写作思路与框架。记忆犹新的是，他能将语文书中的《我多想去看看》和《荷叶圆圆》加入自己的想法，进行了创编，让我们眼前一亮。

再者，对孩子要有长情的陪伴。父母的陪伴永远是孩子最好的礼物。学习上，我们能做到一人始终每天陪伴孩子一起作业、一起看书、一起玩乐。生活上，我们会尽可能地全家一起，利用双休日和假期陪孩子一起去图书馆阅览，一起到博物馆了解本土文化，一起走进自然探秘，一起走进蓝精灵康复中心、感受特殊儿童的成长之路。同时，我们也积极参与班级的“超级爸妈”课堂，让孩子感知到爸爸妈妈会一路陪着他一起成长。我们始终相信，在老师和家长的教育下，他一定会慢慢成熟起来，也一定会成为一个正直、善良的孩子。

这一年，对于人民路小学也是特别重要的一年。从成立到搬迁，学校经历了很多挫折和困难，但我觉得人民路小学的领导和老师无论在什么环境下都能替广大家长和学生考虑。学校组织的一次次丰富多彩的活动，不仅锻炼了孩子的综合能力，也拉近了家长与学校的距离。“圣诞欢乐行”让孩子第一次和外国友人有了零距离接触；“年课程打卡”让孩子感受并尝试了多元化的学习手段；“彩虹和阅汇”的晨诵活动，让孩子在大声朗诵中信心倍增；“六一活动”让孩子在提升能力的游戏中度过了属于自己的节日；“家长半日开放活动”让每位家长真实地了解了孩子的课堂表现；“学现代礼仪做魅力家长”让家长和孩子重拾中华民族的传统美德，并将之传承。学校和老师的用心我们都看在眼里。

这一年，对孩子、对家长、对学校来说是具有特殊意义的一年，我们并肩站在新的起跑线上，只要共同努力，一定能够携手跑向胜利的终点。

满怀惊喜和感激的一年

薛涵月家长/丁蕴薇

光阴荏苒，一年级的学习生活步入了尾声，孩子即将升入二年级，不禁让人感叹，一年前入学时的焦虑和紧张就这样在学校丰富的学习活动中轻松度过了，这一年真是多姿多彩，充满惊喜和感动！

初入学时，总觉得孩子刚从幼儿园毕业，到一年级会有各种的不适应，不管是学习还是生活都成问题，担心她跟不上上课的节奏，听不懂老师的要求，不习惯小学的饭食……但老师们与我交流，给我发照片，孩子放学回家也很开心，兴奋地讲着学校里的事，我开始放下心

来，很欣喜孩子居然在这个学校适应得很好。回想起来其中的过程，与学校里丰富多彩的活动和老师们的悉心照料、耐心引导分不开！

第二学期开学前夕的寒假，月月的腿不小心摔骨折了，从开学第一天就只能推着轮椅进学校，行动不便，一整天上课吃饭上卫生间都成了问题。这期间我感受到了整个学校的温暖，上到校领导、老师，下到同学们、门卫保安师傅等，都给了月月很大的帮助。月月在这种气氛下也很受鼓舞，很坚强，在大家的帮助下度过了行动不便的两个月，最终腿伤痊愈。看着她又像以前一样跑跑跳跳，我在高兴之余，真的非常感激学校的帮助！

这一年里，点点滴滴，想说的太多，把孩子的成长进步归纳成几句就是：这一年里快乐的文化学习，让她学会了知识，学会了思考；快乐的校园生活，让她学会了自理，学会了坚强。她再也不是那个一无是处的娇气萝莉，已经顺利地完成一年级的学习生活，慢慢成为一名懂事能干的大儿童！

所有的进步凝聚了大家的心血，所以在这里感谢学校，感谢老师。期待我们下一学年继续在老师的带领下，快乐学习，稳步向前！

我们这一年

张懿恬家长/张家胜

转眼一年结束。这一年，孩子在老师爱的关怀，在学校“上善，开环”的教育理念下快乐学习，成长为现在的好孩子。

记得2017年的9月1日，刚踏入一年级，我既惶恐无奈又满怀期待——惶恐于我的女儿能否尽快适应小学的常规管理，又期待她的蜕变和成长。

的确，之后和“人小”的“相处”是美好的。从最开始的家长会吴校长提到的快乐学习，要经常带孩子出去“玩”的新教育理念，到之后学校开展的各项活动，让孩子大胆上台讲故事、表演，增强孩子的自信心，每天孩子和我们都有不同的收获和惊喜。孩子收获了知识，收获了好习惯，收获了做人的道理。我越来越确信，“人小”是一所值得家长和孩子信赖的好学校。

下面来总结一下我们这一年吧。

一、遇见

第一学期我们是在李公朴校区过渡的，当接到分班通知，班主任在班级群里邀请家长去帮忙打扫教室卫生时，很多家长第一时间报了名。我们也很积极地报了名，和其他家长一起为孩子们创造了一个干净温暖的上课环境。感谢为班级做出贡献的所有家长和老师。

二、努力，坚持

上了一年级以后，上课作息时间都和幼儿园有区别，刚开始真的担心孩子会不适应，没有想到孩子比想象中坚强多了，早上能早起，能按时上学，晚上放学回来也能在规定时间内完成作业。今年 3 月份校舞蹈队成立，很荣幸我家孩子被选中进入训练，4、5 两个月高强度训练，参加各项活动及六一儿童节的舞蹈展示，均取得了优异的成绩。看到孩子们在舞台上那种自信、超带美感的演出，我有说不出的感动。在比较紧张的舞蹈训练中，放学再晚回家也要坚持先写作业，有时候会写着写着就睡着了（哈哈，但是醒来以后还是会继续完成）。孩子，你的努力和坚持我们都看见了，相信你会越来越棒！

三、感恩

感谢吴校长邀请到王坚定老师给家长们上了一堂“不学礼，无以立”的礼仪课。王老师惯有的优雅、智慧的表达，赢得了所有家长的共鸣，吴校有心了。感谢班主任丁老师在得知班级里有孩子得了水痘以后，连夜赶到教室消毒，避免其余的孩子被传染，所有家长为她的默默付出感动万分。感谢王老师在学期一开始就开展了课堂三分钟演讲及鼓励孩子参加个人才艺表演等活动，锻炼了孩子的胆量，增强了他们的自信。感谢舞蹈队赵老师的付出，带病给孩子训练，经常奖励孩子小礼物和小零食。赵老师对孩子们的用心和关爱让每个家长都很感动。不止这些，其实每位老师都无时无刻不在关心着我们的孩子，老师是这个世界上唯一一个与孩子没有血缘关系，却愿意因孩子进步而高兴，退步而着急，满怀期待，助其成才，舍小家顾大家且无怨无悔的人。

我们吴校长的办学理念是“办老百姓喜欢的好学校”，我们“人小”拥有新的学校、新的硬件设施、新的塑胶跑道及专用教室，我们的教师团队由武实小教育集团的骨干教师带领，有着非常丰富的教学经验，学校和家长的沟通也很通畅、顺利。在这种大环境下，我相信人小会越来越好，我们的孩子在这里也会健康、快乐地成长。

我们这一年

张梓轩家长/何翠

时光匆匆，光阴似箭，在不知不觉中陪女儿度过了小学一年级。这一年中有欢笑，有汗水，有初到时的不适，也有过程中的彷徨，但更多的还是收获……许多画面在我的脑海里像影片放映一样，也心生出些许的感慨。

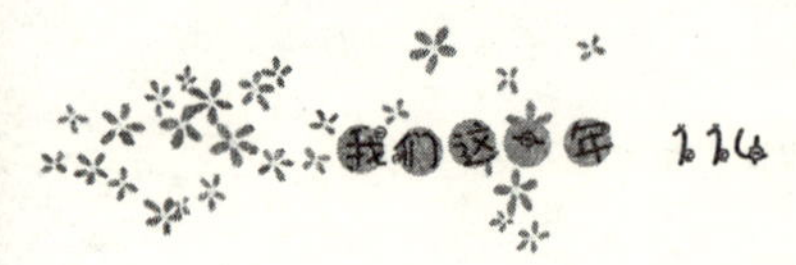

还记得新学期的入学典礼，给孩子留下了厚重的仪式感，她回来跟我讲："妈妈，从今天开始我就是一名真正的小学生了。"那表情和语气中透着坚定和自豪。而将要陪伴她一路走上求学旅程的我，也深知自己的责任之重。

还记得第一次家长会，让我受益良多，在短片中我们了解了学校的整体情况。吴校长和王老师从多种角度及实例讲解中让我认识到了与孩子相处要学会倾听，懂得陪伴才是最好的教育，更让我学会了如何教育孩子独立自主学习，以及养成良好的学习习惯。这让刚陪她入学的我从手脚乱中很快找对了方法，顺利地完成从幼儿园到小学的过渡。"孩子喜欢的学校就是好学校，孩子喜欢的老师就是好老师"和"上善若水"的办学理念更让我坚定了当初的选择是正确的。

孩子入学不久就会背诵多首古诗，一分钟可以跳 120 多下跳绳，这让我在惊讶于她成长的速度之快的同时，更深知这里面包含着老师们的辛勤汗水，我心存感激。

学校里的家长课程这个版块也特别棒！我和其他几个同学的家长一起第一次体验教孩子们包饺子，孩子们主动学习如何放馅、积极动手，让包出来的饺子严丝合缝，捏合时一丝不苟的小模样让我记忆犹新。下锅煮熟后，他们吃到自己的"作品"时那一张张的笑脸显露着满满的成就感和满足感。我也为能参加活动而由衷地开心。这样的教育更好地体现了家校合一的办学理念，让我们做家长的可以参与其中，让孩子们感受到我们重视他们的成长与教育，让我们用爱与教育陪伴他们成长。

让我印象比较深的是今年的"做雷锋好儿童"讲故事比赛。女儿在家准备了好久，从最初的向我们提问"雷锋叔叔是谁"到能细数多件雷锋同志热心帮助身边人的事迹，明白了每年“3 月 15 日雷锋纪念日”的真正含义，也走上讲台声情并茂地向同学们讲述雷锋的故事，还有幸获得了“特等奖”。相信这次比赛的经历一定在她的人生道路上留下了深刻的痕迹。

还有之前“彩虹花和阅汇”领衔人时老师的到来，为孩子们进行阅读指导。这学期又展开了社团活动，孩子参加了赵老师的舞蹈社团，扎实地去练基本功，踊跃参与每个节目的排练表演。不管在个人形体方面，还是在自理能力方面都得到了很好的锻炼和提升。学校还邀请了王教授给我们家长做了“学现代礼仪，做魅力家长”专题报告。我们学习后不单能对孩子进行示范和引领，而且对自身礼仪素质进行了反省乃至提高。还有好多好多……

这一年丰富多彩的校园生活让我们见证了孩子们的成长，作为家长的我也收获满满。虽然学校刚建成一年，但有武实小集团丰富的办学经验和一群责任心强、智慧育人的好老师，我们从心底里庆幸可以把孩子放在这样一所能让他们快乐学习、健康成长的好学校。相信在家校共同的教育下，这些孩子将来一定可以成为对国家、对社会有用的人！感恩学校提供这么好的学习环境，感恩老师们的辛苦付出，感恩幸福的遇见！让我们共同期待更加美好的明天！

与你同行，遇见美好

朱辰鸣家长/王小燕

接天莲叶无穷碧，映日荷花别样红！在这个风光美好的 6 月，人民路小学第一届学生一年级下学期进入了尾声阶段！

思绪飞扬，过去一学年的那些事儿，一幕幕如电影般在眼前浮现：

2017 年 8 月 31 日，“人小”一年级新生迎来入学仪式“遇见美好”，孩子们“遇见”了绿荫葱葱的校园，“遇见”了布置一新的教室，“遇见”了和蔼可亲的班主任丁老师，“遇见”了友好活泼的同学

们……孩子们的所见，一切皆美好。因为，孩子们本身就是美好。

2017年9月8日，开学一周，我们参加了“人小”一年级新生家长会“和孩子一起成长”。温文尔雅的吴校长、蕙质兰心的王老师，为我们做了精彩的发言，指引我们如何做好一年级新生家长、指引我们如何引导孩子们快速适应小学生活。

2018年1月31日，一年级上学期末，我们一起聆听了“我们班的那些事儿”，校园里不时发生的感人故事，温暖着老师、学生和家长，“感恩的心，感谢有你”！

2018年2月25日，下学期开学，我们参加了“知善礼”开学礼，学校用心组织了写“善”字、赠“善”帕、诵“善”言、唱“善”歌、学“善”行等传统经典活动，于细微之处灌输了“上善若水，开环如流”的新教育理念，“愿每个人心中有善，与善为伴”！

2018年4月13日，我们观摩了班级绘本分享课。之后，我们坐在自己孩子的座位上，用孩子的视角打量教室的角角落落；听着班主任丁老师对我们这群大孩子们循循善诱“如何培养孩子好习惯”；在这期间，钱妈妈和张妈妈还和我们分享了家庭教育心得。这场形式特殊的班级家长会，让家长和学校的心，更贴近了。

……

才短短一个学年，家长和学校已经有了很多次的大型活动交集，再加上学校经常组织各类文娱比赛、趣味活动、新教育课程、家长课堂等。我们深知，这背后是无数老师的奉献和付出，与义务教育无关，与教科书无关，是教育者对受教育者爱的升华。

如今，看着孩子们一天天进步，看着孩子们充满自信和快乐的笑脸，作为“人小”一年级学生的家长，心中充满感恩，我们很想对学校和老师们说：

我们不一样，每个孩子都有不同的思绪，
我们在这里，在这里等您；
我们不一样，虽然会经历不同的事情，
我们都希望，下学年还能相遇。

孩子们的一年级生活即将结束，这结束也许是平平淡淡的句号，也许是好奇探索的问号，也许是激情活力的感叹号，更可能是憧憬未来的省略号……不管是什么符号，我们都希望孩子们能在这所学校教育文化的熏陶下，在老师们的悉心教导下，继续前行！我们也会继续与你们同行，携手遇见美好！

竹　梦

一（4）班

这是一种坚韧睿智的植物——竹子，
地下匍匐的竹鞭默默积攒力量，
雨后竹笋竭力生长，
竹叶蓊蓊郁郁，
竹竿挺拔修长。

穿过顽石，刺破冻土，
我亲爱的孩子们，
愿你们都是这一株株的小竹苗，
心怀竹梦，拔节而生。
像竹子一样，正直高洁，
逐梦未来。

成长，请带上这段话

你眼中的幸福，是探索世界的好奇；
我眼中的幸福，是陪伴你慢慢长大。
四十五份温暖，
四十五种质朴而深沉的爱，
伴随幼小的你，穿过时间之海；
只因我们有一个共同的名字——父母，
有一份共同的守护——孩子。

邵鑫海妈妈金晶：亲爱的孩子，童年不是一场赛跑，而是一场旅行！记得要活得精彩，活得认真。愿你过上我从未体验过的幸福生活！

孙正宸爸爸孙延荣：活泼可爱的宸宸刚迈出自己人生的第一个步伐，有过辛苦付出的汗水，有过失败的挫折，有过成功的快乐，从中收获了很多。愿孩子走好坚实的每一步。

张子轩妈妈杨金艳：亲爱的轩轩宝贝，一分付出，一分收获。希望你能健康快乐地学习，做最好的自己。加油！

高一帆爸爸高志春：亲爱的孩子，当你第一次踏入学校的殿堂，你就长大了。你这一年就像是一棵小树苗，从刚开始叶子稀疏，到最后的枝繁叶茂。愿你能一步一个脚印地走下去！

张洪源妈妈孙琳：最爱的源宝，没有比脚更长的路，也没有比自己更高的山。生活正在你的前方微笑，勇敢地走上前去，拥抱你彩色的人生！

常英睿妈妈陶迎雪：活泼的宝宝，希望你以后做一个诚实守信的人，不能做到的事情不要承诺，承诺了就要做到。

蒋钰涵妈妈吴彩平：亲爱的宝贝，你是我们生命中最宝贵的财富。未来的路很长，希望你勇敢、坚强、自信、乐观、善良、健康地成长，成为一个闪亮发光的人！

周煜宸妈妈周科：可爱的宝贝，现在的你是童话故事的开始，以后的故事也许包罗万象，但一定美不胜收；也许有风有雨，但一定也会有阳光。愿快乐伴随你，愿烦恼远离你。你的幸福就是我们的幸福！

朱浩威妈妈王亚清：淘气的毛毛同学，你是漂泊于万道港口中的一叶小舟，愿你执着向前，不畏艰难，探索属于你自己的生命航线！

吴熙彤妈妈雷丽：亲爱的宝贝，妈妈希望你健康、快乐地成长。像花儿一样绽开笑脸，像小鸟一样自由地飞翔，你就是我们的骄傲！

董礼仪妈妈孙娟：溪公主，人生路漫漫，昂首向前行！赢在起跑固然好，大器晚成亦不错。无须纠结今日成败，而应期待明日花开。愿你在成长路上披荆斩棘，收获满满！

章轩妈妈徐晓红：亲爱的轩轩，我们讲英雄的故事给你听，并不是要你一定成为英雄，而是希望你具有纯正的品格。我们让你接触绘画、舞蹈、诗歌，是为了让你的心灵填满高尚的情趣。这些高尚的情趣会支撑你的一生，使你在最严酷的冬天也不会忘记玫瑰的芳香。

周煜晗爸爸周勇：亲爱的丫丫宝贝，愿你像颗种子，勇敢地冲破泥沙，将嫩绿的幼芽伸出地面，指向天空，开开心心每一天。

包宇皓妈妈张燕：亲爱的包包，任何人的成功都是要付出汗水的，这个世界不相信眼泪，也不相信投机取巧，只相信努力。虽然努力不一定成功，但放弃一定失败。加油，宝贝！

窦欣宇妈妈卢华英：亲爱的宇宝贝，学习没有任何捷径！唯有踏踏实实、认认真真地去学习、去思考！愿你一直朝着自己的理想去发展，成为最闪耀的星星。

赵多哲妈妈朱月：亲爱的多多宝宝，星辰从不为谁叹息，时光从不为谁留驻，希望你戒骄戒躁，努力学习，做一个诚实守信的人。

王柏霖妈妈郝娟：勇敢的帅小伙，你就像一株盛开的花朵，悄然绽放。愿你身体棒棒，学习棒棒，尽自己的力量，克服一切，追寻梦想。

齐浩天妈妈王映：天道酬勤，人世间没有谁是不经过勤劳而成为天才的。愿你日夜勤奋，早日成才！

魏淼妈妈梅友红：亲爱的森森，今天的学习是明天的欢笑，只要你勤奋好学，乐观向上，你的明天一定会更好！加油吧，宝贝！

张万州妈妈马爱华：亲爱的笑笑，一分耕耘就有一分收获，每个人付出必有回报，你也不例外。希望你健康快乐地成长！

胡嘉乐妈妈朱秀芳：活泼的乐乐宝贝，生活是一本精深的书，别人的注释代替不了自己的理解。愿你有所发现，有所创造。

夏宇泽妈妈刘敏：孩子，我们要求你读书用功，不是让你跟别人比成绩，而是希望你以后拥有选择的权利，选择有意义、有时间的工作，而不是被迫谋生。为人处世，不求品格高尚，但求无愧于心。

钱润文妈妈丁燕：亲爱的文宝贝，世上无难事，只怕有心人。希望你不管遇到什么困难，都不要退缩，勇敢地迎接每次挑战，做一个勇敢的人。加油，宝贝！

张子慧妈妈赵荣荣：漂亮可爱的慧慧，你也许不是最优秀的，但妈妈希望你是最快乐的。成绩只能代表过去，脚下的路还很长。宝贝，加油！

龚煜滔爸爸龚晓波：亲爱的孩子，人生是一场长跑，学生时代只是这场比赛中的一段，不要患得患失，也不要骄傲自满。保持你的平常心，坚持你的目标，我相信你一定可以成功。当然，健康快乐是首要前提和必要条件！

罗宇翔爸爸罗东：亲爱翔翔宝贝，生活就像海洋，只有意志坚强的人，才能到达彼岸。在以后的日子里，希望你不要被困难打败，坚持不懈勇敢地向前冲。

杨恩瑞妈妈王雪妮：懂事的瑞宝贝儿，谢谢你这一年的努力和配合，使得你我都成长了很多。一分耕耘，一分收获！快乐地成长，快乐地学习，是妈妈对你儿时最大的期望！

朱雨成妈妈彭素贞：作为一个男孩子的你，虽然有时候特别调皮，还时不时让爸爸妈妈为你操心，但是有你的生活，更加快乐，你是家里每个人的开心果。希望你以后能前程似锦！爸爸妈妈永远爱你。

赵志杰妈妈方晶晶：亲爱的宝贝，希望你能虚心学习，不断上进，不足之处要加强努力！做一个正直、勇敢的好少年。

韩佳佳妈妈祁翠翠：亲爱的佳佳，希望你勤奋好学，乐观向上。今天的学习，是明天的欢笑，遇到困难时，不要让烦恼淹没自己，要

想办法尽快摆脱困境。你也许无法做到样样出色，但你至少要做到事事努力过，加油！

王正爸爸王久成：孩子，学习是伴随终身的事情，但是贪玩也是童年的必修课。愿你在尽情地玩耍之余，偶尔看看书，或许在这偶尔学习的时候，能品尝到学习的乐趣！

刘行妈妈陈军：拉拉宝贝儿，妈妈希望你戒骄戒躁，保持一颗平常心的同时，学会承担集体与家庭的责任。关注天下事，做个有责任感、有爱心的好女孩。我们永远爱你。

洪鑫妈妈郑香香：亲爱的鑫宝贝，希望你努力，努力，再努力；优秀，优秀，更优秀！学习是快乐的，成长是快乐的。我相信你能用自己勤劳的双手和聪慧的大脑创造更加美好的明天。

刘涵妈妈朱亚利：懂得自我约束的人，具有超强的自我控制力，能够有效抵御外来的不良诱惑，坚持把自己的事情做到好。加油，宝贝！

张嘉辉妈妈潘巧香：亲爱的阳阳宝贝，你有着最令人羡慕的年龄，你的面前条条道路金灿灿。愿你快快成长起来，去获取你光明的未来，加油，宝贝！

赵筱涵妈妈沈云：亲爱的涵宝，生命的长度无法延长，生命的宽度却可以无限拓展。梦自己想梦的，说自己想说的，做自己想做的。愿你成为更好的你！

李鑫妈妈董萍：鑫鑫，你是一个性格温顺的孩子。妈妈希望你在以后的日子里阳光、自信，更加活泼和快乐！

程小宝妈妈方琴：亲爱的孩子，在这样一个爱跑爱跳的年纪里，妈妈愿你能在生活和学习的点滴中快乐地成长，不辜负每一天的阳光和努力，坚定地走好未来的每一步。

左语晨妈妈吴霞：语晨，聪明的人，今天做明天的事；懒惰的人，今天做昨天的事；糊涂的人，把昨天的事也推给明天。愿你做一个聪明的孩子！愿你做时间的主人！

陈星妈妈陈红英：亲爱的孩子，作为一个活泼、可爱的小女孩，你懂得谦让、尊老爱幼，是妈妈的好宝贝。愿你在以后的学习生涯中一帆风顺，做一个健康快乐的好宝宝。

赵晟冶妈妈翟赫娟：亲爱的孩子，你是听话、懂事、有礼貌、阳光帅气的男孩。妈妈希望你一如既往，做一个心胸坦荡的人。愿你往后的日子一片光明！

周国磊妈妈潘立红：亲爱的孩子，一条长长的路就在脚下，要一步步踏实地走下去。在遥远的后方，有两双眼睛，会永远地注视着你——这就是你的爸爸妈妈。加油，孩子！

刘宇豪妈妈王阿娟：亲爱的孩子，你是运动场上矫捷的健将，强身健体我们有了，唯独缺乏的就是学习上的努力了。一分耕耘，一分收获，愿你成为更好的自己。

王墨轩妈妈陈月红：亲爱的宝贝，妈妈希望你记住，学习一定要细心、认真、踏实，做人要真诚，对老师要尊敬，对同学要关心。望你迈好人生第一步。

孙梦茹妈妈胡婷婷：亲爱的丫头，在你成长的道路上，会遇到许许多多不同的事情，但是无论遇到什么，妈妈都希望你坚强、理智、自信。

高昕媛妈妈王娜：媛宝，你是一个活泼、开朗的小女孩，虽然刚刚入学的时候有点不适应，但是现在的你已经很棒了。希望以后的你会更加自信、快乐！

吴妍雅妈妈王亮：小雅，时间在不断流逝，你也在慢慢长大。希望你能改掉做事拖拉、学习拈轻怕重的坏习惯。在未来的日子里愿你能永远保持一个乐观的心境，健康成长。

最美的遇见

——做个“三心”教师

班主任/是丹红

“蒹葭苍苍，白露为霜。所谓伊人，在水一方。”这是《诗经》中撩动心弦的遇见；“这位妹妹，我曾经见过。”这是宝玉和黛玉之间，初见面时欢喜的遇见；“遇到你之前，我没有想过结婚。遇到你之后，我结婚没有想过和别的人。”这是钱锺书和杨绛之间，决定一生的遇见。遇见仿佛是一场神奇的安排，它是一切的开始。作为一名新入编的平凡教师，对我而言，人生最美的遇见无疑开始于9月初和这群一年级孩子相处的点点滴滴。

爱心育人

高尔基说：“谁爱孩子，孩子就爱谁。只有爱孩子的人，他才可以教育孩子。”在新教育的浪潮下，教师在教学风格上各显神通，但我认为不论外界思潮如何变幻，“爱”应是永恒的教育主题。

2017年9月，我初涉教坛，被安排做一名一年级老师。提到一年级，我们脑海里肯定会浮现出各种各样的场景：老师，我的水壶盖拧不开了；老师，妈妈说让你中午给我喂感冒药；老师，我的橡皮不见了；老师，刚才他踩我鞋子还打我……班主任是世界上最小的“官”，也是世界上管理事务最琐碎的“官”。刚入学的孩子们对这个新环境充满了好奇心和陌生感，如何在短时间内赢得孩子们的信任和喜欢，方便班级工作的展开，成为我的首要课题。

很多时候面对这些懵懂天真的一年级娃娃，我会情不自禁代入家长的身份，替他们去担心和关注孩子。9月初开学，学校实行“午睡制”，迫于天气炎热，午睡前我会打开电风扇并通过往地面洒水的形

式帮助教室降温，待大部分孩子睡熟之际我会悄悄调小电风扇，避免孩子们睡醒感冒。遇到脱得只剩贴身背心的孩子，我会悄悄帮他把外套披上。刚开学的一个月，课间我都是和孩子们在一起，观察他们的活动方式，发现安全隐患及时提醒，并设计出一些安全的室内游戏，如“一二三木头人”“快乐手指操”等和孩子们一起玩耍。发现学生的衣服穿得不整齐，我会主动帮助他整理；哪位学生的鞋带开了不会系，我也手把手教他；哪个孩子的家长晚来接了，我会在教室里陪着他聊天解闷，和家长保持沟通的同时安抚孩子。虽然这些孩子还很小，但是你真心对孩子，他们是能够感受出来的，久而久之，孩子和我亲近起来，在他们的心目中，班主任就是他们最信赖的人。

老师和学生构成了教育与被教育、管理与被管理的两个基本因素，这两个因素都是人。而情感是人的本质特征之一，爱则是情感中最积极的一种态度，是人性本善的体现。如果每一个老师都心怀慈爱，言行有爱，那孩子们必将从老师的身上感受到爱心、温暖和真诚。爱心育人，我遇见了纯真。

慧心做事

慧心，即聪慧之心。教育工作毕竟不是架构在理想的真空中，它是实实在在的现实，面对的是活生生的性格迥异的生命。这个“真理”是在我有过“折戟沉沙”的教育案例以后才逐渐感悟的。

彤彤是个成绩优秀、活泼开朗的孩子，我对她的喜欢和赞赏溢于言表。但在一次广播操比赛的排练中，我却见到了另一种状态和性格下的彤彤。“你这个动作做错啦，刚才没注意听吧”，我用手指指彤彤，眼神中有着严厉。小女孩瑟缩了一下，而后渐渐变得不听音乐节奏，连先前会做的动作也跟不上了，情绪极其低落。我立刻意识到了问题，她的一次走神换来了我第一次在全班面前的批评，这个孩子骄傲的自尊心被打击到了。想到这里，我立刻中止了排练，让孩子们先自由活动，随后把彤彤拉到一边耐心地解释和安慰，并坚定地鼓励她。在小姑娘害羞的点头中，我又再次示范，聪慧的小姑娘立刻就学会了。而后班级排练继续，彤彤的状态很好，后来还成了班级广播操比赛的领操员呢！

彤彤的事情让我开始认真反思自己的教育教学，是否还有很多“彤彤”被我这样无形地“伤害”过呢？的确，在如何正确评价孩子的问题上，初涉教坛的我做的尤其欠缺，我单纯地认为“非黑即白”。人民路小学的语文课堂有课前“三分钟演讲”的传统，对于孩子们的演讲评价，我最初给出了单一而枯燥的点评：“故事很精彩哦，棒棒的！”“你的声音有点小，可能后排的同学听得比较吃力。”而后在“生生评价”这一块上，班里的孩子也学着我的口气，一针见血指出同学的优缺点：“他的口齿不清楚，故事我都没听懂。”“她的声音太小了。”慢慢地，我发现被孩子们给予负面评价的学生，在语文课上很难调动起积极性，举手的永远是那几个“常青树”。

经过反复思考、走进师傅课堂观摩，我找到了症结所在：这些“非黑即白”的直面评价，在无形中打击了很多孩子对课堂、对语文的信心。意识到这个问题，我首先从自身出发，改变课堂评价：“老师很喜欢你响亮而清晰的声音，个别平翘舌音再准一些就更好啦！”这样积极鼓励的正面评价，慢慢带活了语文课堂的气氛，有些孩子即使回答的不正确，但我仍会有选择性地表扬他们的热烈发言或积极思考。渐渐地，孩子们的“生生评价”也能侧重优点，轻带缺点。平时，我还会潜移默化地给孩子们介绍不同学生的优点，比如“小辉虽然有些调皮，但劳动的时候总是最积极。”“小宇虽然平常比较内向，但很热心于班级事务，好几次他还悄悄帮粗心的值日生擦黑板呢！”……

我信奉“人性本善”，在和孩子们相处的这一年中，我不断发现纯真的笑容和善良的心灵，他们给了我太多的思考和感动。作为和孩子们相处最久的人，他们的每一次变化、每一次进步，都需要老师留心用慧眼观察，用善思的慧心琢磨，慧人慧心，总能静待花开！

童心陪伴

“站在孩子的高度和角度，你会看见一个和我们成人完全不同的世界。”这句话我深以为然。老师要以孩子的眼光去看问题、看世界，这样才能真正尊重孩子、理解孩子，也只有在这样的前提下，老师才能更深入地了解、研究、关爱孩子，为孩子提供最适合的教育。

“小朋友们，你们觉得月亮还像什么？”这是一次稀松平常的语文课，为培养孩子们对“比喻句”的概念，我提起了老生常谈的一个句子：“弯弯的月亮像小船。圆圆的月亮像玉盘。谁再来当小老师说说你心中的月亮还像什么？”“我觉得，弯弯的月亮像眉毛。”胖胖的小睿给出了这个不常见的答案。我愣了一会，“那你来说说月亮和眉毛哪里像？”小睿不慌不忙，用手指指我的眉毛：“老师，你的眉毛就是弯弯的啊。两头细细尖尖，可不是和弯月亮一样吗？”随后全班一起笑了出来。我摸摸我的眉毛，确实，这娘胎里带出来的柳叶弯眉，和弯弯的月亮确实有几分相似。“刚才轩轩讲了一个很生动有趣的句子呢，谁再来说说看？”“老师，我觉得圆圆的月亮像块大月饼！”机灵的小语兴奋地回答，“你看月饼和月亮都是圆的，它们的形状很像。而且……而且妈妈和我说八月十五是中秋节，月亮又大又圆，每年这个时候大家都要坐到一起吃月饼呢！”说到吃，小姑娘不好意思起来。我微笑地示意她坐下，高度评价了她的答案：“小语能从形状上考虑圆月像月饼，而且给我们普及了中秋节习俗呢，让我们把掌声送给她！”

一节课就在欢欢喜喜的气氛中结束了，但孩子们给我的震撼却经

久不散。的确，我们上了那么多年学，读了那么多书，应试教育形成的思维或多或少都固化了我们的看法，这时候不妨蹲下来，听听这些未经人事的孩子的观点，你会发现生活顿时明艳得多。

人民路小学一直有“阳光午后”的传统，带着孩子们到操场上散散步，感受冬日和煦的暖阳；看看草坪上新长出的小草，捡几片银杏树掉落的“小扇子”做标本；扒开草丛到泥土里发觉小小的生灵，尽情在草地上撒欢打滚、欢笑奔跑……一切仿佛就像海子诗里说的那样——“面朝大海，春暖花开”。我陪伴孩子们一起玩耍嬉戏，认真做个快乐的“孩子王”。

心里有童心，生活处处有童心。为孩子们布置各种绘本主题的教室，小到挂件大到墙报；和孩子们一起读童话故事，为主人公的命运同悲同喜；创设丰富生动的课堂情境，帮助孩子们代入课文角色，制作卡通头饰、衣服表演课本剧……这些童眼看世界的背后，是我灵魂的朴素回归，也是对孩子们最真诚的童心陪伴。

苏霍姆林斯基说：“要把整个心灵献给孩子。”在新教育的当下，做一个有爱心、有慧心、有童心的“三心”老师是我的工作追求。眼里有学生，心中有学生，生活、工作处处才有道德与责任。

董卿在《朗读者》中说：“世间一切，都是遇见。就像，冷遇见暖，就有了雨；春遇见冬，有了岁月；天遇见地，有了永恒；人遇见人，有了生命……”我遇见了你们——纯真的孩子们，心灵便有了春天。爱心育人，慧心做事，童心陪伴，和孩子们在一起，是我最美的遇见！

一路欢歌一路爱

赵筱涵妈妈/沈云

6月，飞火流星、清荷初开。早起送女儿上学，看见校门口值日的老师和同学都笑靥如花，衣裙飞扬，忽而惊觉，盛夏已至，暑假临近，女儿的一年级即将结束。回忆刚刚过去的一年，作为一年级学生的家长，这一年于她于我都是特别的，值得总结，值得珍藏。

时间拨到一年前。我们全家都在为孩子即将上小学而担忧，她没有提前学习拼音和算术，小学的作息与幼儿园大相径庭，她的胆子不够大……这种焦虑一直持续到开学后的第5天，学校的三位校领导给我们这些新生家长开了第一次家长会，我现在依然记得当时的主题——“家校共育　静待花开”。那一次的家长会，我记住了几个关键词：心态、能力、习惯、爱阅读。心态：父母要调整好自己的心态，求学之路是场马拉松，决定成败的不会是起跑线。能力：包含自我生活的能力、自我学习的能力、倾听的能力、表达的能力、自我控制的能力。习惯：教育的本质就是培养良好的习惯，好习惯益终身！爱阅读：一个人的精神发育史就是他的阅读史。爱读书的父母是孩子爱阅读的前提。

正是这一次的家长会，让我粗浅地了解了家长与学校分别对于教育孩子的作用。我把学到的方法用在孩子身上，果然，女儿很快就完全适应了小学生活，融入了4班这个集体，也爱上了这个学校。

这一年里，我陪着女儿经历了很多个第一次：第一次到教室适应环境，第一次独立进校门，第一次在学校吃饭，第一次趴着午休，第一次考试，第一次值日，第一次春游，第一次放假，第一次演讲，第一次播音，第一次做亲子手工，第一次表演节目，第一次系上属于自己的红领巾……很庆幸能陪着她，见证她的成长。因为她，我也多了许多的第一次：女儿第一次给我洗脚，女儿第一次给我讲睡前故事，第一次收到女儿的母亲节感恩信，第一次走进家长课堂，第一次作为家长演讲，第一次做家庭亲子小报，第一次上大屏幕……谢谢你，我的孩子。谢谢人小和老师们，帮我教育出这么棒的宝贝。

这一年，我每天送女儿上学，明显看到了她的变化：她变得懂事，学会了思考，学会了自理，学会了勇敢，学会了宽容和感恩。看着这些变化，我很欣慰。我知道这一切的进步都离不开学校的教育，感谢老师们在孩子成长中对她的帮助和鼓励！如果把成长比作一种修行，

那么遇见好的学校和老师就是最幸运的助攻了。

人民路小学秉承“上善”文化，以“办一所向善向上、快乐成长的幸福学校”为办学愿景，确立了“上善·开环”的办学理念，努力让学校成为每个孩子“梦想开始的地方”。学校开展了不同类型的活动，让孩子有机会展示自己，锻炼自己。感恩节小手工制作展、雷锋月讲故事大赛、特色班本课程展、六一趣味运动会、校园艺术文化周、童话童画绘画大赛…… 通过这一次次的锻炼，每个孩子学会了思考、合作和谦和。以班级为单位的流动红旗评比，更让孩子们学会了自律、宽容，体会到了集体荣誉感的神圣。以社团为单位的兴趣课程，更是让孩子们接触了琵琶、古筝、跆拳道、绘画等艺术课程，给孩子们的未来展示了更多可能。

这一年里，我认识了一群认真负责的好老师：坚持每天在校门口迎接每个孩子入校的吴校长，时而严厉时而温柔的龚老师，艺选班笑容甜美的吴老师，文娱活动时能歌善舞的赵老师，最最要感谢的是班主任是老师。初见是老师是带孩子第一次到教室适应环境，是老师正在微笑着和其他家长讲话，当时只觉得这位女老师可以用“素心向暖，浅笑安然”来形容，后来无意中发现是老师的网名是“素心浅笑”，不得不说是缘分了。

为了 4 班这一群孩子，是老师真的是付出太多，千言万语只有化成“感谢”两个字。开学伊始，她一点点教孩子们练习常规，手把手教孩子习字，连课间也待在教室，只为多了解孩子们。知道家长们担心各自孩子在学校的状况，她每天都抽空回答家长的留言，有问必答，还拍下孩子在校的照片发到班级群里。那段时间，女儿每次回家总是张口闭口“是老师”。

作为语文老师，是老师非常重视孩子阅读习惯的培养，无论是和家长，还是和孩子，她都一再强调阅读的好处。为了引导同学们养成阅读的好习惯，学校也经常开展读书活动，每期还评选出“阅读之星”“书香家庭”，阅读之风愈来愈浓。同时，是老师还非常重视培养孩子们的口头表达能力，每节语文课开始的几分钟都会有一个“小小演讲家”的环节，鼓励孩子们上台展示自己。并且每个孩子是老师都给予简短的点评，让孩子们变得更大胆、更自信。

第一学期元旦假期前，因为单位加班，我忘记及时通知老师，等是老师的电话打来时，我才发现自己把孩子给忘了。更要命的是，我走不开！听了我的情况，是老师温柔地说：“那我先把孩子带回教室，外面太冷了。我陪她在教室等你，你先忙工作。”等我忙完接到孩子时已经是近 2 小时以后了。向是老师道谢后，在我看来，这件事情就结束了。可是后来的发展让我再一次感受到了爱与感动。当天晚上洗漱后，我正躺在床上，女儿拿着纸笔来找我：“妈妈，我有几个字不会写，你教我下呗。”“今天很晚了，明天就放假了，作业明天再写吧。”“不是作业，是我想给是老师写封信。”“嗯?”“我想谢谢是老师。”说实话，我被孩子的感恩之心感动了。学期结束前，我无意中又得知了更让人感动的“真相”。12 月 30 日那天，学校的老师们本来是有聚餐的，因为我们，是老师放弃了与同事们的放松相聚，坚守在了岗位上，更可贵的是，是老师并没有对我吐露一句。我又一次被感动到！

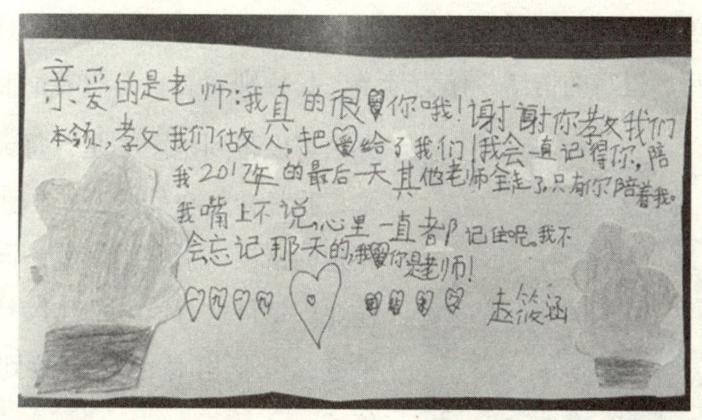

亲爱的是老师：我真的很爱你哦！谢谢你教我们本领，教我们做人，把爱给了我们！我会一直记得你，陪我2017年的最后一天其他老师全走了，只有你陪着我。我嘴上不说，心里一直都记住呢。我不会忘记那天的，我爱你是老师！

赵筱涵

写了这么多，发觉我们这一年美好的经历怎么也讲不完。那么，就来个小小的总结吧！每一段的同行，都是生命中最深厚的缘分，深情只有在这渐行渐远中才趋于真实。回顾携手人小，走进 4 班的这一年，好想对女儿说：孩子，你的一生，父母、学校、老师和同学都只能陪你一段旅程，那么就让我们在相聚时一路欢歌一路笑，待到分离时，我们能将往昔种种美好珍藏，各自浅笑安然。

喜忧参半这一年

董礼仪妈妈/孙娟

时光匆匆一去不返，一年的时间，转眼已所剩无几了。

还记得2017年的9月1日，我们全家齐聚李公朴小学门口，隆重而庄严地送娃开启人生的小学之旅。在进入校园的那一刻，娃的眼中充满了向往与期待，这令我们倍感欣慰，却又有着一丝担忧与不舍，似乎孩子上学后便预示了离家的开始，从此与我们必将越行越远了。

这良多的感慨尚未来得及发，娃就迎来了小学生涯的第一个卡顿。由于小学一年级先学习汉字，这对于我们这种裸玩3年幼儿园、毫无基础的孩子，考验还是很大的。练习写字，怎一个“痛苦”了得！握笔姿势不对，格局管控不足，写字大小、轻重随意，笔画笔顺颠倒等一系列的问题，导致了别人只需二三十分钟完成的作业，娃却需要双倍甚至更多的时间来完成。虽然每天只写那么几个字，但是娃却表现出了厌写、畏写的情绪。作为母亲，我特别着急，总盼着能有什么好办法可以帮到她。于是，每天下班回来，我都会陪在娃的身边，耐心地纠正她的错误，引导她一笔一画地写完作业。每每这时，娃的焦躁情绪就能平复，作业相对也就能做到事半功倍了。

都说日子有功，渐渐地，孩子的字终于有了一些棱角。看到她有了些许进步，我还是相当高兴的。可以说，第一学期就这么平稳、安然地度过了！

转眼2018年的春节就落下了帷幕，孩子们迎来了开春的第二学期。今春开早，万物复苏，孩子们早早来到新校园里，签善字，得善帕，到处一片祥和。看到这番欣欣向荣之景，我不禁喜上眉梢。这般优美的校园环境，这样浓郁的学习氛围，这群认真负责的老师，实乃吾之幸，吾儿之幸也！

然则喜悦的小船尚未起航，便被现实打翻了。老师反映娃在校上课听讲不认真，回答问题不积极，爱做小动作，经常处于神游状态……鉴于这些，我试着多番与娃交流，认真、仔细地聆听孩子的心声，告诉她，学校是个集体，每个人都必须遵守纪律。我们要感恩老师，共勉同学……虽然收效甚微，但我坚信，孩子是能听得懂、听得进这些道理的。

期末在即，这一年里有欢歌笑语，也有鸡飞狗跳，愿孩子们都能收获健康幸福，愿老师们都能心想事成，愿家长们都能事业顺遂！

一年级回想

龚煜滔爸爸/龚晓波

时光匆匆，如白驹过隙。感觉一眨眼的工夫，孩子的一年级已经到尾声了。犹记得去年开学报到的那一天，我陪孩子来到学校，孩子的眼中明显地透露着好奇、惊讶、开心和些许不自信。毕竟孩子本身有点内向，加上我从幼儿园大班开始就和他说：上小学就不像幼儿园那样可以吃吃玩玩睡睡了，要真正地开始学习了，上课纪律很重要。尽管如此他还是因为上课纪律问题被老师教育过很多次。现在想想，也是孩子性格使然：对陌生人谨小慎微，熟悉了以后也就玩开了。

作为一名新生的家长，最关心的莫过于孩子的健康和成绩了。健康自不必说，做父母的都很在意，不过孩子也长大了，身体的抵抗力也提高了，不像幼儿园那样动不动就请假看病去了；而让父母不愿意请假的另一个原因就是孩子的成绩了，试问哪个家长愿意孩子没啥大问题的时候就请假在家休息呢？都不想让孩子输在起跑线上。我家娃也是这样，感冒发烧咳嗽也有过好几次，印象中好像没请过几次假，能扛就扛过去。就怕孩子发烧，烧了人没精神，估计学也学不进。孩子两次发烧都是在周末，到周一就好得差不多了，没影响学习。不过上学期期末考试那天孩子又烧了一次，我就向班主任请了两天假带孩子挂水去了，等孩子上学的时候说期末考试都结束了，放假前还拿回来一张奖状。我当时哭笑不得。

作为一名家长，最头疼的还是孩子的作业问题。做作业拖拉是我家娃最大的毛病，上学期不看着他的话能玩半小时都不做一道题。后来经过我和孩子奶奶的威逼，加上孩子妈妈的利诱，这学期终于有所改善。还有一个问题，就是绝大部分家长都遇到的，孩子的学习领悟能力无法满足预期。这也是网上流传的某些家长都会心肌梗死的问题，以及某些家长平时绅士淑女，教孩子时大呼小叫、七窍生烟的真实情况。虽然不是所有的孩子都这样，但很不幸，我家娃上学期完全就是这种情况。下学期开始，他自己主动做作业后就慢慢改善了。我想这也是现在晚托班盛行的原因。

当然，一年级也有开心的时候，每次学校搞活动，看着孩子拿着家人给他准备的道具去学校时开心的笑脸，我们全家也很高兴。印象最深的是今年去动物园春游，虽然准备了吃的喝的，我们还是给了孩子两张 5 元的人民币，想让孩子自己学着买东西。回家后问他：

“钱还在吗？”

“不在了。”

“买什么了？”

“什么都没买。”

“那你钱去哪儿了？”

“有两个女生想买棒棒糖，但是她们没带钱，我就给了她们一人5块。”

“那她们有没有给你尝一下？”

“没有。”

请各位自行脑补我和孩子妈妈听到这件事情后哭笑不得的表情。事后孩子舅舅说：“不错，小小年纪就懂得这么多。”

在一年级的这一年，有过欢笑，有过伤心，虽然伤心大部分都是自己找气受，孩子基本没这感觉。但是看着孩子一天天健康成长，一天天慢慢懂事，我和孩子妈妈都心怀宽慰了。

我们这一年

吴熙彤妈妈/雷利

时光飞逝，在春夏秋冬的季节更替中，我们即将结束一年级的学习生活。回忆过去的这一年，对于一年级学生的家长来说是特殊的一年，是值得总结和回忆的一年。

回想女儿刚进学校的时候，担心她胆子不够大，不能适应一年级的学习生活，不能从幼儿园的玩耍状态进入小学课堂正式学习的阶段。

一年了，女儿的进步显而易见，给了老师和家人一个大大的惊喜。从小学一年级开学典礼到现在，我们有了太多的第一次：第一次因写字姿势端正被老师表扬，第一次戴上红领巾入队，第一次考试得满分，第一次开家长会，第一次和同学们登上学校的舞台，第一次和老师同学们集体外出游玩，第一次被评为“新三好学生”……女儿带给我们太多太多的第一次。我们陪着她经历着这些第一次，也陪着她一步步成长。

这一年，在老师们的辛苦教育下，女儿的很多好的学习习惯和行为习惯已基本养成：每天放学回家后主动写作，主动阅读课外书，周末主动帮助家长做些家务活，等等。这些都跟学校老师们的辛勤付出是分不开的。在这里要特别感谢我们的班主任是丹红老师。为了带好我们一（4）班的这帮“猴孩子”，是老师不厌其烦地帮助我们。她的嗓子经常处于嘶哑状态，为了批改孩子们的作业，经常要忙到很晚，甚至生病请假期间，仍然惦记孩子们的作业，半夜还在班级群发试卷讲解……为了这帮“猴孩子”，是老师的付出太多，千言万语只有感谢！女儿上小学后变化最明显的一项就是胆子变大了。以前的吴熙彤胆子非常小，看到陌生人不敢主动打招呼，课堂上也不敢大声回答问题。这些都被细心的是老师默默记在心里。老师安排她在班级里做一些力所能及的事情，放学、出操的时候整顿一下队伍，中午在食堂帮同学们分菜分饭，值日、午休的时候做个小小监督员。记得有一天放学回来，女儿骄傲地对我说：“妈妈，我是小组长了，是监督卫生和纪律的小组长了！”看着女儿开心的模样，我也替她开心。

今年新学期开学不久，由于妹妹的出生，在这期间我们对她的学习有所疏忽，她的学习成绩直线下降。班主任是老师及时发现并与我们沟通，在老师的教育和家长的督促下，她的学习成绩又恢复到以前了。总之，这一年，女儿的进步真是太多太多，千言万语唯有感谢：感谢你，是老师。

一年级的生活即将结束，让我们一起迎接新的一学期，再接再厉，更上一层楼！

细数我们这一年

学生/张子轩（口述）
张子轩爸爸/张允成（记录）

2017 年 9 月 1 日，这一天我正式成为一名一年级的小学生，那天我的心里是多么的兴奋与激动，因为我会在校园里交到很多的朋友，学到文化知识和做人的道理。

爸爸妈妈，还记得开学的时候你们满眼的担心：怕我在学校和别的小朋友打架，怕我不听老师的教导，怕我在学校吃不好……

时光匆匆，通过一年的努力学习，我学会拼音字母并且能够熟练地运用；学会和别的小朋友和睦相处，学会了尊敬老师，尊敬老人；学会了用所学拼音字母读自己喜欢的课外读物，懂得更多知识。在学习阶段，爸爸妈妈，你们反复叮嘱我一定要端正学习态度，认认真真完成老师布置的课堂作业和家庭作业。你们那么忙也会抽出时间陪我更正在考试中出现的错误，到现在我已经认识很多字了，老师还夸我越来越懂事了。

在这一年里我们参加了有趣亲子绘本故事、彩虹花年度打卡等有意义的活动。我们是好孩子，是充满活力与激情的孩子。同样，站在我们身后支持我们的爸爸妈妈，你们也是最棒的！在此，我想对你们说一声：你们辛苦了！

敬爱的是老师，从我踏入班级的那一刻，看到漂亮而温柔的老师时，我就感觉到我很幸运，以后的人生中又多了你们几位至亲至近的人，你们用柔美的声音来教我们文化知识，并且教导我们从小就要做一个诚实、正直、有担当，且志存高远的人，让我知道从小养成良好习惯的重要性。

亲爱的爸爸妈妈、老师们，在这一年里我健康快乐地成长，每天都有进步，每天都有不同的收获和感知。请你们相信，我们未来的人生道路一定是康庄大道，我们的人生也必将精彩纷呈！

忧喜这一年

赵多哲妈妈/朱月

老实讲，刚入学时，作为一位小学一年级学生的家长，我的心里只能用“忧虑”来形容。忧的是：咱们学校是一所新学校，真心不知道这样一所新学校能否有好的师资，能否有好的年级组，能否让我的孩子在德智体美各方面都全面发展。

记得孩子这一个学年开的所有家长会。我的内心对家长会是有些别样情绪的。从准备来看，是好奇的；从意义上来说，是肯定的。我想谈谈家长会后的感想。每次开完家长会我们都有很大的收获，可说受益匪浅。在家长的演讲中，我学到了教育孩子的一些方法；在校长的演讲中，我知道了咱们学校都是集团化教学，知道了学校是怎样培养孩子的。同样，孩子还遇到了一帮优秀的老师，每次与班主任交流都让我获益良多，而且会让我深入思考今后如何教育孩子。

学校一系列的课程给我和孩子带来的是无穷的财富。家校联系手册架起了我们家长和学校沟通的桥梁；“课前三分钟演讲”让我的孩子变得自信，在公众场合下能够大胆发言；“超级爸妈”课程让我们的孩子知道了各种民间的小绝活、课外的小知识、生活常识和科学知识等；孩子参加的羽毛球社团，同样让她在体育方面得到了很好的锻炼；还有学校举办的各方面评优也非常好，孩子的积极性很高。

学校经常举办活动，给了孩子各种各样的机会。记得去年的“爱

我中华唱响童年”的歌唱比赛，我的孩子有幸领舞，当时她非常激动，上学路上练台词、练音调，在家练体形、练动作，最后比赛圆满成功，也得到了学校的肯定。各种活动让孩子增长了见识，也给她带来无比的荣耀。

我是一位只有初中文化程度的妈妈，因为文化程度有限，常常在生活与工作当中遇到各种难以预料的问题。所以我希望我的孩子能有知识，有文化，并且拥有健全的人格。怎样拥有这些财富呢？我心中一直担忧这一问题。在这一学年里，我也会时不时和是老师交流，会把这一系列的问题抛给她。她的回答总是能让我感觉到我好像得到了无价之宝。清楚地记得有一次交流，她对我说：“小学是孩子人生的第二步，也是重要的一步，因为良好的行为习惯都是在这个阶段养成的，要让孩子的学习、生活由被动转化变为主动。从家长要求孩子要干什么变成家校互动，使孩子知道她自己要干什么。由被动到主动看似简单，要孩子真正做到还是很难，这需要孩子、家长和学校的共同努力和坚持。”这就是“听君一席话。胜读十年书”吧！我很荣幸孩子能得到是老师的教诲，希望她会追着老师的脚步一直成长下去。

最后想说的是，经过一个学期的接触与交流，我的心中有种“窃喜”感，感恩有你们，温暖孩子前行的每一步。

柳暗花明忆一年

张洪源妈妈/孙琳

2017年的9月，孩子正式告别幼儿园，步入他人生中重要的第二个阶段——小学。眼看着孩子迈入小学的门槛，其实我的内心五味杂陈、忐忑不安，担心孩子能否适应小学里的生活，能否承受沉重的学习。我的心向来都是两面的，一方面希望孩子可以认真努力地学习，取得优异的成绩，另一方面又不想让孩子因为学习而失去他这个年龄本该有的童真童趣。很迷茫，没有方向。

我遇到了或许每一个新生家长都会遇到的问题：孩子起床难，来不及吃早餐；上课迟到；与小朋友之间闹纠纷。当然了，还有学习上的各种问题。从散漫无忧的幼儿园到紧张规律的小学，毫不夸张地说，这条路是我走过的最漫长的一条路。

很庆幸的是，我的儿子遇到一位认真负责的好老师。他的班主任是老师，不仅人漂亮，而且她仿佛深知我的不安。她不仅跟我们在QQ群里互动，把孩子在校的情况发图片、视频分享给我们，还会私下一对一找我沟通，交流孩子的情况，给我分析孩子的优势在哪里，劣势是什么。这样让我心里有了谱，可以更好地引领孩子，朝着一个好的方向努力。

在这里我必须要提的就是我们“人小”开展的“课前三分钟”演讲活动。当老师通知下来，每个孩子将按照学号每天早晨轮流讲故事的时候，我的心也是七上八下的。因为我的孩子不太爱说话，我不太确定他是否有勇气站在台上。他的学号位于中间，给了我们足够的时间准备，得空的时候我们就会在家练习几遍。忽然有一天，老师在我们班级的QQ群里发来了他演讲的视频。让我意想不到的是，他不仅没有怯场，而且很自信生动地把整个故事讲完了。这源于老师的鼓励、孩子的努力，也让我发现了孩子的闪光点。在这里我也希望学校可以把这项活动坚持下去，让每一个孩子都敢于站在舞台上表达自己，人人都能成为小小演说家。

说完孩子喜欢的特色演讲，接下来我还想说一说我们家长特别喜欢的特色活动之一——“超级爸妈”。“超级爸妈”就是家长走进课堂，教孩子们一些学校里学不到的有趣的知识，这项活动还真是圆了我的老师梦。从小我就特别想当老师，总感觉老师这个称谓简直太神了，站在讲台上的老师更是威风八面。“超级爸妈”家长课程不仅让我做了一回老师，还让我认识到老师的真正含义。在很多家长的眼里，老师就是上上课管管孩子们，太轻松了。可是只有真正走进教室，才知道一屋子的孩子有多难管；只有真正站在讲台上才知道，一节课下来，花废的何止是体内的洪荒之力啊。在这里，我也想为世上千千万万个燃烧自己、照亮别人的老师点个赞，你们辛苦了！

在这一年里，我看到了孩子的成长。他由一个不爱看书、只知道玩的“小调皮”，变成一个认真学习的小学生。有空的时候，他还会帮我做一些他力所能及的家务。如果说女儿是妈妈的小棉袄，那儿子绝对就是我的小棉被喽！

在这一年里，我还参加了学校组织的多项活动，如家长会、亲子活动等，深深地体会到孩子学习的不易，也体会到老师教育路上的辛苦，同时深切地认识到：这所学校不仅仅只抓孩子的学习，而是从德、智、体、美、劳全方面地培养孩子。

我很庆幸自己为孩子选择了一所可以让他健康快乐成长的学校，也庆幸他遇到了有丰富教学经验的好老师。作为家长，我将义不容辞地与学校站在一起，为学校的发展及孩子的成长做出努力。我也会全力支持和配合学校的工作，相信孩子在家、校的共同教育下，一定会成为社会的有用之才！

我们这一年

邵鑫海妈妈/金晶

日子在交织的泪水与欢笑中匆匆流逝，也在担忧和希望中匆匆走来。这一年，我们依旧是在各自的岗位上忙碌，孩子却悄无声息地一天天成长，构建着自己的未来。作为家长，我们也终被一种力量牵绊，被一种责任召唤。

孩子第一次在学校中经历了四季的轮转，走过了一个完整的秋冬春夏。这一年开启了孩子一生中对这个世界理性思考和认识的旅程，启发了孩子的生命和自然的了解，也唤醒了孩子的梦想和实现梦想的渴望。

还记得2017年8月31日，他第一次慎重地背上书包，走进小学的校园，他有点担心害怕，但又很憧憬地四处张望。当老师发给他一张心愿纸，让家长代笔写下他的心愿时，他在我耳边轻轻地说："妈妈，我想写考上哈佛，可以吗？"我当时愣住了，那还是他大班时翻我的书柜看到了一本叫《哈佛商学院案例》的书，我当时简单给他介绍了一下这个学校，他今天居然要我写下这么不靠谱的心愿？但看到他那期盼又一本正经的表情，我立即拿出笔来，说："可以，当然可以！"看着他开心而腼腆地把心愿纸贴在心愿树上，我又一次真切地感觉到了孩子的真实！默默地想着：乐乐，妈妈希望你可以一直这么直率地和我表达你的想法！不管你长得多大。

开学后，乐乐每晚都会把闹钟放在床头柜上，早上一听到闹钟响，就立刻爬起来，自己洗脸刷牙吃早饭，还不停地催促着："爸爸，我来不及了，我会迟到吗？""不会的，才六点五十呢！"每周回家，我都会听到这样的对话，不禁觉得父子俩特别有意思，每天这样，就像练台词一般。我不禁问乐乐："你为什么要这么早去学校？""因为我要去给小朋友领读！"他说这话时一板一眼的，腰板挺得特别直，特别骄傲的模样。这就是孩子第一次感觉到了什么叫责任。所以不需要在字典里找概念，在集体中，他感受到了大家对他的期盼和等待，领悟到了什么是责任。

一年级上学期，我和乐乐的爸爸参与了班级的"超级爸妈"活动，在学校里和孩子们度过了愉快的一小时。短暂的一小时，零距离的接触，我感受到了孩子们的热情和积极向上的态度。印象最深刻的是，有个女生在我叫她上台做实验时，着急地拉直了她同桌举起的手说：“阿姨，他已经举手好几次了，你没有喊他。”这个小小的举动，让我对“分享”有了更深的感悟——分享不一定仅是流于形式上，把自己的东西给同伴一起玩一起用，更多的也许是能体会你同伴的感受，能融入他的心境，能够学会换位思考和体恤他人。我又一次从孩子的天真无邪中成长了。

学校从一年级下学期开始多了绘本阅读课，还清楚地记得第一次是老师给小朋友讲了《我也可以飞》这个绘本故事。简单的故事、生动的画面，乐乐回来复述了一遍，然后说了自己的读后感。这个课程特别有意义，不仅锻炼了孩子的表达能力和独立思考的能力，而且看着老师在群里发的ppt，不得不说，我也多了一份反思：成长就是不停地试错，然后形成自己独立人格的过程。不必着急地用成人的经验去教他什么是对、什么是错，那是我们成人已经固化的三观；不要用自己的思维去束缚孩子的天性和成长的各种可能，只要默默地在他身后关注，在他遇到选择，很迷茫时，给予一些建议；在他出现大是大非的问题时，立刻把他拉入正轨。绘本课程让我们家长在孩子成长的过程中变得更加成熟。

3月份学校开展了“学雷锋讲故事”的活动，是老师选乐乐参加。回家后他和我一起在网上找雷锋故事，我也给他讲了好多雷锋的事迹。在选材的过程中，已经体现了这个活动的意义，孩子多方面地了解了这个好军人，我也再次回顾了这个值得我们永远铭记的人物。为了能在台上顺利讲好故事，乐乐每天回家都练习一遍。曾经他也因为经常讲错想过放弃，但在是老师的鼓励下，他自信地走上了舞台，并获得了一等奖。还清楚地记得那天他拿着奖状，走出校门，生怕奖状放在书包里被折坏了，蹦蹦跳跳地跑到我面前，兴奋地说：“妈妈，我一等奖！我为我们一（4）班争光了！”周围的几个家长都哈哈地笑了：“这孩子还知道为班级争光了！”是的，似乎已经习惯了这种表述只有在报告中听到，但今天从一个7岁孩子的口中，用这么自然而不假思索的方式说出来，太让我们惊喜了。这不能不说是学校教育的成功。

不需要太多的语言教导，在学雷锋活动的参与过程和日常的点滴中，孩子学会了什么是集体荣誉……

孩子需要有积极的心态、强健的体魄、开阔的眼界和独立的认知。所以，真的特别有幸能在家门口找到这么好的学校，这么好的老师！这里的老师不是一味刻板地教授语数外，学校也有很多特色课程和活动：每日的晨诵，老师带着小朋友重读经典诗词；每天的三分钟演讲，小朋友们都有机会上台讲故事；“超级爸妈”活动，增强了家长和孩子的互动；“家长开放日”，让家长走进校园，坐在课堂，身临其境地体验孩子在校的半天……最可贵的是，这些活动都不是三天打鱼，两天晒网，而是已成为常态化管理的一部分。

我一直很欣赏一句话：童年不是一场赛跑，而是一次旅行。学习不是50米的冲刺赛，而是伴随着终身的马拉松。我不期盼孩子跑得有多快，但希望他能知道什么是深耕，什么是坚持。在马拉松开始的时候，一步一步去体验其中的过程，每一步都跑得扎实且富有意义！

这一年，乐乐从一个无知的儿童变得稍许明理，从一个不独立的孩子变得慢慢坚强，变得让我们更加安心，也让我们更加暖心。

没有一次经历会浪费，没有一分努力得不到回馈。新的一学年又是一个新的起点，祈盼学校、家长及孩子可以共同携手，穿越这片时光之海。新的学年，让我们共同前行，为孩子们画出明天的太阳！

棒棒糖班

一（5）班

太阳当空照，
花儿对我笑，
小鸟说早早早，
你为什么背上小书包？
我去上学校，
天天不迟到，
爱学习爱劳动，
长大要为人民立功劳……

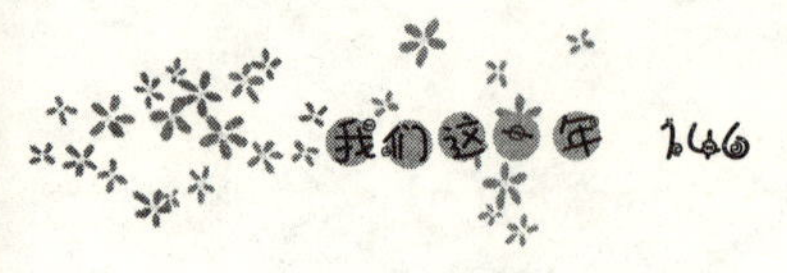

最美的期许

亲爱的孩子，也许你的种子永远不会开花，因为你是一棵参天大树。每个生命都应受到应有的款待，每个孩子都能收获甜蜜、丰富和快乐的童年。努力生长吧，孩子们！你们是爸爸妈妈最美的期许。

金峻熙爸爸：亲爱的峻宝，爸爸希望你在成长的过程中，越来越勇敢、自信、独立，成为大家都喜爱的孩子，成为一个善良、友爱的人！

曹语涵妈妈：亲爱的曹语涵，当困难来临时，用微笑去面对，用智慧去解决，不要惧怕学习上的困难，知识是我们的护身符！

张懿鑫妈妈：亲爱的小鑫鑫，愿你在今后的每一天里都充满阳光与正能量，愿善良、快乐永远陪伴你。希望你在岁月中成长，做最好的自己。

周辰灏妈妈：亲爱的灏灏，陪伴是最长情的告白，而守护是最沉默的陪伴。爸爸妈妈永远陪伴守护你，你只管快乐地成长！

蒋梦之妈妈：亲爱的宝贝，妈妈希望你能合理安排时间，做到玩得开心、学得开心，做全面发展的好学生。

包盈盈爸爸：亲爱的盈盈，每天见证你的成长是爸爸的骄傲！希望你能无忧无虑、积极向上地度过童年的快乐时光！爸爸会一直陪伴着你！加油！

徐嘉懿妈妈：亲爱的小懿懿，妈妈希望你面对外人活泼可爱地展现自己，主动地和小伙伴们互动。愿你在以后的成长中健康快乐，学习进步，保持善心，做一个好孩子！

石浩冬妈妈：亲爱的孩子，你的善良、诚实是难能可贵的！妈妈希望你在任何时候都勇敢、坚强，充满正能量！

陆叶萌爸爸：亲爱的萌萌，你朴实、真诚、善良、热情。在新的学期里，爸爸希望你能够张开自信的翅膀，与小伙伴们一起度过美好的童年。

徐园丁妈妈：亲爱的宝贝，成长的途中也许有风有雨，但一定也有灿烂的阳光，妈妈会一直陪伴你成长。愿你健康、快乐、聪明、纯真、善良……你幸福，所以我幸福！

王语彤妈妈：亲爱的王语彤，妈妈希望你在学习上多点耐心和恒心，在生活上独立、自爱，永远开心、健康！

韩铭轩妈妈：亲爱的铭轩，妈妈希望你今后学习越来越认真，做事更独立些，生活、娱乐更 happy！

杨智妈妈：亲爱的小智，妈妈希望你胆子大一些，能勇敢表达自己的想法。希望你在学习和生活上做一个独立的孩子。

谷梓琪妈妈：亲爱的琪琪，我为你每一天的成长喜悦和快乐，为你的每一次进步惊喜和感动。希望你以后每一天都能自信满满、开开心心，能认认真真学习，踏踏实实做事。

孙羽涵妈妈：亲爱的糖糖，能够陪伴你并时刻见证你的成长，是妈妈最幸福的事。希望你一如既往地保持乐观、开朗、懂事、善良，更希望你更加自信、勇敢，茁壮成长！

倪家一妈妈：亲爱的孩子，我叫你去写作业，你很不高兴地对我说："妈妈，你什么时候对我的态度能像对顾客一样就好了！"孩子我不为啥，只希望你越来越好！

舒鑫怡爸爸：亲爱的小小舒，爸爸妈妈愿你茁壮成长、健康快乐！做一个细心、坚强、友善的好孩子！怀着一颗感恩的心，努力进步！

彭鹤轩爸爸：亲爱的孩子，你积极向上、勇敢坚强。希望你用知识丰富自己，拥有精彩童年！更希望你学会爱与被爱，做真诚、善良的人！

吴熙勉妈妈：妈妈希望你永远天真烂漫，面对挫折的时候坦然接受，面对成功的时候保持谦卑、平和。

包书宇妈妈：亲爱的仔仔，妈妈希望你在今后的成长过程中，健康快乐地生活和学习，做一个勇敢自信、自立自强、有担当、懂感恩的男孩子，像你的老爸一样有理想、有目标，给这个家带来幸福和温暖。

胡乐乐爸爸：乐乐，播种一个信念，收获一个行动；播种一个行动，收获一个习惯。希望你拥有良好的信念、行动和习惯，做学习的主人。

曹语宸妈妈：亲爱的宝贝，一直以来你都是爸爸妈妈的骄傲，希望在以后的成长道路上，你能够更加独立、自信，心怀善念、懂得感恩，愿你每一天都能够健康、快乐、幸福地成长！

王扬程妈妈：亲爱的孩子，希望你为人处事多点耐心和细心，不骄不躁。对同伴好友多点爱心、宽容心，做个懂得上进、有感恩心的好孩子。

丁嘉瑞妈妈：亲爱的小甜甜，曾几何时，你还是一个眼睛晶晶亮的小宝宝，现在已经出落成一个亭亭玉立的小姑娘。懂事乖巧的你就像爸爸妈妈的开心果，希望你今后变得更加独立勇敢，能在自己喜欢的领域学得自由自在、开心快乐！

宋诗妍奶奶：亲爱的小宝贝，奶奶希望你在新的一学期中，做一个懂得感恩、自信、坚强、活泼、开朗的学生！

李小杰妈妈：亲爱的小宝，无论何时何地，我们都愿意分享你人生路上的快乐，分担你人生路上的忧愁！宝贝，愿你永远健康、幸福、快乐，这是爸妈对你成长的祝愿！

卞子俊爸爸：亲爱的俊宝，爸爸希望你在成长过程中能认真、努力、勇敢地面对自己的人生，拥有一个自信、善良、感恩、负责的人生！

王侯语妈妈：亲爱的小兔子，你活泼好动、调皮，爱制造麻烦，只有睡觉的时候才是只乖兔子。而你偶尔表现出的小大人模样，让妈妈觉得好温暖、好贴心！我们家的兔子已慢慢长大，妈妈相信你一定能用你的智慧和双手，打造属于你的精彩人生！

唐语馨妈妈：亲爱的馨宝，妈妈希望你在成长过程中学会独立，学会感恩，做个善良、有爱心的人！

卢硕爸爸：亲爱的硕儿，经过了一年级的时光，你让我看到了不一样的你。继续加油，相信你的未来会更加灿烂、美好。爸爸和妈妈永远爱你！

彭奕嵘妈妈：亲爱的添宝，一年级学习生活已经结束。面对新学期的到来，妈妈希望你在学习生活中奋发努力、快乐学习，养成独立、自觉、爱朗读的好习惯！爸爸、妈妈为你加油！

汪秋如爸爸：亲爱的宝贝，爸爸和妈妈都希望你在成长过程中健康、快乐，永怀感恩之心和进取之心，爸爸、妈妈为你加油！

孙欣悦爸爸：勤奋是天才的摇篮，耕耘是智慧的源泉。愿你做个品学兼优的好孩子，在新的学期里取得更好的成绩。加油吧，我的宝贝！

褚袁敏妈妈：亲爱的袁袁，妈妈希望你能在今后的人生道路上变得开朗、自信、独立，对生活、对他人要怀有一颗感恩之心。谢谢你来到妈妈的生命中。爱你，我的小天使！

陈茜妈妈：茜茜宝贝，希望你在以后的成长路上阳光、自信、诚实地生活，快快乐乐每一天。

李鑫泽妈妈：亲爱的大宝，希望你在新的学期里再接再厉，取得更好的成绩！也愿你懂得感恩，做老师的好帮手、同学们的好伙伴，在老师的辛勤培育下健康快乐地茁壮成长！

王立伟妈妈：亲爱的小宝贝，妈妈希望你在新的学期里继续努力，不负众望，取得更好的成绩！在今后的日子里健康成长，勇敢自信！

孙苏安妈妈：宝贝，妈妈希望你以后更懂事听话、新学期更努力。妈妈也会跟你一起加油。希望你做一个懂事、体贴人的孩子！

郭佳慧妈妈：佳慧宝贝，妈妈希望你健康成长，幸福快乐！还要提醒你一下，以后做事情不要拖拉哦，相信你是最棒的！加油，宝贝！

姚传芊妈妈：亲爱的芊芊，妈妈希望你在新的学期里更加自信、健康、活泼、大胆，也希望你天天开心！

常译天爸爸：爸爸希望你能够更主动地学习，找到自己学科上的不足，加以努力。成绩代表过去，这学期继续加油哦！

宋国庆爸爸：手拉手握成纪念，肩并肩站成勇敢，心贴心生出温暖，愿你自强、自立、自信！

陈彤彤妈妈：亲爱的二宝，妈妈希望你在成长过程中勇敢、大方，愿你在班里和小伙伴们互帮互助、懂得感恩。

李硕涵妈妈：亲爱的宝贝，妈妈希望你在成长的过程中做一个勇敢、自信、善良、懂事的孩子。

黄淑彤妈妈：亲爱的彤宝宝，妈妈希望你在成长的过程中更加无忧无虑、活泼开朗、积极向上。

成冰冉妈妈：亲爱的宝贝，爸妈永远爱你！支持你！愿你放开了去做自己想做的事情，好好学习、天天向上，将来考上自己理想的学校，给自己一个精彩的人生。

相遇梦想

班主任/边红娟

这一年是快乐的一年，这一年是收获的一年，这一年是难忘的一年。今年，我有幸从武进区实验小学调到全新的人民路小学。在这个美丽的校园里，我有幸遇到了智慧的校领导，遇到了一群年轻有活力的同伴，遇到了一群可爱的学生，结识了一群热心的家长朋友，这一切的相遇，让我的教育生活充实而丰盈。

相遇美好。开学初，教室里迎来了一群重要的客人——家长委员会委员。他们热情，乐于付出，积极讨论班级各项事务，仔细分工，家委会终于成功组建。记得那天下午，教室迎来了一位家长老师——金峻熙爸爸。他向小朋友们介绍了汽车的发展史。小朋友们非常热情，积极参与每个环节，课堂上欢笑声阵阵，小脑袋里爆发出许多奇思妙想，问题一个接一个，我见证了每个孩子灵动的思维过程，也见证了金爸爸细细解答每一个问题的耐心。睿智的金爸爸解答孩子们所有好奇的问题，发明创造的种子在孩子们心底生根发芽。最后，孩子们畅想自己心目中的“未来汽车”，甚至有孩子说想创造一辆会飞的汽车，让人惊叹……一堂生动有趣的课点燃了孩子们的创造力和想象力，孩子们的眼界被打开，家长也被孩子们的纯真打动。接下来的家长课堂逐步变成了日常，每周一课“超级爸妈”，家长们在繁忙的工作之余，请假来校上课，我记录了他们付出的每一个精彩。

相遇感动。上学期末，学校即将搬入新校区，新教室一片空白，教室文化要在假期开始前布置到位。屋漏又逢连夜雨，偏偏这个时候，我儿子生病住院，怎么办？学生已经放假，有些孩子都已经随父母回老家过年了。我向家委会表达了当时的困难。第二天一早，这些贴心的大朋友纷纷请假来到教室，说干就干。他们有的出主意，有的动手布置。大长腿包爸爸包揽了所有高处的活，心灵手巧的妈妈们负责设计和传递材料，韩爸爸负责钉材料……不到中午，四面白壁的教室便呈现了新面貌：一面面完美的墙面，一个个精致的角落，美丽而温馨。布置结束，大家忍不住为自己的劳动成果赞叹，畅想孩子们在这样的教室上课将是一件多么美好的事。难以忘记许多智慧的金点子，难以忘记随叫随到的仗义，这些编织出了精致的家园，更绘制出了未来孩子们的精神家园。放假不放学，说的就是这群可爱的家长！感恩相遇这么美好的灵魂。

上善若水，开环如流。愿一（5）班的小家伙们保持一颗颗向上向善的心，在人小这片沃土开花、结果，愿梦想之花绽放校园。

遇见美好

金峻熙爸爸/金虎

光阴荏苒，岁月如梭，一眨眼，儿子的一年级生活即将结束。回忆过去的一年，作为一名会长爸爸是特别的一年，是值得总结、值得品味的一年。

2017 年 9 月，儿子进入了人民路小学。这是一所新建成的学校，作为家长，我内心是比较担忧的，相信大多数家长都跟我有一样的感受。但是在开学初的第一次家长会中，我聆听了校长和老师对于武实小集团的介绍后，感触颇多：一个好校长就是一所好学校。武实小集团有独特的办学思想、坚定不移的理念、不忘初心的追求，我相信，在这样的团队中，我的孩子一定会茁壮成长。

儿子是个胆小、慢热的孩子，比较怕生，特别是在课堂上不敢举手。我们知道他这种性格很难适应当下社会的发展，作为家长真的很担忧。我们多次在“七彩桥”上和老师沟通，希望在老师的帮助下完善孩子的性格，争取全面发展。可是，要改变一个人的性格谈何容易？每天回家，我们问孩子的第一句话就是“今天你举手了吗？”孩子总是回答：“我不敢说。”“我真的不敢举手。”就在我们无奈失望的时候，边老师发来了消息：“金峻熙今天举手回答问题了，要多鼓励他哦。”当天儿子一回家就兴奋地对我们说：“我今天举手发言了！老师还表扬了我。”我们看着孩子脸上的笑容，感动得不行。慢慢地，孩子开始每天回家和我们汇报学校里的趣事：当了午饭分菜员，做了放学领队等。孩子变得开朗活泼了，每天他都会第一时间完成作业，还会仔细核对一遍，生怕漏了什么作业，越来越有责任感。儿子在一（5）班所有老师的关心教育下，各方面都有了进步，我们看在眼里，喜在心头。

我们一（5）班经过自主申报、微信群投票、任课老师商议，成立了班级家委会。我们的初衷是“为了班里孩子的一切，一切为了班里的孩子”。我们努力给孩子创设快乐、安全、舒适的学习环境，架起家长与老师们的沟通桥梁。家委会成员分工明确，相互配合，带领全体家长参加学校组织的各种活动。因为有了大家的全力支持，我们的班级工作进行得有声有色。搬入新学校时，许多家长都来做志愿者，布置教室、打扫卫生、搬运课本……大家忙得不亦乐乎。我们还特意在教室门口布置了绿植养护区，既保障了孩子的安全、美化了环境，又培养了孩子的“爱绿护绿”意识。我们的“超级爸妈”课程更是丰富多彩，不同职业的家长及多样的教学形式给孩子们带来了别样的学习体验。上课的家长都能做到课前精心准备，有的制作了生动形象的ppt，有的带来了好听的音乐伴奏及教具模型，还有的家长和自己的孩子一起进课堂讲故事……每次的课堂孩子们都积极参与其中。我是第一个走进课堂的家长，角色由“家长”转变为“老师”，对象由“教育一个孩子”变为“教育一群孩子”，显然，我有些手忙脚乱。这次活动让我体会到了老师的辛苦和平凡中的伟大，同时我也深刻领悟到家长要和孩子一起成长。

这一年，我们的学校是美丽的、温暖的，我们的老师是亲切的、有爱的，我们的班级是和谐的、团结的，我们的孩子是快乐的、自信的，感恩我们在人民路小学遇见美好。

最美人民路小学

曹语涵家长/李花

快乐的一年级悄然过去了，让我们一起来说说这一年发生的事情吧！去年我们是在李公朴小学过渡了半学期，今年年初我们终于搬进了武进区人民路小学，大家非常开心。来到人民路小学这个大家庭，我们知道了这真的是一个用“心”和“爱”来教育孩子的学校！

开学前，我们为新学校布置了教室。大家齐心协力地帮着老师出主意，一起做班级主题——龟兔赛跑，发挥自己的想象力，用精美的手工装饰墙壁，帮小朋友们创造了美好的学习环境。刚过完年，家长们和同学们就纷纷报名，主动帮助学校打扫卫生。有的开学时还带来了绿植和花盆，只为给孩子迎接新学期的到来锦上添花！

元宵节时，大家一起热热闹闹地过了个团圆节。家长们准备好材料让小朋友动手搓汤圆，让他们真实地感受到汤圆是怎么做出来的。大家一起搓汤圆，用汤圆打造各种各样的图形，小朋友们玩得不亦乐乎。最后，大家一起吃汤圆，甜甜的，令人难忘。

春天的到来，意味着我们即将去春游。这次我们去的是淹城动物园。孩子们提前为这次出游准备得十分充足。到了中午，边老师就发来了照片。看到小朋友们美美的照片，家长们心里说不出的快乐。小朋友回来后还写了一篇作文，他说在动物园看到了喜欢的动物，如绵羊、老虎、长颈鹿，还有狮子等，他还喂动物吃食物。同学们一起分享带过去的美食，各自用爸爸妈妈准备的零钱给自己买了一件玩具，带回来留作纪念。

学校门口的安全是每个家长和老师最重视的事情。家长们积极参加早上执勤活动，为孩子们安全到达学校尽自己的一分力量。执勤期间，我们能看到小朋友们早早地热情洋溢地来到学校，并满心欢喜地打招呼："早上好，阿姨好！叔叔好！"我们听了心里美滋滋的，也用热情迎接他们崭新的一天。

走进学校，我们学现代礼仪，做魅力家长！上了王坚定老师的课，我们深有体会。王坚定老师提到："孩子礼仪的缺失，在于家长，我们永远都要做孩子的榜样。""不学礼，无以立""家长是最好的老师，家庭是最好的学校""礼貌不花钱，但是最值钱""有礼走遍天下"。这些话说得真好！我们家长非常受用。家长的努力进取，也是孩子们成长、学习的好榜样！

为了培养孩子的阅读习惯，了解更多的恐龙历史，孩子们自己动手制作了很多关于恐龙的手工黏土画、恐龙头饰、恐龙蛋彩绘等，家委会委员们给孩子们购买了关于恐龙的书籍和绘本，为孩子们开设了恐龙主题班本课程。孩子们用心钻研，每日准备演讲恐龙知识。

"六一"儿童节那天，老师们一大早就给孩子们布置了个美美的学校。孩子们带来了他们喜欢吃的水果，用他们丰富的想象力制作了各种各样的水果拼盘，大家做的形状都非常有创意。

回到家我们收到吴校长的评价："今天在朋友圈看到著名作家孙云晓老师说的一段话：'每个人都有自己的童年形象，就像影子一样终身相伴……如今半个多世纪过去，我发现童年的经历影响了自己一生。’愿我们能给孩子一个丰富的童年，从而播下真、善、美的种子。”字字句句都说到孩子的童年梦！

吴校长用自己的行动和真诚打动了每位家长。他每天早上都能站在孩子喜欢的大门口迎接他们，我们家长都看在眼里。他真的在努力办一个孩子和家长都喜欢的学校，真的是一个用心做教育的好校长。

感恩相遇美好！

成长快乐

孙羽涵家长/吴井甜

时光荏苒，一年级的时光已经屈指可数。暑假之后，你将不再是一年级的“小屁孩”，而是二年级的大姐姐了，你是不是很期待呢？

孩子，我想对你说：在即将过去的一年，你给了爸爸、妈妈许许多多的惊喜和感动。回想起幼儿园时你还是个爱哭鼻子的淘气包，如今的你变得坚强、自信、独立，做事有条不紊，是爸妈的小帮手。爸爸、妈妈非常非常欣慰。

依稀记得，新生开学的第一天，你如一只兴奋的小鸟叽叽喳喳说个不停，全是关于一年级生活的想象。你知道吗？妈妈和你一样的兴奋，但也有一丝忐忑。作为新生家长，同样都是趟着石头过桥，前路不知如何走。庆幸在9月中旬学校精心组织的新生家长课程中，校领导及老师对于新生教育的侧重点做了非常全面的指引，还有诸多真实案例的分享，给了我们很多的启发，为我们后来的育儿道路指明了方向。

这是个美丽的遇见，更是个美好的开始……

人民路小学对于学生的教育不止于理论、文化课程，同样注重孩子们的兴趣爱好培养、性格习惯养成及社会礼仪教育等诸多方面。为此，这一年学校组织了一场又一场生动有趣的课外活动，如颇受关注的国际理解课程、与南非老师亲密互动等，这些活动打开了孩子们认

识外面世界的大门。

不仅如此，万圣节的COSPLAY活动，自制南瓜灯展览，圣诞节、元旦节、元宵节等各式各样用心组织策划的活动，寓教于乐，精彩纷呈！印象最深的是“六一”儿童节活动，水果拼盘比赛、体育小游戏，孩子们个个乐在其中。学校还特地为每个孩子准备了一份精致的小零食。看着孩子们一张张幸福的笑脸，深深感谢学校的良苦用心。

我坚信，我们的孩子能在这样的学校里学习，会为她以后种下向上向善的种子。这里是希望的摇篮，孩子们在这里健康快乐地成长，终有一天他们都会长成参天大树。

人民路小学，谢谢你，衷心祝愿你越来越好！

成长与蜕变

徐园丁家长/徐垂妹

时间如流水般逝去，回首去年的这个时候，那一天天、一幕幕仿佛就在我的面前，好像昨天刚发生似的。时间不等人，我还沉浸在昨天的时候，明天却不知什么时候到来了，一晃就是一年。眼看孩子一年级就要结束，即将步入二年级了。时间虽快，但这一年发生了许许多多的事，让我记忆犹新。

步入“人小”之前，她还是上幼儿园的一个无忧无虑、无拘无束的小孩子。我们家长就像大孩子样跟她一起疯、一起玩，没有任何压力。

进入“人小”之后，起初她以为只是换了学校，换了老师，换了同学，其他还是跟幼儿园一样。后来上了几天，发现了小学跟幼儿园的本质区别。孩子最初的新奇感消失，渐渐有点反感。我们从和她的交流中发现，她很留恋幼儿园的生活。我们才意识到小学无论是学习环境、学习方式还是生活习惯、行为规范都面临新的变化。家长、孩子、老师的角色和职责都发生了改变。我们知道不能再像以前大孩子带小孩子那样了。作为一名小学生的家长，我们要正确引导她快速适应小学生活，让她知道自己从幼儿园宝宝变成一名小学生了。那时每天接她放学都会问“你今天表现怎么样?”“上课举手吗?”“交到新朋友了吗?”等类似问题，我们担心她的同时自己也很心累。

有一天，她因为上数学课玩小棒，小棒被老师没收，她不敢去要，后来找不到了，导致上数学课没有小棒。她那两天都不开心，放学了不吭声，也不敢跟我们交流。后来我们告诉她：“犯了错要勇于面对，老师是因为喜欢你才会关注你，而你却不尊重老师。上课玩小棒，老师以为你不喜欢她。”她说：“我的老师很漂亮，我以后会认真听讲。”一周以后，她笑着告诉我，她数学作业得到了一枚大拇指印章。从此，上数学课她一直很认真，学得也还不错。后来，她陆陆续续地告诉我，她交到新朋友了，课堂上举手发言了，老师奖励她糖果了……她跟我说她长大了，是一名少先队员了。看着她脖子上戴着红领巾，脸上洋溢着笑容，我们很开心。

在她成长的过程中，我们也在成长。有的时候她态度不认真，犯错了，我们也生气冲她发火，直到那次动手打了她，她流着泪去学校，回来却是笑着的。她说她今天在学校表现很好，边老师抱了她，她很开心，她喜欢边老师的怀抱，以后她要好好学习让老师多抱抱。我很自责、很后悔，早上不应该动手。我跟她说对不起，她很意外我会跟她道歉。我跟她说原则问题上我们是家长与孩子的关系，平时可以像朋友一样相处，可以发表自己的意见，说出自己的想法，现在我们一直都是这样的相处模式。她有一个盒子，里面装的是老师奖励的糖果和水彩笔。有的糖果已经有点融化，可她舍不得吃。有一个本子上面画了一个个爱心笑脸，是我和她的约定。

这一年，她从幼儿园宝宝变成了一名学习习惯和生活习惯都很好

的小学生。这是她自己、学校老师和我们家长共同努力的结果。我们都在学习中成长，共同进步。孩子，期待以后每一年你的成长与蜕变。让我们一起静待花开。

我们这一年

——感恩人民路小学

徐嘉懿家长/徐龙

时间如白驹过隙，犹记得2017年9月刚入学时的情景。天蔚蓝蔚蓝的，似精心调试的染料泼洒在辽阔的天幕上，一碧如洗，美好极了！我们怀着激动又期待的心情踏入了崭新的充满朝气的人民路小学。

在操场上，一场有意义又接地气的开学典礼使我们受益匪浅。看着孩子们稚嫩的脸上洋溢着愉悦，眼里闪烁着好奇，聆听着校领导的谆谆教诲和高年级学生代表分享在校的点点滴滴。顿时，我们放下了心里的担忧，我们相信孩子们可以在这里尽情地放飞自己的理想。

随着课程的推进，在不断的学习中，我发现孩子逐渐改变了一些幼时的不良习惯，渐渐地适应了小学生活。孩子放学回来与我们交流得更多了，能够将在学校学习到的好玩的、有趣的事情讲给我们听。有时还会拿自己学到的知识来考我们，家里的欢笑声更多了。

随着万圣节的临近，我们家更热闹了。先是上网查阅资料，了解万圣节的相关信息；随后讨论该准备什么材料，制作有创意的万圣节南瓜灯；最后便是全家齐动手制作。虽然我们的作品不如预期的精致，但倾注了我们全家的努力付出，尤其是孩子在此制作过程中全程参与，也乐在其中。

这一年，人民路小学为孩子们开展了一系列丰富多彩的活动，所有的活动都体现了老师对孩子们成长的关心，倾注了老师们辛勤的汗水，同时也充满对老师们深深的赞许与无尽的感激。

这一年，我们全家也是各有收获。孩子提高了语言表达能力，变得开朗、勇敢与活泼，积极参与家里的各项家务劳动。我们通过参与学校一系列的活动，更加喜爱集体活动了，更了解孩子在学校的表现。我们增进了对学校的了解，更增进了与孩子间的感情……

这一年，匆匆而过。我们成长，我们开心，我们快乐，我们满怀感激；同时，我们也满怀希望地去迎接下一个崭新的一年，我们相信，只要努力付出、勇敢面对、心怀感恩，未来一定更加美好……

我的一年级

杨智家长/李文云

2017 年 9 月 1 日这一天，宝贝儿子开学了。因为是孩子们第一次上小学，老师们都特别用心地布置教室。教室里一排排整齐的桌子上，整齐地放着老师们为孩子们早早准备的书本，桌子的右上角都有每个孩子的名字，方便孩子找到自己的位置。这么细心的安排，体现了老师们的辛苦与付出，让人特别感动。

入队这天，群里老师发来了图片，孩子们一个个戴上了红领巾，成了一名可爱自信的少先队员。照片上孩子们个个都摆了不同的姿势，开心地笑着，让人特别欣慰。

孩子是幸运的，因为他遇到一个很有耐心的好老师，就是他的班主任边老师。说真的，我家孩子习惯上是有缺点的，但在边老师的耐心教导下，他的确有了很大进步。每次“七彩桥”上家长联系栏中，边老师总是很细致地写上许多鼓励的话，每次我都觉得很感动。边老师用她的经验教的不仅是孩子，还有我。我想说，边老师，谢谢您。

记得那天布置新校区里的新教室。边老师和我，还有其他孩子的爸爸妈妈们，一起来到了新教室，为快要开学的孩子们提前布置教室。我们都很开心地忙着，感觉能为孩子班级做点事是很幸福的事。接近午饭时，边老师带来了零食、水果，并且亲自送到我们每一个家长手里，相信每个家长拿到水果都很感动。尽管每次都只能做一点点小事，

但是能为班级的孩子做点小事，心情也很美。

最让我感动的是快放假的一个礼拜，孩子的“七彩桥”因为在书包里来回拿放，封面被撕破，里面也烂得不行。有一天，一放学到家，他就拿了一本新的“七彩桥”给我看，他说：“妈妈，你看，这是边老师送给我的，边老师真好！”看着他喜悦的眼神，我也高兴地拿过来说：“嗯，边老师对你真好！”他说：“是呀，我们老师很好很好的！”说完就开心地写作业去了。我由衷地想对老师说声：谢谢！

最美的星光

一（6）班

天上的星星，
一眨一眨亮晶晶。
我许下的愿望，
就像一颗水晶。
汗水伴着我，
一步一步往前闯，
也常会有泪水，
在前进的路上。
心中的小梦想，
一闪一闪在发亮，
穿越年少的迷茫，
我会变得更坚强。
心中的小梦想，

一天一天在成长，

天赐我一双翅膀，

我会看到那最美的光。

殷切期盼，伴我成长

张浩轩妈妈靳洪芳：亲爱的张浩轩宝贝，看着你每天的进步，爸爸妈妈都为你感到高兴。你马上就要上二年级了，我们希望你在以后的学习中更加努力，要大胆自信，和同学要友爱。每天都开开心心的。加油，轩宝！我们全家都爱你。

徐晨阳爸爸徐昊：亲爱的小家伙，你一直都是个讲文明、懂礼貌的好孩子。开学后你即将步入二年级，爸爸妈妈希望你在新的学期中学有所获，健康并快乐地成长。

陈源一妈妈周敏：亲爱的孩子，眼看着你一天天成长，努力取得优异的成绩，我们感到很欣慰。希望你在以后的人生道路上能够克服困难、敢于挑战、战胜自我，走出精彩的人生道路。我们会永远做你坚实的后盾！

刘益嘉妈妈王丽侠：亲爱的孩子，转眼间你 8 岁了，爸爸妈妈最开心的事就是看着你从咿呀学语长成到懂事、乖巧、善解人意的小学生，感谢你带给我们很多的欢乐和幸福！

毕彦涛妈妈刘雪静：爸爸妈妈希望你在新的学期里，遵循学校的校训以“善”为起点，善言，善行，尊敬老师，团结同学，做一个热爱劳动、热爱学习、热爱祖国的文明小学生，希望你继续努力克服自己的不良习惯，勇敢、自信、快乐地迎接新的每一天！

林子轩妈妈姜艳：亲爱的孩子，看着你一天天长大，越来越懂事，我很欣慰。愿你成为一个有担当、独立自信的人，健康快乐地过好每一天！

吴承禧妈妈王桃琰：孩子，多看书吧！学习要刻苦！希望你能自觉学习、看书，不要让大人催促才能完成作业。希望新学期在老师的辛勤培育下，你各方面能更出色！

蒋俊濠妈妈蒋琴：亲爱的蒋俊濠，希望你能越来越自信，学会友爱，学会坚持，一天更比一天好！

尹圣明妈妈张利娟：亲爱的孩子，爸爸妈妈的要求并不高，只要你努力学习就行，要做一个有道德的人，并健康、活泼、快乐地成长。

钱诚旭妈妈陈四子：亲爱的钱诚旭，希望你的生活时时幸福，乐观向上。希望你生命中的风雨能让你欣赏阳光的温暖。你要好好学习，好好长大。

任宇阳妈妈李小芳：愿你像颗种子，勇敢地冲破泥沙。在成长的道路上，更加自信、快乐、健康。你的明天会更好，加油，宝贝！

吉明畅妈妈徐玲：亲爱的畅宝，在过去的一年里，你的点滴进步爸爸妈妈都看在眼里，暖在心头。爸爸要告诉你：读书，第一要有志，第二要有识，第三要有恒。在今后的人生旅途中，愿我们大手牵小手，共同完善自我，幸福成长。

赵博文妈妈张云：亲爱的孩子，你是我们家的宝贝，在成长的路上爸爸妈妈愿你能独立、自信、善良、友爱，越来越好，茁壮成长。

汤士博妈妈张芹：亲爱的孩子，你是一个调皮的孩子，你总是那么开心，转眼你也上二年级了，妈妈希望你在新的学期里能认真听老师的话，不要让爸爸妈妈再操心。爸爸妈妈永远爱你，加油，宝贝！

任文景妈妈崔加丽：亲爱的孩子，愿你在这大千世界里坚强生长，自由飞翔，努力做最好的自己！

薛兹豪妈妈陈银：孩子，成长的岁月有美丽也有坎坷，它会是酸、甜、苦、辣的。希望你在成长中学会感恩、学会团结、学会自立；做自己的真、善、美；要相信自己，认真去做好每一件事情。

司家乐妈妈周明梅：亲爱的司家乐小朋友，你马上要上二年级了，我为你感到高兴。希望你今后能够大胆些，多与同学交往沟通，各方面都要进步哦！每天都要开开心心、快快乐乐的哦！愿你能独立、自信、善良、友爱，越来越好，茁壮成长。

胡海冰妈妈朱新华：亲爱的海冰，眨眼间，你马上要上二年级了，我为你感到高兴。希望你能在新的学期中更上一层楼。

征楷妈妈闫成燕：聪明的“笨”孩子，爱你！一转眼你8岁了，下学期要上二年级了，我们愿你快乐地学习。每逢写作业遇到困难时，你都说自己笨、爱着急，爸爸妈妈看到也很急。儿子，你其实并不笨，要相信自己。

聂俊涛爸爸聂齐忠：爸爸妈妈希望你越来越懂事，把时间和精力用在学习上，希望你好好学习，天天向上，爸爸妈妈永远是你坚强的后盾。

朱益逸妈妈谢海燕：亲爱的益逸，你马上要步入二年级了，在新的学期里希望你通过努力，成为一个老师喜欢、同学欣赏的品学兼优的学生。益逸，加油吧，努力吧，越努力越幸运！

孙嘉灏妈妈柴卫文：亲爱的孩子，你是我们家的宝贝，转眼你就8岁了，在成长的路上愿你独立自信，善良友爱，做个有梦想、坚强的人。

陈俞然妈妈高贵平：亲爱的孩子，我们爱你！看着你在成长的路上越来越懂事，我们很欣慰。愿你成为一个独立自信、善良有爱、坚强正直的人！

史文昊妈妈巢婷：亲爱的元元，你马上就要升二年级了，妈妈希望你能虚心好学，尊老爱幼。我们要学会尊重别人，任何场合不要随便插嘴！愿你上进，做任何事都认认真真。妈妈爱你！

陈硕妈妈王梅：你是一个懂事、听话、乖巧的孩子，希望你在新的学期里，勇敢、坚强、好学、健康、快乐！

李佳晨妈妈芦鸿敏：亲爱的孩子，我们爱你！飞吧，飞吧，在成长的路上，愿你成为一个独立自信、善良有爱、坚强正直的人！

徐圣杰妈妈陆美琴：亲爱的宝宝，看着你一点点长大和进步，妈妈打心底高兴。虽然你有点调皮捣蛋，但是在妈妈眼里你永远是最优秀的！加油，宝贝！以后希望你活出自己的模样！

朱星潼妈妈周舒舒：亲爱的孩子，你马上就要上二年级了，这意味着你的知识体系又要上一个新的台阶，你的视野将更加广阔。希望你能继续努力深耕知识与道德的良田，为未来的自己加油！

何兰朵妈妈刘元翠：亲爱的悠悠宝贝，这一年你更加积极勇敢；这一年你更加认真细致；这一年你更加阳光友爱；这一年你更加乖巧懂事……你的点滴进步让爸妈感到欣慰，这一切要感恩老师的谆谆教诲！接下来的日子里，希望你爱学习、勤思考；学做事、肯吃苦；学做人、知感恩；定理想、多奋斗，脚踏实地，做个品学兼优的孩子！无论前方的路有多苦，爸妈永远做你坚强的后盾！加油，宝贝！

何奕澄妈妈戴立均：奕奕，你是爸妈心里的宝，爸爸妈妈希望你在二年级快乐地学习和成长，要通过不断学习，与其他小朋友交流、沟通，渐渐学会坚强、勇敢，并拥有自己的见解。祝愿你成为一个独立自主，乐于助人，明辨是非的人！

李珂萱妈妈王帆：亲爱的孩子，爸爸妈妈一直希望你是快乐的，虽然有时候实在没法让你随心所欲。你只有不断地学习，今后才能有机会做自己想做的事！爸爸妈妈希望你有美好的未来，我们爱你！

冯肖怡妈妈刘少倩：亲爱的孩子，时间一天天过去，你一天天长大，爸爸妈妈希望你每天开开心心的，做一个有梦想，自信的孩子。

朱若曦妈妈朱严慧：亲爱的孩子，你是爸爸妈妈的小天使，给我们带来了欢乐。愿你在今后的日子里踏踏实实走好每一步，健康快乐地成长。

朱矜柔妈妈周小兰：诗诗大宝贝，转眼间你都一年级毕业了。这一年里你成长了不少，也进步了很多。爸爸妈妈希望你继续保持，继续努力进步。在往后的日子里，健康快乐成长，平平淡淡生活，不急不躁。

庄永英妈妈王芳：亲爱的孩子，看着乖巧懂事的你不断进步，我们很开心。爸爸妈妈希望你在以后的学习中，多点耐心，多点自信，和坏情绪说拜拜。在学习中快乐成长，做自信、勇敢的自己。加油，宝贝，我们爱你！

胡妍冰妈妈徐小荣：亲爱的孩子，在新的学期里，爸爸妈妈希望你能够多花点时间在学习上，遇到问题多动脑筋想一想，自己承诺的事情就要做到，相信你会越来越好的，加油！

邹梓琦妈妈张娇：亲爱的孩子，你8岁了，你聪慧，你无畏，你有主见，有时你也软弱。成长的道路任重而道远，我们陪你一起前行，共同进步！

孙诗涵妈妈惠委：亲爱的孩子，时光飞逝，你在慢慢地长大！愿你好好珍惜眼前的美好时光，健康快乐地成长！

叶函果妈妈黄媛：孩子，你是上天赐给我们最好的礼物。成长的路上有笑有泪，感激教导你的人，珍惜陪伴你的人。愿你永怀感恩之心，去实现你一个又一个的梦想！亲爱的孩子，你快乐所以我们快乐！

王璐妈妈史红花：我的宝贝，你是上天赐予我们全家的礼物。时间过得真快，转眼你要上二年级了，希望在有笑有泪的路上你能自信满满地成长。

刘浏妈妈刘风云：亲爱的妹妹，你是我们的宝贝，我们非常爱你。希望你努力学习，多看书，跟老师多学本领，长大成为一个对国家有用的人。同时，我们也希望能给予你一个欢快的童年。

陈智雨妈妈陈金娜：亲爱的宝贝，看着你每一点进步爸爸妈妈都非常高兴，我们因有你而更开心。希望你今后能够大胆些，多与同学交往沟通，各方面都要进步哦！每天都要开开心心、快快乐乐哦！

张梦瑶妈妈张新芳：亲爱的宝贝，妈妈爱你！一开学你就是二年级的小朋友了，要好好学习，学会独立，妈妈不能陪你一辈子。愿你现在有个幸福快乐的童年，将来有个精彩的人生！

冷菲杨妈妈杨琴：菲宝，你是个懂事、有主见、有个性的小女孩，也有那么一点任性，妈妈希望你能改一改这任性的小脾气。你马上步入二年级了，是大朋友了，不能老是在爸爸妈妈面前哭鼻子了，有什么问题都可以尝试自己找找解决的方法，试着做一个独立的宝贝。你开心妈妈也开心。你有你的梦想，你可以通过自己的努力去实现，爸爸妈妈会一直是你坚强的后盾。加油，我的菲宝！

付思怡妈妈郭忠锐：亲爱的付思怡，你是个懂事的孩子，就是有时候爱哭，也爱发点小脾气。真的好快，马上你就要步入二年级了，爸妈希望你作业认真完成不拖拉，也希望你把坏脾气给改改。爸妈希望你的学习更上一层楼。

刘秋甜妈妈徐萱：宝贝，你是我们快乐的源泉，还记得一年前你踏入小学校园时欢喜的脸庞，眼里充满了好奇与惊喜。时间过得真快，你一年级毕业了。经过一年的学习生活，你成长了许多，自立了许多，勇敢了许多，同时也在老师的教导下学到了很多知识。平时爸爸妈妈总会不断地催促你，在教育上有不当的地方，导致你有些小情绪，总想证明自己，是有能力安排自己的生活和学习计划的，妈妈也相信你。有亲力亲为的艰辛，也会有豁然开朗的喜悦，这样的人生是很棒的，加油！希望在未来的一年里，你能在学习上更加积极主动，学会思考，争取获得更大的进步。愿你在学校能够更大胆一些，主动关心他人，交到更多的好朋友，感受爱与被爱。爸爸妈妈会和你一起学习进步，祝愿你健康快乐地成长。

凌梓忻爸爸凌明：亲爱的孩子，你是我们的骄傲，每次的进步都让我们无比自豪。在你的成长道路上，爸爸妈妈只想对你说三句话：第一，做事先做人，“勿以恶小而为之，勿以善小而不为”；第二，珍惜宝贵的时间，永远记住“百川东到海，何日复西归。少壮不努力，老大徒伤悲”这一古训；第三，幸福都是奋斗出来的，世上从来没有不劳而获的事情！希望你的人生就如你喜欢的《墨梅》一样：不要人夸颜色好，只留清气满乾坤！

我们这一年

班主任/张莉

打开记忆的宝盒，回顾这一年的时光，无数珍贵的画面浮现眼前。在这短暂而又无比充实的一年中，有笑有泪，有苦有甜，有难过有喜悦，有遗憾有收获……而最幸运的是有你们！

或许每一次遇见都是命中注定，在正式踏上教师岗位的这一年，我遇见了崭新的人小，遇见了一群有爱的领导和同事，遇见了可爱的

孩子们，以及善解人意的家长们，你们是我这一年中最美的遇见。

你们或幽默，或正义，或可爱，或严谨，你们性格各异，年龄不同，甚至来自五湖四海，可是因为“人小”，我们相聚在一起。因为你们，这一年的我倍感幸福。感谢你们在这一年中的陪伴，让我收获满满，不断成长。

感谢最正能量的你——鲍老师。小小的个子却蕴含着满满的正能量。你就像一个小太阳，努力地散发着光和热来照亮和温暖身边的每一个人。每当我手忙脚乱、不知所措时，你温柔的话语总能让我静下心来；每当我心情烦躁、心烦意乱时，你耐心的劝慰总能帮我找到前进的方向；每当我负能量爆棚、对自己失去信心时，你毫不吝啬的肯定，总能像定心丸一样让我安心。可爱的你还喜欢和我们一起分享生活的趣事。你认真严谨地工作，同时也努力地享受生活，这些充满正能量的积极态度都在潜移默化中影响着我。感谢正能量的你，赶走了我心头阴霾时的乌云。

感谢最认真负责的你——凌梓忻爸爸。作为家委会会长的你，做任何事情都是那么认真负责。班级里的任何事情你都十分上心，主动承担。合唱比赛时，你负责道具和化妆品的购买；流感高峰时期，你主动购买消毒工具，对教室全面消毒；期末班级汇报，你认真撰写发言稿，陪着凌梓忻一遍遍地练习；开学来校打扫卫生，你一马当先，带领志愿者家长们干得热火朝天；元宵节活动，你发动家长一起采购物品，全家总动员来校帮忙；家长志愿者值日，即使工作繁忙也能抽时间为孩子们服务。学校所有活动你都全力支持配合。感谢认真负责的你，你是我班主任工作强有力的后盾。

感谢最调皮可爱的你——徐圣杰。第一次见你，就被你闪着灵光的眼睛吸引了。很快我就发现，你的灵气让你没办法

安静下来，像个小猴子似的。聪明机灵的你总是能很快掌握知识，同时也导致了你过分的活跃。所以你成了我时刻关注的对象。从此你有了专属的座位——离讲台最近的位置。认真听课时的你其实思维特别敏捷，常常脱口而出精彩的回答；不想听课时的你却让我恼火不已。于是我开始慢慢观察你，慢慢寻找你身上的闪光点。通过正面的引导和沟通交流，慢慢地，我发现你其实对学习很有热情，做作业也很认真。当被我表扬时，你还会露出略带羞涩的笑容。当然你也会有调皮捣蛋的时候，所以也免不了要和你斗智斗勇。感谢调皮可爱的你，让我陪你一起成长。

感谢可爱的你们，感谢认真的你们，感觉温暖的你们。我们这一年，感谢有你，与我同行。

小荷才露尖尖角

凌梓忻爸爸/凌明

打开手机，一条来自“QQ 空间”的消息推送而来——“一年前的今天”，点开一看，原来是去年的今天我发的一条“说说”，记录的是当日我为即将上小学一年级的女儿排队报名时的一段内心感慨。当昔日情景再次浮现于脑海时，一切恍如昨日一般。是的，好快，女儿就要上二年级了。细品岁月，我们总是在匆忙中赶路；四季流年，忽略了一程怎样的心情。回首这一年，我和女儿一起，在人民路小学这一大家庭的呵护下，共同留下了一串串成长的足迹……

“人小”初印象：只是因为在人群中多看了你一眼

说起我对人民路小学最初的印象，其实并非来源于现实，而是一张施工单位的工程效果图。记得那次经过施工路段，偶然间驻足浏览了一下位于围墙面上的工程概况，只是那一眼，我便被那工程效果图

所吸引了：图中的“人民路小学”建筑风格趋于欧式，布局整齐，简洁大方，在蓝天碧草的映衬下充满了“高大上”的气息，完全颠覆了我心目中传统小学建筑的概念。由于我本身就是一个喜欢追求新事物的人，从那时起，在为即将上小学的女儿抉择学校的天平上，我内心的天平已然悄悄倾斜……

等到新校落成以后，看到那崭新的教学楼、光鲜的操场、造型独特的走廊、整齐划一的课桌板凳、现代化的教学设备，一切都是这么新鲜，让人应接不暇，徜徉于其间，令人陶醉，深受震撼，于是心中更加坚定：没错，就是它了！

“人小”初体验：孩子喜欢的学校就是好学校

什么样的学校才叫“好学校”？美丽的校园环境、一流的硬件设施、雄厚的师资队伍、超高的升学率……如果仅凭这些，那或许只是我们家长眼中的所谓“好学校”。曾几何时，我们往往忽略了最重要的一点：评价一个学校好不好，谁最有发言权？不是家长，而应该是我们的孩子。

“孩子喜欢的学校就是好学校”，这是新年伊始，人民路小学外围栏杆上的一条横幅标语。没有华丽的辞藻，更不是豪言壮语，只是平平淡淡的一句话，从中透露着朴实，也向世人昭示着人民路小学的追求，一年以来，人民路小学用实际行动向世人诠释了什么叫“孩子喜欢的学校”。

在学校参加丰富多彩的活动，应该是每个孩子最大的心愿，而人民路小学正是这样一所“会玩”的学校。近一年来，作为一名班级家委会的成员，我经常有幸参与学校组织的各种活动：全年级广播操比赛；“爱我中华、唱响童年”大合唱比赛；和外国友人共度万圣节；萌娃闹元宵；庆“六一”儿童节系列活动等，这些活动充满好奇、趣味和冒险，让我们的孩子沉浸其中，尽情享受童年的欢乐，在活动中学会思考、学会探索、学会合作、学会与人相处。

孩子喜欢的学校一定是“学习有趣”的学校，传统的“满堂讲”“灌输式学习”，不仅无趣，更令学生感到痛苦。年轻的人民路小学一改往日这些传统教学模式。首先，体现在教室环境的布置上，在人民路小学，每一个班级布置都有自己的绘本主题风格，如“丑小鸭”“狮子王”“小蝌蚪找妈妈”等，让童真童趣的氛围伴随着孩子们的每一天；其次，人民路小学充分利用网络资源，成功开展了网络课程“彩虹花和阅汇晨读”，带领孩子走进“彩虹花晨读”在线课堂，让孩子们和全国的小朋友一起，感受阅读的魅力，充分展现自我，不仅开阔了他们的眼界，更让他们从此爱上了阅读。

遨游“人小”：一个充满“善”的海洋

今年5月的“母亲节”，女儿所在班级开展了主题为“感恩母亲”的班本课程，在班主任老师的带领下，孩子们以绘画、创作诗歌、歌曲演唱等形式来歌颂自己的妈妈，尤其是“小鬼当家，体验妈妈的一天”等系列活动，让孩子们直观地感受到了妈妈的艰辛和不易，从而在他们幼小的心灵深处深深根植了“百善孝为先”这一中华民族优良

的传统文化理念。而这些，只是人民路小学秉承武实小教育集团“上善”校园文化的一个缩影。

走进人民路小学的校园，到处充满了“善”的文化理念，除了以“善”命名的教学楼、行政楼、食堂以外，还有开学第一天那巨大的“上善若水”签名墙，孩子们在老师的带领下，写“善”字，赠“善”帕，唱“善”歌，诵“善”礼。在人民路小学“善”文化的熏陶下，我的女儿变得更加懂事、明礼：坐车外出，会经常提醒我要“礼让行人”；在社区里，更是会主动捡起地上的纸屑；更可喜的是，每次家人生日，她都会悄悄地准备下一份自己亲手做的贺卡，上面稚嫩的字迹流露出浓浓的爱意。

结语：祝福“人小”，孩子的梦想从这里起飞

虽说是“小荷才露尖尖角”，却是早有“蜻蜓立上头”。人民路小学，一所崭新的学校，虽然年轻，但是底蕴深厚。因为有了武进区实验小学教育集团这一坚强的依托，短短一年，它以优美的校园环境、现代化的硬件设施、先进的教学理念和方式、令人耳目一新的育人文化向世人展示了其不平凡的开局。作为一名普通学生家长，我为自己当初的选择而感到幸福和自豪，相信在这样一所“孩子们喜欢的好学校”的哺育下，每个孩子的梦想都能在这里昂首起飞。

期待吧，我相信小小的荷花必有一天会成就“接天莲叶无穷碧，映日荷花别样红”！祝福人小！

我们这一年

朱若曦妈妈/朱严慧

时光飞逝，孩子即将结束一年级的生活，我也从开始的忐忑不安，到现在的得心应手。

2017 年的 9 月 1 日，孩子背上背包，踏进小学的校门，开启小学

生涯。我亦带着复杂的心情陪同她一起踏进学校的校门，担心她的各种不适，然而这种担心实在是多余，老师的细致耐心，学校的贴心，给予孩子们家庭般的温暖。报到第一天，学校为孩子们组织了开学典礼，迎接孩子们踏入小学生活，还贴心地给孩子们准备点赞卡、心愿卡，各种鼓励……

小学学习生活不像幼儿园丰富多彩，孩子刚开始的兴奋、新鲜感开始慢慢消失，接下来的学习、握笔的姿势……孩子有些力不从心，也使得作为家长的我感到急躁。还记得有一次放学后，班主任老师结束一天繁重的工作，晚上还不忘发短信告知我孩子在学校的学习情况，哪些地方要加强，哪些知识点掌握了，和孩子沟通中要注意哪些。这些细心、耐心的沟通都让作为家长的我很感动。我也按照老师教的方法，调整了心态，孩子顺利度过了开始的不适应期，从开始的不合群，慢慢地融入了集体生活，积极地参与每项集体活动，每天放学开心地和我们分享学校有趣的生活。

每天早上送孩子上学，远远就能够看到值日老师和校长早早地在校门口迎接每一个孩子。校长更是亲自为孩子开车门、拿书包，虽然看似一件件很小的事情，但完全能够体现学校对孩子的教育、培养、负责。对于我们家长来说，把孩子放在这样的学校，我们放心。

接下来的日子里，学校经常会组织一些有趣有意义的活动，例如家长进课堂、每天课堂三分钟演讲，这些都给了孩子们一个很好的锻炼机会。社会实践，带孩子体验了各种的职业工作；万圣节制作南瓜灯，和外教们一起度过了愉快的节日。而我还记得第一次参加学校的做元宵的活动情景，孩子们的活泼、认真、细心都给了我不一样的感

受。还记得一个我并不熟悉的小朋友，竟然能够准确地知道我是谁的妈妈，小天使的细心观察真的让我很感动……刚过去的“六一”儿童节，学校为孩子们准备了运动会、水果拼盘，而且为每一个孩子送上了“六一”儿童节的礼物，每个孩子的脸上都洋溢着甜甜的笑容，孩子们愉快地度过了一个非常有意义的儿童节。

即将结束一年级生活，迎接全新的二年级，愿我们的小天使们更上一层楼，学校越办越好！

我们这一年

——记林子轩一年级的学习生活

林子轩妈妈/姜艳

2017 年 9 月 1 日，林子轩成为小学生的第一天，一早背着书包，见人就说：“我是小学生啦！”带着满满的自豪感上学去了。

拿到课本的第一天，孩子一回家就跟我说：“妈妈、妈妈！快帮我把新书包好了，张老师说要好好爱护课本。”

2017 年 10 月 16 日，光荣的少先队入队仪式。这一天，林子轩戴上了红领巾，成为一名小小少先队员，每天上学都记得要戴上红领巾。

2017 年 10 月 31 日，万圣节活动，和爸爸一起做南瓜灯，和同学们一起穿上搞怪的万圣节服装，和外国友人一起度过了一个难忘的万圣节。其中，和爸爸一起制作的南瓜灯还获得了“最佳 DIY 奖”。

2018 年 2 月 25 日，到新校区上课的第一天，学校给每人发了一块写着“善”字的手帕，大家在操场上集体合影，还在大礼堂参加了

“知善礼”活动。从这一天开始，林子轩成为人民路小学一（6）班的学生。

在新校区，家长还参加了“家长开放日”活动，了解了在新学校的上学环境，旁听了一节课；在新学期，学校还组织了家长参加礼仪学习，让家长在家可以以身作则，从孩子在家的生活中就注重礼仪的培养。

2018 年 6 月 1 日，孩子们的节日——儿童节。水果拼盘比赛、体育项目竞技，还有美味的蛋糕和礼物，这一系列的活动，让孩子们度过了一个快乐的儿童节。

还有很多很多丰富多彩的活动……

小学六年的学习生涯，已经走过了一年。在这一年里，我因为工作的原因，有很多活动都没有能积极地参与进去，缺席了孩子的许多成长历程中的重要瞬间；在这一年里，因为有了老师的辛勤教导、默默付出，林子轩慢慢成长为一个回家会主动做作业，主动学习的小学生，虽然还存在很多的不足之处，今后还需要老师多多费心。

在这里，深深感谢一（6）班的几位老师，张老师、蒋老师、曹老师……你们辛苦了！

我们那一年

朱益逸妈妈/谢海燕

随着时光的流逝，一年级的学习生活就快结束了。首先，非常感恩学校的领导们创造了良好的学习环境，让孩子们在学校中无忧无虑、快乐地学习。同时，非常感恩一（6）班的老师们，是你们的辛勤付出，让孩子们从幼儿蜕变成了一个个优秀的少先队员。都说一年级在学习生涯中是非常重要的一年，一年级是一个承上启下的过渡年级，从一年级开始将没有了幼儿园里有的一切照顾：没有了保育员阿姨，没有了午睡时的每张小床，没有了每个教室都设立的卫生间……在一年级更多的是需要学会独立，学会沟通，学会讲文明、懂礼貌、守

秩序……

朱益逸在幼儿园的三年时光里，当时考虑到他的生日比较小（8月份出生的），为了更好地照顾他，奶奶在他所念的幼儿园里做了保育员，在幼儿园里受到的照顾可以说比其他宝宝多一些。刚刚上一年级的时候，我很担心他在学校里不适应，担心他不会自己上厕所，担心他吃不饱，担心他不守秩序影响别人……每天回去都会问他在学校时的情况，班主任张老师对每个小孩都比较关心和用心，并且善于观察和发现。朱益逸从小就养成了比较好的吃饭习惯，张老师安排他做了餐桌桌长，他很开心。他每天回家主动跟我沟通，就从分菜这个话题开始，交流在学校的点点滴滴，慢慢地我能够感觉到他有了担当的能力。非常感恩张老师，您的辛勤付出和耐心培养，让朱益逸有了质的进步，感谢您！

一年级我觉得是培养孩子习惯的最重要的一学年，在这个过程中，我也着急过：他为什么就是坐不住，为什么回家就是不先完成作业，为什么写作业要人盯在旁边……我甚至也为这些问题苦恼过，有一次放学接朱益逸，我向张老师请教。记得那是个冬天，张老师很有耐心和我站在冷风里，谈了近半个小时，她有针对性地告诉我如何去正确地培养孩子的习惯，习惯是一个过程，不可能一天两天就养成。从静坐开始，静坐时不允许任何的小动作（包括喝水和上厕所），从开始的2分钟、5分钟、15分钟……慢慢地，他有了耐心。有一次孩子不知道作业怎么做，我就问他老师上课怎么讲的，讲了什么内容，孩子都吱吱呜呜说不出所以然来。我和老师互动，了解他上课时的表现，原来他上课虽然不交头接耳但是走神了。通过和老师的互动，改掉了孩子这个不良习惯。张老师的方法非常有用：一看老师眼睛，二看老师嘴巴，三听老师讲话。只要这三点都同时做到了，上课就不会走神了。

家庭教育是教育的根本，但孩子们一天最多的时间是在学校里，只有通过互动，通过家长和老师之间近距离的沟通，才可以及时发现孩子们的不良习惯，及时去纠正，让优秀的习惯继续保持。不管是学校组织的家长会还是班级开展的家长会，还是家校联系卡……学校都很重视家长和老师的互动，感谢学校的用心良苦和老师们的辛勤付出，孩子们的进步离不开你们。

记得第一学期时，我参与了“超级爸妈”的课堂。课堂内容是教孩子们做蛋糕，课时45分钟。通过这个互动，我深感老师们的不易和学校的责任，那么多的孩子，从早上7：30开始送到学校，一直到下午4：00放学，在学校的时间里需要保证孩子们的安全，教会孩子们知识，教导孩子们做人……

我带着一个小孩都很累，班主任老师每天一个人要带接近50个小孩，这个工作强度真的很大，孩子们放学了她还要备课，做第二天的准备工作，真的是辛苦。老师以家长之心爱人，家长以师长之心育人，双方学会换位思考，多替对方思考，只有这样的良性教育才是最有益于孩子们的。

快乐的一年级学习生活即将结束了，我相信在学校的精心培养和老师们的辛勤教育下，孩子们在下一个新的学年里将会绽放得更加美丽，更加灿烂。

寻梦的蒲公英

一（7）班

小小的蒲公英，
带着梦想，
自由飞翔；
带着希望，
随风飘荡；
张开翅膀，
寻找落地开花的方向，
实现自己美好的愿望。

写在今天：亲爱的孩子……

夏闻宇妈妈曾春玲：亲爱的孩子，在以后的成长道路上，希望你能真正明白"一寸光阴一寸金，寸金难买寸光阴"的道理！

周钰宸的爸爸周宇：亲爱的孩子，童年是最好的时光，珍惜眼前，好好享受吧！

王孜铭的妈妈王萍：亲爱的孩子，希望你在未来的道路上成为一个正直、勇敢、独立、优秀的人。

胡天睿爸爸胡威义：亲爱的孩子，你是一个内心世界丰富，但不善表达的男孩。你乐观、开朗、聪明，希望你在学习上再努力和仔细些，对不会的问题大胆地尝试，注意学习方法，爸爸相信你一定能做好！

董梓琰妈妈曹红霞：亲爱的孩子，未来的路就在脚下，希望你脚踏实地走好每一步，努力拼搏，活出自己的精彩！

王志旭妈妈王士娜：亲爱的孩子，人生的旅途总会有些磕磕绊绊，只要你摆正态度，认真对待，就一定不会太差。愿你做个快乐开朗的孩子，加油！

黄梓轩爸爸黄春华：亲爱的孩子，人生的美好从现在开始，同时责任、汗水、荣誉也将伴随你一生，祝愿你健康成长，珍惜人生，享受人生！

黄叶新妈妈叶红：亲爱的孩子，每个人都是独立的个体，我不喜欢拿你和别的孩子比较，但愿并且祝愿你做最好的自己。今后的路还很长，多点耐心，多用点心，你会变得更出彩！

杨瑞妈妈任艳萍：亲爱的孩子，成功来自耕耘，做任何事都要持之以恒，脚踏实地，愿你健康快乐地成长，加油！

李晨阳妈妈吴晓婷：亲爱的孩子，学习是持久战，努力到位了，结果不会差。只要有态度，就会有绽放的一天！愿你今后的每一天都健康快乐！

董文斌爸爸董太平：亲爱的孩子，一分耕耘，一分收获，愿你努力做更好的自己，愿你健康快乐地成长！

徐嘉越妈妈黄金霞：亲爱的孩子，业精于勤而荒于嬉，行成于思而毁于随。不懈努力吧，你会做得更好！

徐云起妈妈王丽：亲爱的孩子，有了妹妹，爸爸妈妈对你的关注少了点，但我们的爱一直不变。我们希望你用心做事，用爱待人，正直平安地长大。

张皓宇妈妈陈丽：亲爱的孩子，在家妈妈总是能看到你天真无邪的笑容，希望你在学校和小伙伴和老师们也能相处融洽，更大胆更活泼，开心健康每一天！

汪函超妈妈刘诗玲：亲爱的孩子，今天的努力学习是为了明天的尽情欢笑，有了懒惰的思想是不可能成功的，遇到困难要想办法去解决，不能让烦恼淹没了自己。

蒋浩然妈妈吴小燕：亲爱的孩子，仰望险峰，只能明白它的高大，而探索险峰，却能明白自我的高大。

赵文耀妈妈王茹林：亲爱的孩子，时光在流逝，你也在慢慢地长大。妈妈把最深的祝福送给你！希望你能够永远开心快乐，健健康康地成长！

谢思齐妈妈陈玉珍：亲爱的孩子，妈妈第一次没有用“宝宝”称呼你，因为我期望你成为一个拥有爱心、孝心、信心的人；成为一个拥有思想、责任、担当的人。我期望你长大成人之后，还记得妈妈和你说的这六个词！

窦梓程妈妈翟小丽：亲爱的孩子，希望你快乐每一天，朝着自己的梦想努力奋斗！

陆柏成妈妈王赛群：亲爱的孩子，你热情、活泼、友善，只是有时候太过依赖妈妈，希望你做一个小小的男子汉，无所畏惧，勇往直前。

朱亦晨妈妈田阳：亲爱的孩子，路，要一步一步脚踏实地往前走，才能获得成功。每个孩子都是独一无二、无可替代的，你面前条条道路金光灿灿，愿你快快乐乐地成长，收获光明的未来！

梁洛妈妈王联英：亲爱的孩子，在成功的路上，我们只要不懒惰，不胆怯，脚踏实地地勤奋不辍，就能取得辉煌的成果。愿你快乐成长！

唐钰博妈妈刘艳：亲爱的孩子，希望你健健康康、平平安安地长大，有付出就会有回报，前方广阔的天空等着你去开拓！

丁晨爸爸丁光宇：亲爱的孩子，爸爸希望你在学习和成长的道路上，能够不卑不亢，凡事脚踏实地，认真对待每件事！

沙诺妈妈朱孝玲：亲爱的孩子，希望你在新的一年里静下心来认真学习，养成良好的学习习惯，生活学习中多些耐心，多动脑子，胆子再大一些，成绩与身心并进。

孙宇轩爸爸孙运涛：亲爱的孩子，爸爸希望你健康成长，学会自立，多多与人交流，乐观向上，好好学习。

杨伊涵妈妈龚晓玲：亲爱的孩子，成长的路上不会一帆风顺，希望你能够永远微笑面对风雨，迎接属于你的阳光！

言雨萱妈妈何芳：亲爱的孩子，不以事小而不为，不以事难而怕为；不以事急而乱为，不以事杂而盲为。从容应对，倾你所能，走过风雨，必现彩虹。

李涵妈妈何莉：亲爱的孩子，希望你记住：精诚所至，金石为开。只要努力，再大的困难都能克服！

林欣爸爸林廷典：亲爱的孩子，愿你像那小小的溪流，将那高高的山峰作为生命的起点，一路跳跃，一路奔腾，勇敢地奔向生活的大海。

张童妈妈叶家利：亲爱的孩子，学习不是短跑，是场马拉松，贵在坚持。暂时的领先或落后都不算什么，只有坚持不懈地努力，才能成就精彩人生。

沈曦妈妈王婷玉：亲爱的孩子，成长的道路，我们陪你一步一个脚印走出属于你自己的光明未来。

李菁晗妈妈王艳：亲爱的孩子，不求成才，但求成人！愿你这一生都健康、平安、幸福！

张露妈妈杨燕：亲爱的孩子，妈妈相信勤能补拙，不管现在的学

习还是以后的工作，只要打起十二分精神，努力做好每件事，你的人生肯定会是幸运、幸福的!

杨惠如妈妈李萍：亲爱的孩子，在以后的成长道路上，希望你能健康快乐地成长，做一个懂得感恩的人!

白晨妍妈妈赵明贤：亲爱的孩子，你看起来胆小、内向，但其实你有时候也很开朗，希望你能在今后的人生路上开心、乐观、健康地成长!

杨昕逸妈妈杨晓芹：亲爱的孩子，努力不一定成功，但是不努力一定不会成功。以后的路上，妈妈希望你健康快乐地成长，学会处事不惊、冷静应变。

洪妍慧妈妈洪翠翠：亲爱的孩子，任何人的成功都是要付出汗水的，虽然努力不一定成功，但放弃努力一定失败，希望你以后做什么事情都有始有终。

赵晶晶爸爸赵志：亲爱的孩子，你要努力，你的路还很漫长，以后你的学习任务会更加繁重，你要学着懂事，成长，力争做一个对社会有益的人才。你只要付出，就会有收获，我们永远支持你!

祝语婧妈妈杨银燕：亲爱的孩子，在你成长的道路上，希望你坚强、自信、勇敢，懂得感恩，未来的成功是一步步努力走出来的!

贺晟楠妈妈许飞：亲爱的孩子，宝贝女儿，你在我们心里是最棒的。爸爸妈妈希望你以后的学习成绩“百尺竿头，更进一步!”宝贝女儿，加油，加油……

雷诺妈妈汪美芬：亲爱的孩子，不管做什么，充满自信并勤奋努力，一切困难都会迎刃而解。愿你成为一个自信且品德高尚的好孩子!

朱紫嫣爸爸朱军：亲爱的孩子，爸爸知道你很聪明，但光靠聪明还是不够的，还需要勤奋、努力。爸爸相信你一定能做好的，加油。我看好你哦!

陈睿爸爸陈庭旺：亲爱的孩子，希望你有良好的学习态度，用心学习，要知道，成功都是奋斗出来的。

包小玥妈妈曹芬芬：亲爱的孩子，成长的道路铺满荆棘，希望你有披荆斩棘的勇气，乐观向上，严于律己，宽以待人，收获美好的人生！

王若琳妈妈陈欣：亲爱的孩子，当你拥有谦虚、诚实和勤奋的好品质时，你就会打开人生的大门。

我们这一年

班主任/刘丽萍

时光匆匆，不知不觉一年又将步入尾声。回首这一年，有快乐，有幸福，有知足……在这五味俱全中，更多的是感动和充实。

想来工作也有11年了，接过很多班级，带过很多学生，也接触过很多家长，这些家长有热心的，也有热情的。但真正让我感动的是：我们一（7）班的这一群让我觉得和老师真的是一条心的家长。还记得去年家长会上我讲过的两个故事。

最美的约定

开学没多久，一天放学的时候，梁洛妈妈悄悄地跟我说："刘老师，我以后每个礼拜五都过来帮你扫地吧。你每天都要打扫教室，非常辛苦。我每个礼拜五时间比较宽裕，放了学可以帮你扫地的。"当时我就愣住了，连忙说："不用了，我一个人扫扫也快的。""老师，没事的，以后星期五我来帮你扫地。"从那以后，每个礼拜五，不管是刮风还是下雨，梁洛妈妈都准时过来帮我打扫卫生。为了让孩子们在一个干净整洁的教室学习，她都要拖两次地。没有华丽的辞藻，有

的就是一句“老师，每个礼拜五我来帮你扫地吧”；没有杰出的贡献，有的就是辛勤劳动洒下的一滴滴汗水。这却是我心中最美的约定。

温馨的相约

为了让孩子们下学期在一个舒适的环境中学习，学校安排每个班提前布置教室环境。确定好主题后，我就和家委会的家长们讨论如何来布置教室。董梓琰妈妈当天就把文化墙的效果图设计出来了，让我惊喜不已。家长们也都竖起了大拇指，真是太厉害了。杨昕逸妈妈听说要用到无纺布，马上让杨昕逸把材料带给了我。还有李菁晗、施沁妤、包小玥、沈曦等，这些孩子的家长一听说要布置教室，第二天就把家里精美的装饰物带来了。言雨萱妈妈更是在网上买了各种装饰品，杨瑞妈妈也帮我出谋划策。之后，家委会的家长们约定好周二到新学校的教室中去测量尺寸，讨论如何布置板块。天气虽然很冷，但是我的心中却无比温暖、感动。前几天，一场大雪让整个常州成了冰雪世界。尽管寒风凛冽、路面湿滑，家委会的家长们还是相约来到了新教室。在家长和孩子们的共同努力下，一个美丽而富有童趣的教室展现在我们眼前。

他们仅仅做了这两件事吗？答案是否定的。歌唱比赛时，家长们为孩子们化妆打扮，尽心尽力；元宵节时，家长们为孩子们准备材料，教孩子们搓元宵，为他们煮元宵、分元宵；儿童节时，家长们纷纷出谋划策，让孩子们度过了一个快乐而有趣的节日；“超级爸妈”课程在我们班开展得如火如荼，科学小实验、手工制作、美食制作、户外拓展等，活动精彩纷呈。孩子们都特别期待每一次的“超级爸妈”课程，因为好吃、好玩，还很有意义；校门口的家长护卫队，家长们更是积极报名，每天一大早就来到校门口，指挥交通，保证孩子们安全进入校园。所有这些，也只是他们为班级服务工作中的沧海一粟。

同时，这一年也是我过得最充实的一年。

练手之实：这一年写的文章比过去十年写的加起来还要多。作为一名语文老师，写文章应该是一件手到擒来的事。但很惭愧，写作确实是我的软肋。感谢领导们“逼”着我们每月写感悟。从一开始的绞尽脑汁凑字数，到现在的信手拈来，成长是迅速的。打开电脑中“我的感悟”文件夹，数数写过的文章竟然有那么多了，有时都有点不相信。不过，这里面最多的是随感，论文很少。我想今后在论文这一块我还要再努力。

课堂之实：课堂教学有了一些进步。我之前在一个农村学校工作，学习和成长的机会比较少，所以课堂教学上的发展很有限。但是，自从进入“人小”之后，学习的机会多了。学校经常安排外出听课，从一次次的听课中，我学会了如何掌控课堂，如何评价学生，如何指导学生写字等。除了听课，领导还经常会进入我的课堂听课，并给予我很多指导，让我能不断地改进教学，不断地进步。上学期集团的调研课、新教师的汇报课，更是让我对如何上好第一课有了更深层次的认识。

管理之实：班级管理的能力也得到了提高。我们一年级的每个班主任都特别优秀。当我为如何处理班级学生的问题苦恼时，总有人会为我雪中送炭，毫无保留；当我为如何和家长更好地沟通而烦闷时，总有人会给我抛出橄榄枝；当我为如何搞好班级活动而发愁时，总有人会给我提供金点子。从他们身上，我学到了很多管理班级的方法，帮助我解决了一个又一个问题。

这一年，我们砥砺前行；这一年，我们一起成长；这一年，我们一起收获；这一年，感谢有你们。

向善向上、快乐成长

——记人民满意的好学校人民路小学

沈曦妈妈/王婷玉

“妈妈，我不想上小学，听说小学生整天就是做作业。”

2017 年的 9 月，你懵懂地成了一个小学生，而我，慌乱地成了一个小学生的妈。

幼升小，面对孩子们人生的一次重要转折，大多数的家长选择了幼小衔接辅导班，以为提前学习一年级课程，一切皆可解决。直觉告诉我，知识层面的东西并不是关键，有可能我们买到的是大人的心安，而不是孩子的成长。但是苦于没有一套行之有效的科学方法可以照搬现用，我还是陷入了焦虑状态，而且一所崭新的小学，是否能够承载起家长们寄予的厚望，这一切都是未知数。

如果说一开始我对家门口的这所学校存着满满的质疑的话，那么在新生家长会上，吴校长语重心长强调的阅读、习惯和见识三点，让我豁然开朗，原来良好的耐力和速度的养成比一时冲在前面重要得多。而这所新学校也大有来头，正是武实小教育集团分校，在教育理念、学校管理、教育科研、信息技术等方面统一管理，实现了管理、师资、设备等优质教育资源的共享。这下我清楚地知道，未来的6年，会是愉快的6年。而接下来的一年时间，真正验证了这个判断——

"妈妈，这个'善'字是什么意思?"

"妈妈，你辛苦了，我来给你捶腿。"

"妈妈，我要上台演讲雷锋的故事啦!"

"妈妈，今天学校……"

别开生面的"知善礼"新校区迎新活动上，孩子用稚嫩的小手在签名墙上一笔一画地写下"善"字，满怀期待地接过老师赠送的"善"帕。孩子亮晶晶的眼睛里写满了对"善"字的崇敬之情。喔，原来学校希望我们做一群"向善"的人小娃。

在记忆深刻的"雷锋月"活动中，孩子克服了胆怯，第一次登上全校的舞台，演讲雷锋"苦练杀敌本领"的故事。我们会把雷锋精神融入生活和学习中，勇于奋斗，不停探索，积极进取。喔，原来学校希望我们做一群"向上"的人小娃。

从孩子嘴里得知，孩子们参加的活动还有"南非友人来""李公朴故居志愿者""九九重阳节，浓浓敬老情""万圣欢乐行""出彩少儿星""东庄社区手绘墙""点赞积分卡兑换观影"……孩子一回家小嘴巴就叽叽喳喳地讲个不停，因为学校有太多好玩的活动了，而每一个活动又都是那么有趣并且意义深远。喔，原来学校希望我们做一群“快乐成长”的人小娃。

最值得称道的是，人民路小学给孩子们营造了一个浸润式的阅读环境。家长开放日上，我看到了教室里布置得温馨而富有童趣的阅读角，听到了课间清澈响亮的朗朗古文诵读声，了解到学校还邀请全国“彩虹花和阅汇”领衔人、新教育榜样教师时朝莉老师来给“人小”师生上阅读指导课，更有顺应“互联网+”时代新型教育手段的“网络直播绘本课程”；而“每周精读、写画绘本”的活动，成了我和孩子最期待的亲子时光。这样科学的方法，极大地激发了孩子们的内在潜能，在未来的成长道路上，显而易见，这定会产生巨大的积极效应！

在人们的传统观念中，条件好、教师优、孩子成绩好的一般叫作“优质学校”，门槛颇高，而新时代具有高品质的办学理念、校园文化、教师发展、课程建设、学生成长的学校在常州被称作“新优质学校”。办人民满意的教育，办老百姓家门口的学校，作为家长中的一名普通成员，我感受到了这所“新优质学校”来自校长和老师朴素却巨大的能量。我相信，“人小”在武实小教育集团的高位引领下，将乘风破浪，勇立潮头，而我们的孩子，也将在这所学校里，“向善向上、快乐成长”，做一群幸福的人小娃！

我们这一年

包小玥妈妈/曹芬芬

时光飞逝，转眼这学期的期末考就要来了，孩子们也将结束一年级的学习正式步入二年级。回顾这一年，我内心感触颇深。

这一年是孩子们成长最迅速的一年，他们从懵懂无知的天真孩童变成了懂事知礼的好少年。他们就像一张张白纸，老师们辛勤地用色彩在一步步填充，使他们展现出各自的色彩斑斓：尊敬长辈，谦虚有礼，勤奋好学，开朗活泼，乐于助人……

这一年也是我们家长心性变化最大的一年，我们从迷茫焦虑到从容平静。犹记得2017年9月1日的早晨，我把孩子送到学校门口，看着她小小的身体背着大大的书包步入校园，从那一刻起，我既兴奋又焦虑，兴奋的是她终于踏入小学开始她人生的另一个新阶段，焦虑的是她踏入的是一个完全陌生的环境。我担心她能否适应新身份、新环境，是否会像刚步入幼儿园时那般紧张不安呢？

幸运的是，学校完全明白我们家长的心思，积极召开了家长会，带领我们参观学校，了解孩子的学习生活环境；老师们也用他们的亲切、耐心和渊博的学识征服了我们，使我们对孩子以后的小学生活信心倍增。事实证明，学校和老师对孩子们的爱是无私的。记得上学期开始学习拼音拼读的时候，我在家怎么教孩子都不会读，我也渐渐失去耐心。但是孩子第二天从学校回来时竟然奇迹般会拼读了。原来老师非常有耐心地一遍一遍地带着孩子读，教给他们拼读的方法。我问孩子班级那么多同学老师怎么教，孩子说对于不会拼读的同学，老师会一个一个教，直到教会为止。我非常感动，管一个孩子我已经筋疲力尽，老师教那么多孩子得付出怎样无私的爱啊！

这一年，学校开展了很多有意义的活动，比如邀请外国朋友上课、广播操比赛、万圣节活动、歌唱比赛、“六一”儿童节水果拼盘活动等，这些为孩子们学习之余增添了很多乐趣。班级活动就更加有意义了，“小小故事家”不仅锻炼了孩子们的语言表达能力，更锻炼了他们的胆量；“父母课堂”更是拉近了父母和孩子们的距离。俗话说，家庭是孩子的第一所学校，父母是孩子的第一任教师。为此，学校还开展了“魅力家长”主题会，让我们更好地成为孩子的榜样。

“授人以鱼，不如授人以渔”，这一年，学校不仅教给了孩子们丰富的知识，更教会了孩子们如何去学习，养成良好的学习习惯，让他们在以后漫长的学习道路上能够轻松驾驭，获得学习的乐趣。

我们坚定地相信：我们的孩子会在以后的学习道路上越走越远，越走越辉煌！

感恩有你　一路同行

李晨阳妈妈/是晓婷

光阴似箭，忙忙碌碌的一学年转眼间就过去了，孩子们即将告别一年级的生活。这一年，我们眼看着孩子们一天天地长大，一天天地懂事，心里真是有说不出的喜悦和欣慰！

感恩学校的重视

学校对家庭教育的重视，让我们每一位家长身上多了一份责任，学校的老师对我们每一个孩子倾注了爱心和心血，更让我们家长感动。这一年中学校多次开展各项活动，每次活动都为孩子们的童年增添了丰富多彩的一笔，也都给家长们留下了深刻的印象。特别是今年学校加入了绘本课程亲子阅读，通过绘本故事孩子们爱上了读书，还可以欣赏一幅幅世界知名画家的插画，对孩子来说也是一种潜移默化的熏陶。在阅读时孩子们发挥无限想象，充实故事情节。通过画绘本，亲子合作其乐融融。孩子们回家总会欣喜地将绘本故事讲给我们家长听，我们家长也及时做好记录工作。这一系列活动既慢慢培养了孩子的语言表达能力，锻炼了孩子的思维发展，增进亲子交流，更为后期写作做好了铺垫。另外，今年开展的“父母讲堂”，让我们家长也在学习中得到了自我提升，从而更好地教育自己的孩子。作为家长，在未来的日子里，我也需要和孩子一同成长与进步！感恩学校的付出和重视！

感恩老师的用心

作为家长，我接触最多的就是我们班的语文和数学老师，无论什么时间发信息咨询老师问题，两位老师总是在第一时间回复并解决。老师不仅在学习上给了孩子们帮助，生活上也给足了关心。还清楚地记得2017年9月20日，下午两点多的时候，我的电脑QQ上我们班刘老师的头像在闪跳，打开QQ，刘老师写道：李晨阳不小心摔了一跤，衣服袖子湿了，看看现在能不能送件衣服过来换一下？我当时回复：应该不要紧吧，反正也是夏天。就在这时，刘老师发了一张孩子袖子潮湿的照片给我看。我仔细看看，嗯，湿得还有点多，今天又是阴天，冷了肯定会感冒。于是我立马回家拿衣服往学校赶去。类似的事情很多很多，看得出来，刘老师平日对孩子们非常细心。平日老师也会主动和我说说孩子的近况，家校合力一起来帮助孩子健康成长。感恩老师的用心！

感恩家长的付出

每次学校组织活动需要家长协助的时候，我们班家长个个都很积极配合及参与。比如上学期末需对新教室进行装饰，家委会成员个个都出谋划策，从选材、制作到布置，分工得井井有条。在布置教室当天，刘老师还给我们提供了热乎乎的奶茶，老师的有心让我们家长心里暖暖的。在今年开学前，群里发出需要家长志愿者来校打扫新教室的消息，群里的家长们积极报名，利用休息时间，有的甚至请假都要来，热情地询问需要带些什么清洁工具。当天，志愿者家长们来到学校，热火朝天地打扫了起来，为孩子们提供了一个窗明几净的教室。今年开展的“超级爸妈课程”，我们在群里讨论上课主题，制定翔实的工作方案，做了详细的准备，就是为了给孩子们不一样的课程，给他们一个惊喜，让他们能够快乐地学习是我们共同的目标。感恩家长们的付出！

感恩孩子的成长

这学期开展了“做雷锋式好儿童”故事比赛。起初孩子回来说：“妈妈，我不敢，可以叫刘老师选其他小朋友上台讲故事吗？我紧张的。”我摸摸他的头微笑着说：“阳阳，妈妈知道你有些担心，怕上台讲得不好，对吗？妈妈小的时候在大家面前讲故事也会紧张，这是正常的，勇敢尝试了才会长大呀。老师和妈妈都相信你可以的，不管做任何事情，尽力就好！”这时，孩子脸上露出了一些想试一试的表情，开始认真练习讲故事的内容。在这期间，我也和孩子班主任及时沟通了孩子所担忧的情况，希望老师能多加教育和引导，帮他战胜紧张害羞的情绪。关于孩子思想上的问题，有时家长说的话孩子不听，所以遇到问题我都会及时和老师沟通，让老师和孩子说，效果还是比较好的。经过大家的努力，比赛当天孩子落落大方，勇敢地表现了自己。有经历才会有收获！勇敢尝试，才会长大！这些进步离不开老师们平日对他的关心与教导。感谢学校给孩子们展示自己的机会，感谢老师们平日的辛勤付出，我们家长铭记在心！感谢孩子，因为有你，我们家多了欢笑声！感恩孩子在这一年的成长！

作为小学生家长，注定不会很轻松，但是陪孩子度过他最重要的童年，也是家长自己生命中宝贵的经历。所以我尽量安排好自己的工作、时间，勇敢面对。同时也会适当表扬孩子，多给孩子一些鼓励。正确引导孩子对待社会上的一些事，告诉他人与人是平等的，他不比别人差，激励他充满自信心，充满希望。

我一直都很庆幸为孩子选择了一所能让他快乐学习的学校。让我们一起感恩学校、感恩老师、感恩家长！

再见，一年级！

杨伊涵妈妈/龚晓玲

岁月静好，时光飞逝，作为人民路小学第一届学生的家长，我很庆幸，也很感慨。亲爱的孩子们即将告别一年级，升入二年级。看着一张张稚嫩的脸蛋，回想一年来的点点滴滴，那么多有趣的事，那么多感人的画面，好想时间就停留在这一刻……

去年也是这么一个炎热的夏天，我们的宝贝告别了他们愉快的幼儿园生活，憧憬着他们即将开始的崭新的小学生活：新学校，新老师，新同学，新书本……此时的家长们或许还有担忧，我们的宝贝们是否能适应一年级的生活呢？

事实胜于雄辩，孩子们很快就适应了小学生活。人民路小学作为一所新学校，有着崭新的一切，包括教室、校园环境等。我们的老师寓教于乐，让原本似乎有些枯燥的学习变得有趣起来；学校丰富多彩的课余活动，愈加激发孩子们的学习兴趣；吴校长请来的个性外教，嗨翻了课堂，让课堂的气氛活跃到了极致。

这是一个难忘的万圣节。孩子们带来了自己亲手制作的南瓜灯，欣赏着造型各异的南瓜灯，孩子们戴上自己喜欢的面具，扮演了自己喜欢的角色，在外教老师的带领下，跳起了活泼的兔子舞。操场上一片欢声笑语……

在校园歌唱比赛中，孩子们用嘹亮的歌声唱出了对生活的热爱，用优美的舞姿表达了对未来的向往。各种各样的艺选课大大激发了孩子们的兴趣爱好，让孩子们在学习之余锻炼了各种兴趣爱好……我们的家长也很给力，每次家委会办事都是那么干净利落，让我们深深地体会到了集体的温暖。每次家长课堂，家长们都是踊跃报名。活动丰富多彩，让孩子们体验了各式各样的生活方式。

在孩子的教育上，每次与老师沟通都是受益匪浅。孩子对阅读由原来的非常抵触到现在慢慢地喜欢，最后能做到自主阅读。学习习惯也明显改善了很多，学习专注的时间愈来愈长，这些都得益于老师的提醒。小学成绩固然重要，但是学习习惯的培养更加重要，良好的学习习惯将使孩子受益一辈子。每个孩子都是一张干净的白纸，都是一朵纯净的云朵，都是一个美丽的天使，只有我们家、校一起努力，才能让我们的天使越走越远、越走越好……

这一年

周钰宸爸爸/周宇

时光荏苒，转眼间一年级的生活和学习即将过去，学校的征文活动，提醒了我去回想过去这一年。从踏入小学时的忐忑到一年后的从容，确实变化很多。

回想刚入学的时候，各种担心接踵而至，陌生环境能不能适应？拼音和写字能不能跟得上？一年级负担重不重？吃饭怎么办？……由于人民路小学是刚成立的小学，我们更担心的是，老师怎么样，学校怎么样。我记得当时校长说了一句话：“我们的老师都是从各个学校抽调的最优秀的老师，请家长放心。”

不管怎么样，儿子踏进了人民路小学，进入了一（7）班这个大集体，认识了认真负责的班主任刘老师、数学和体育都全能的花老师，以及几十位活泼可爱的朋友。小学生生活，拉开了帷幕。

这一年，孩子发生了蜕变：

自理能力更强：回家自己写作业；自己收拾书包；自己穿衣服、吃饭；帮助做一些力所能及的家务；等等。

学习和思考能力更强：由于刘老师经常鼓励小朋友多多阅读，因此随着阅读量的增加，孩子知识面更广了，对生活中的事情学会了思

考，对学习中的题目学会了举一反三。

动手能力更强：学校里组织的废物利用、绘本复述、端午节手工等活动，激发了他强烈的动手欲望，我们合作的“辽宁号”就是他的得意作品之一。

运动能力更强：学校的体育课增强了他的体质，每天晚上在时间允许的情况下，孩子就会主动要求去跑跑步锻炼锻炼。

自律能力更强：我们一起制定了行动表格，对吃饭、写作业、看电视、运动等都设立了一个小小的标准，这个标准是他自己定的，所以也都能做到。

学会了感恩：校长每天在学校门口迎接同学们，老师也经常给他们讲一些感恩的故事和绘本，孩子慢慢懂得并感知了亲人、老师、同学等周围一切关心他的人对他的无私关爱，这些关心和爱护会让他长大了也能学会关爱他人、帮助他人，做一个善良的人。

这一年的变化，真的离不开班主任刘老师和其他老师的辛苦付出。换位思考，面对这一班有着各种各样想法的“机灵小不懂”，我真的应付不来。为了每一个小朋友都能健康快乐地成长，班主任和其他老师得消耗大量的心力去引导他们，不得不为老师们点赞，给老师们道一声辛苦。

一年级的生活即将过去，时间给了我们答案，解决了家长们的担心，也兑现了校长的承诺。但孩子的成长过程，家长也责无旁贷，不能把压力都给了老师。在教育上，老师更为专业，因此，作为家长，我们还是要积极配合。大家都是一个目的，就是让孩子健康快乐地成长，拥有一个多彩的童年。

丰富多彩的学习生活

朱紫嫣妈妈/周西

时光匆匆，女儿一年级的生活马上就要结束了。在这一年中，女儿从一名懵懂的幼儿园学生慢慢成长为一名懂礼貌的少先队员。学校在这一年的时间里举办了许许多多的活动，有爱心义卖活动、家长进课堂活动、广播操比赛、圣诞节活动、绘本故事的制作等。我也参与了其中的一些活动。

在下半年的家长进课堂活动中，我精心准备了一节美食课——“蛋挞的制作”。在这节课中，我从制作蛋挞需要的材料讲起，讲到制作蛋挞皮和蛋挞液的方法，最后到烤蛋挞的温度及时间。并且在课中，我还亲手制作了一批蛋挞让孩子们和老师们品尝。在制作的过程中，其他家长也上台动手帮忙，蛋挞的香味溢满整个教室。学生在这节课中不仅学到了知识，还尝到了美食，小脸上洋溢着开心的笑容。

绘本故事的制作活动中，我制作的绘本故事得到了老师的肯定。周二回家，女儿就会绘声绘色地讲故事。我一边听女儿讲故事，一边把女儿讲的故事记录在本子上，同时心中也在构思绘图。等故事讲完以后，我再慢慢地把插画画上去，这样，一个绘本故事就完成了。因为我是学设计的，有一定的绘画功底，所以我们合作完成的绘本故事得到了老师的表扬。

我还和女儿共同制作了南瓜灯。我们买了一个南瓜回来，为了把南瓜挖空，一家人共同努力，终于把南瓜挖出了一个大概的形状。在挖的过程中，孩子爸爸给她讲了西方万圣节南瓜灯的由来：传说有一个名叫杰克的人生前非常吝啬，因此死后不能进入天堂，而且因为他取笑魔鬼也不能进入地狱，所以，他只能提着灯笼四处游荡，直到审判日那天。人们为了在万圣节前夜吓走这些游魂，便用芜菁、甜菜或马铃薯雕刻成可怕的面孔来代表提着灯笼的杰克。在做好大致的形状后，我还按照女儿的要求，刻上了一个巫婆，让南瓜灯更精致。在制作的过程中，女儿非常开心地在旁边帮忙，大大提升了动手能力。

在这一年中，我们家长参加了学校的许多活动，孩子们在活动中不仅学到了很多课本中没有的知识，而且提高了动手动脑的能力。希望以后还能多多举办类似的活动，让孩子们的学习生活充满乐趣。

清晨

黄梓轩爸爸/黄春华

清晨是美好一天的开始，也是孩子们努力学习一天的开始。因为孩子才一年级，所以家长们都选择了接送孩子到学校，于是每天清晨人民路小学门口的交通就变得异常拥挤。

为了保证学校门口交通井然有序，也为了孩子们的安全，学校组织安排了保安、老师、学生家长一起参与了清晨学校门口的交通维护，一起热情地将孩子们从电动车、汽车上一一接下来，送进学校大门。作为家长，我实实在在感受到了清晨的温馨和学校的用心。

也许大家也都注意到了，在这个繁忙而温馨的场面里，每天都可以看到一个人，他就是人民路小学的掌舵人——吴校长。从冬天到夏天，从晴天到雨天，吴校长总是与大家一起忙碌在第一线。

一个下雨的清晨，我驾车带着孩子来到学校门口。因为下雨，学校门口显得更加拥挤，车速很慢，缓缓停靠，此时吴校长打着雨伞走上前来，面带微笑地拉开车门，热情地接下孩子，并主动与我说了声“再见!”然后轻轻地推上车门，转身带着孩子走进学校。也许这就是吴校长心中的“践礼修德”吧。

曾经与几位家长讨论过这所学校，虽然人民路小学是一所全新的学校，但大家看到了所有老师的努力，也见识了校长的品质，我们还有什么理由去怀疑我们的选择呢？我们相信这是一所能真正做到向善向上的学校，我们也相信孩子们在这样的熏陶下能够快乐幸福地成长。

清晨是美好一天的开始，是孩子们快乐幸福成长的开始，也是学校忙碌工作的开始！

我和彩虹花的约定

一（8）班

彩虹色的花，
温暖、美丽、梦幻而又充满哲理，
季节、色彩、友情、阳光、
生命、爱、付出、轮回……
它几乎包含了，
你能想象的一切。

当可爱的孩子遇见彩虹色的花，
微笑着
许下了关于爱的约定，
多美，多好……

赤橙黄绿青蓝紫，
你好，多么美丽的彩虹花。
我们都是独一无二的彩虹花！

成长，请带上这段话

当世界还小的时候，愿你慢慢长大；

当你在长大面前踌躇徘徊，请你记住，背后都有我；

四十五段文字，万千种爱，一个心愿——孩子，遵从内心，成为最好的自己。

濮靖书妈妈：孩子，你可知道，没有一种给予是应该的、理所当然的，所以我们要心存感激。你要学会有情有义，懂得珍惜和感恩。

刘雨嘉妈妈：人生的道路很长，我们只有在一次次的失败与挫折中才能逐渐成长。对于路途中的艰难，爸爸妈妈希望你能勇敢地面对并克服，因为要想不被困难打倒，那就只有去打倒它们。三分天注定，七分靠打拼，希望你能用一种良好的心态去学习与生活。

卫一烈妈妈：宝贝，你是一个聪明懂事的孩子。妈妈想让你明白一个道理：成功永远没有捷径，而是要靠自己的努力。希望你在今后的学习生活中能像赛马一般越过一道又一道高栏。

徐妙涵妈妈：宝贝，妈妈觉得你做事认真，在学校懂得尊重老师，是一个团结同学的好孩子。希望你以后在学习上能更加认真，懂得聆听，踏实地走好人生的每一步。将来做一个对社会有用的人，实现自己的教师梦。

董轶宸妈妈：孩子，你也许不是最优秀的，可爸爸妈妈希望你是最快乐的。成绩只能代表过去，未来才真正属于你。脚下的路还很长，无论何时何地，爸爸妈妈都希望你做一个诚实守信的人，一个深知感恩的人。

汪璇妈妈：漫漫人生路上，会有很多挫折和困难。宝贝，爸爸妈妈希望你遇到挫折和困难时能勇敢面对，不退缩！

毕昕妍妈妈： 孩子，没有人可以照顾你一辈子，所以你要学会爱自己，独立自强，做一个勇敢而温暖的人。

杨章皓爸爸： 孩子，你是个聪明勇敢的人，希望你以后能一直自强、自立、自信！

郑皓宇妈妈： 好的学习源于好的习惯。孩子，你不一定是学习最好的那个，但爸爸妈妈希望你一定是学习能力最强的那个，是学习习惯最好的那个。希望你能不断努力，达成自己心中的目标。

汪文清爸爸妈妈： 童年，每个人只有一次，童年就该有童年的样子：纯真、快乐。希望你无忧无虑地度过属于自己的这段阳光灿烂的日子。人生从来没有捷径，你所看到的“厉害”都是别人背地里下了功夫的。字写得好，话说得好，舞跳得好，棋下得好，等等，就不一一列举了。想把任何一件事情做到极致不仅仅是“我也会”及“我知道”就可以的，需要有恒心、毅力，以及不怕苦的决心。

刘一诺妈妈： 愿我的宝贝永远在爱的海洋里遨游，在幸福的天空里翱翔，平安快乐！

吴依玲妈妈： 宝贝，爸爸妈妈希望你能取他人之长，补己之短，生活中处处有学习榜样，人人都有值得效仿和学习的地方！

沈晓冉妈妈： 你要学会独立、自强，做个男子汉。在新学期里，积极参加各项活动，享受失败与成功，用新的面貌来迎接新的挑战。

张慧慧妈妈： 妈妈不要求你一定比别人强，但要求你积极上进，希望你养成诚实守信善良的好品德。

姜昊妈妈： 我最亲爱的孩子，路就在脚下，要勇敢迈步，不要牵挂。去奋力拼搏，只需记得：一条长长的路就在脚下，只需要一步步走下去！希望你在以后的道路上遇到困难能勇敢面对，勇于克服！

韦冰冰妈妈： 宝贝，人生的道路没有一帆风顺，遇到困难，爸爸妈妈希望你能坚强面对。在新的班级和同学友好相处，互相学习，互相帮助。

张晨希妈妈： 宝贝，希望你能在学习中找到快乐，在知识中发现财富，充分享受学习的乐趣。加油！

张紫涵妈妈：宝贝，爸爸妈妈希望你遇到任何问题，都能学会去面对、去解决，不管结果如何，都不要逃避退缩，加油！

汤子宸妈妈：亲爱的宝贝，我深爱的小男孩，希望这漫长的成长之路，有灿烂的阳光照亮你前行的步伐，有纯净的雨露滋养你的身心。希望你用你的坚持收获成功的喜悦，用学到的知识来回馈每一个爱你的家人、老师、同学！希望你一直这么健康快乐地成长！

解嘉欣爸爸：宝宝，爸爸希望你勿以善小而不为，勿以恶小而为之，坚实走好每一步，乐观、健康地成长！

江思静的妈妈：孩子，你渐渐长大，要明白在这个世界上有太多的东西，你得不到，但你要有一个端正良好的心态。以后的路曲折而又漫长，即便你有再多的不顺，都要积极面对生活及他人。

余智敏爸爸：你是个聪明爱动脑的孩子，有张“百灵鸟”般的小嘴。希望你凡事从小做起，学会仔细、认真地做好每一件事情。人生道路漫漫，一定要凡事靠自己，做个自强不息有奋斗目标的人。

王亚东妈妈：孩子，你聪明活泼，但人生路上不会一帆风顺，相信你会克服一切困难，走好人生的每一步。

尉来妈妈：大宝，以后的路很长，一定要坚强、勇敢、乐观，想要的东西要自己去努力争取，相信自己！

朱瀛海妈妈：孩子，妈妈希望你在以后的学习上有所进步。让所有的弱点和退步都成为历史，愿你能满怀信心地去迎接明天的辉煌！

张翔爸爸：孩子，我很欣赏你的天真、可爱、独立、善良！“少壮不努力，老大徒伤悲”，你我共勉！

谷宇航妈妈：孩子，希望你继续秉持人之本性，做个善良的人。微笑面对未来，努力成为“彩虹花”丛中最绚烂的一朵。

袁若萱妈妈：宝贝，你今天的进步，是通过昨天的努力获得的，爸妈希望你能用今天的努力换取明天的进步。努力勤奋，才是成功之道。

李振妈妈：宝贝，爸爸妈妈希望你能够更主动地学习，找到自己的不足，加以弥补。成绩代表过去，这学期继续加油！愿你健康、

快乐！

施沁妤妈妈：孩子，你正处在最令人羡慕的年纪，你面前的条条道路金光灿灿，愿你快快成长起来，去收获你光明的未来！

邱诗园爸爸：亲爱的孩子，人生总会经历挫折，有的人在挫折中成长，有的人遇到挫折就退缩。爸爸妈妈希望你勇敢面对困难，快乐学习、健康成长！

周阳爸爸妈妈：宝贝，爸爸妈妈希望你永远是个快乐的孩子。要相信生活永远充满阳光，爸爸妈妈会陪着你长大！我最亲爱的孩子，路就在脚下，要勇敢迈步，用你的青春去闯荡，用你的意志去开拓。只需记得，在遥远的后方，有人会永远地注视着你，这就是爸爸妈妈，我们会默默地把你放在心上！

张雨欣爸爸：宝贝，爸爸妈妈希望你以后能更加独立、坚强、自信。希望你能开开心心、健健康康地成长！

马孜鹏爸爸：孩子，一直以来也许是爸妈的时间有限，对你的关爱不够，你一直不受关注的学习成绩总是让我们担心。可是经过这次的期中考试，我们发现你并不笨，只要努力就没有你做不到的。希望你今后在老师的关注和爸妈的关爱下学习成绩能更上一层楼。

赵佳璇妈妈：宝贝，你的性格有点内向，不怎么主动地去学习、交友，爸爸妈妈希望你能开朗点、自信些。你很聪明，我们相信你能更好地去学习、生活。愿你以后能更上一层楼，并且能够开心每一天！

殷若茜妈妈：亲爱的宝贝，爸爸妈妈希望你通过自己的不懈努力，长大后能够自信独立，勇敢无畏，不扭捏、不矫情，诚信善良，并且懂得感恩社会。

田泽羽妈妈：孩子，希望你学习时做到细心、认真、踏实。做人真诚，对老师尊敬，对同学关心，多动脑的同时还要多动手。凡事都要冷静，不能急躁。小鸟只有展翅才能飞翔，望你迈好人生第一步。

黄晨阳爸爸：宝贝，爸爸希望你是一个有自信的、做事和做人都面对现实的好孩子。希望你面对困难不低头，在人生的道路上快乐成长，开开心心！

李佳轩妈妈：亲爱的宝贝，爸爸妈妈希望你能成为一个对社会有用的人。要懂得感恩：感恩家人，感恩老师，感恩每一位对你付出的亲人和朋友！不要胆怯，不要回头，要勇敢地坚持初心，大步地往前走！

李佳明爸爸：宝贝，你逐渐长大，也越来越懂事了，在今后的学习生活中要更加努力。你要记住，学习是不能偷懒的，懒一分钟，你的起步就比别人慢一个节拍。做什么事情都要脚踏实地，一步一个脚印，你才能走得更远。在新的学期里期望你保持良好的习惯，改正缺点，不管你在哪里，爸爸妈妈坚信，通过努力你会是最棒的！

石佳芮爸爸：孩子，希望你能改掉粗心大意的小毛病，在考试时认真审题，尽自己最大的努力，别让老师和我们失望，更别让自己失望。希望你能一步一个脚印踏踏实实地走下去，努力读书，培养学习的自觉性和主动性，增强学习的责任感，带着我们的期望，勇敢地向前迈步！

孔仕杰爸爸：宝贝，爸爸妈妈希望你踏实做好每一件事，做一个健康、自信、快乐的少年！

汤烁嘉妈妈：盼望宝贝在新的学期里有新的进步，尊敬老师，爱护同学，上课认真听讲，能积极发言；盼望宝宝能养成良好的学习习惯，自己检查作业，自己整理书包；盼望你今后能够更大胆些，多与同学交往、沟通。

张宸逸爸爸：孩子你已经像自己说的，是个小小少年了。今后做事要更加细心，认真观察，不断积累，做一个独立自主的男子汉，才能立足于这个社会。加油！

一年时光，情趣悠长

班主任/尹相慧

回想毕业那年的夏天，告别充满情怀的大学生活，告别白衣飘飘的纯情时光，带着脱离校园的不舍和对教师职业的憧憬，缘分了然，

我来到了人民路小学。在这里，我遇到了一群对教育有热忱、对孩子有爱心的同事；遇见了一群天真烂漫、单纯可爱的孩子……如今静下心回味这一年所发生的事，初为人师的忐忑与喜悦还在，对教育事业的热情还在。这一年，我走过的每一步，都积淀在时光深处，记忆犹新。

“尹老师好”“尹老师我最喜欢上你的课了”“尹老师今天可真漂亮”……那时我刚站上三尺讲台，每每听到孩子们稚嫩却真诚的问候，都能抚慰我内心的紧张与不安。正是这群孩子对我的喜爱，帮助我度过了刚做教师那段最难熬、最忐忑不安的岁月。

那时，最令我紧张和害怕的是学校里每个月对教师的考核课。作为一名刚毕业的本科生，没有教学经验的我就像一只无头苍蝇一样四处乱撞。我的课堂把控能力、组织管理能力、课堂教学策略等都存在很大的问题，因此，在宣布月考核结果时，毫无疑问，我是良好。人总是会在挫折中学会进步。那个时候，为了提升自我，我会一个人默默地利用课余时间观看优质课视频，我会一个人偷偷地在夜深人静的夜晚跑到操场上反复练习无生试讲，我会在上课后及时进行反思……就这样，我在不断的学习与进步中，度过了当教师的第一个学期。

时间在消逝，从盛夏到严冬，伴着新年的喜庆气氛，我们迎来了新的学期。而我，也多了一个新的身份——一年级八班的班主任。带着惴惴不安而又激情满满的心情，我再次踏上新的征程。

“尹老师，我肚子有点不舒服。”“尹老师，我不喜欢吃这个菜，可以不吃吗?”“尹老师，某某某课间在大走廊上跑!”……每天，我耳边都萦绕着各种各样的声音。时间久了，处理的事多了，我会在某个疲惫的瞬间产生厌倦感。但是，这时候孩子们在不经意之间带给我的一个小惊喜、一个小感动会让我瞬时战胜疲惫。讲台上经常出现的五花八门的小卡片，上面用汉字夹杂着拼音一字一画地写着“yin 老师，我爱你!”“尹老师，nin 真好看。”看着这些文字，我想：这大概就是教育真正的样子吧。孩子们真的能融化你内心所有的忧愁。就这样，在孩子们爱与温暖的包围下，我继续前行。

班主任工作千头万绪，每天既要和孩子们打交道，又要和家长们沟通。起初，我会因为班级群内一个家长突然的提问而不知所措，我会因为如何发一则通知而苦恼。而现在的我，更多的是坦然、从容。因为，在我的背后，有一群支持配合我的“家长朋友”。

“六一”儿童节那天，学校举行了“玩转童年、欢度六一”之水果拼盘活动。卫一烈妈妈的一个举动至今都让我为之感动。在水果拼盘制作过程中，卫一烈妈妈不小心割破了手指。慌乱之中，我暂时找了一张纸巾给她止血，并向她表明了她可以到旁边休息的意思。待我拿创可贴过来时，我看到鲜血已经浸湿了纸巾，可是她仍旧低着头拿着刀子在一根香蕉上雕刻，丝毫没有任何波动。当我询问她为何不去休息时，至今我都清晰地记得她当时的回答：“没事的！我没关系的，我要把它做完，不想让孩子们失望。”说罢，她简单地用创可贴包扎了一下伤口，又继续埋头雕刻。水果拼盘展示时，我惊喜地发现，她的创意作品是一个用香蕉雕刻而成的“小黄鸭”造型，那是一个特别需要刀功的作品。看着这个作品，又想到她说的话，那一刻，我的眼眶湿润了。在班主任这条路上，有一群如此贴心的“朋友”的陪伴，我还有什么畏惧的呢？

一年很短，短到我还未细细回味，时光便伴着淡淡不舍与眷恋悄然流逝。一年很长，长到每一个瞬间都会定格，在脑海中循环倒带。人总是经历得越多，成长便越快。生活一直往前行驶，在短促而又漫长的一生中，我们在努力地追寻着人生的幸福，可幸福或许就渗透在生活的点滴中，潜移默化。在“人小”的这一年，感谢那些教会我成长、教会我长大的“老师”。

我们这一年

濮靖书妈妈/徐斐

过去的一年，是见证孩子成长的一年，有开心、欢乐的时刻；有激动、紧张的时刻；有兴奋、感动的时刻；也有失败、情绪低落的时刻。

从幼儿园进入小学，刚开始我很焦虑，孩子这么小，能找到自己的班级吗？能和小朋友和睦相处吗？能成为老师心目中的好学生吗？……心里有好多好多的疑问，但孩子告诉我：“妈妈，我能行!”老师安慰我：“没事的，孩子很棒的!”我心里充满了感动。“人小”的老师是温暖的、体贴的，能让我们家长放心，也能让孩子们健康自由地成长。

濮靖书是一个要强的孩子，记得第一次在家和爸爸下棋的时候，他输了，哇哇大哭。我非常惊讶，孩子输不起，怎么办？后来我就尝试让他受一点挫折，对他进行挫折教育，慢慢地，效果还是明显的。进入了“人小”，我也和丁老师聊了聊孩子的性格。丁老师非常和蔼，不仅帮我一起解决孩子的教育问题，而且孩子在学校的表现，她也会抽时间跟我说。我和他爸爸在谈到丁老师和王老师时，觉得她们都非常尽心尽责，真的是把学生当成自己的孩子了。濮靖书也经常回来说喜欢哪个哪个老师，我在想，孩子能喜欢老师，那就一定能爱上学习。

一年级下半学期，由于搬迁新校重新分班了，所以濮靖书有点难过，但这是公平、公正的分班，我们虽然不舍，也无能为力。但是我跟他说了，没关系的，新的班级有三位老师呢，有尹老师、许老师，还有一位武实小来的蒋老师，都是受人爱戴的好老师。我说老师们会和以前的丁老师、王老师一样关心他的，慢慢地，他接受了，并且过渡得非常顺利。通过这件事，我认识到，他很念旧，也很感性。

“玉不琢，不成器”，在这一年中，濮靖书最大的成长应该是做主持人的经历。首先，要非常感谢老师们给予的机会，还有跟他自己的努力也是分不开的。记得第一次主持“爱我中华，唱响童年”时，他很紧张、很羞涩，虽然从头到尾都背下来了，但还是要看着主持稿。结束后，我问他感觉如何，他说：“紧张，所以就一直看着主持稿了。”我能理解，因为这是他第一次上台主持，我觉得孩子已经很好了，不管怎样，对于他来说，已经成功了。但我在肯定他的同时，也指出了他的不足之处。后来，每半个月一次的升旗仪式主持也是非常好的锻炼机会。今年武实小教育集团的“六一”活动“厉害了，我的伙伴”，不仅整个活动举办得很成功，孩子的主持能力也有所进步，既稳重又大方。在这里，我要感谢“人小”对孩子们的培养，感谢每位老师的辛勤付出，老师们辛苦了！

“人小”的活动是丰富多彩的，如包汤圆、万圣节活动、设计班徽班诗、端午节活动等，孩子的参与度非常高，兴致也很高昂。另外，“父母课堂”开展得也特别好，爸爸妈妈们可以走进课堂，给孩子们讲一讲课堂外的知识，有的是动手的，比如做蛋糕、包饺子、画脸谱；有的是讲故事的，如讲雷锋的故事、讲端午的由来等。“父母课堂”结束后，孩子总是回来兴致勃勃地和我们讲学到的知识，感觉棒棒哒！

在学习方面，我留意到学校的家庭作业除了布置常规的作业外，还每天都要求阅读半小时，我觉得这一点非常有必要。上学期，濮靖书阅读时一直要爸爸妈妈陪着，讲给他听。这学期，他认识的字多了，每天愿意自己阅读，有时候还会提醒我呢。孩子现在对军事、绘本故事方面的书很感兴趣，每天都会自己抽时间去阅读。每天放学后，他回到家也能主动做作业，不懂就问。平时我们也会给他布置点课外作业，他不仅能按时完成，还能举一反三，这和老师的辛勤教育是密不可分的。

在生活中，这一年濮靖书也有了较大的改变。不管是做家务劳动，还是孝老爱亲、尊敬长辈，或者是遵守社会公德，与以前比他都有了长足的进步。种种迹象证明，从幼儿园进入小学，他正在进行角色的转换，知道什么时候该做什么，思想也在慢慢成熟起来。

一年级才是学习征程的第一步，我们也将陪伴孩子不断努力，使他真正做到在家是个好孩子，在校是个好学生，在社区是个好公民。最后，我想对孩子说：“成长路上，如果遇到了荆棘，你想绕开这条路的话，就错了。你还不如披荆斩棘，就算最后遍体鳞伤，你付出了，总比那些不付出坐收渔翁之利的人强。”

我们这一年

卫一烈妈妈/罗秀枝

时光荏苒，转眼间这个学期就要结束了，孩子们即将升入二年级。回想这一年的时光，孩子收获了满满的快乐与荣誉。

我们一（8）班是个友爱、温暖的大家庭。语文老师的风趣、幽默让孩子们对所学的知识点记忆深刻。

记得有一天吃晚饭时，我不知不觉就吃完了第一碗，还想再添点，刚一起身，乐乐在那不紧不慢地说："女人要想美，肚子不能大。"我诧异地看着他："这是在说我吗？怎么会冒出这么一句话。"看到我惊讶的表情，乐乐笑得合不拢嘴，说是老师上课时为了教学生如何写好"女"字而提出的一个形象的比喻，就是写"女"字的时候肚子不能写太大，否则字就不漂亮了。好小子，居然把老师教学的话在这个时候用在了我的身上，真是学以致用啊！还有各种歇后语、猜谜语，他经常回来考我们。有次又把我给考住了，"小白去厂里上班"打一字，我想了半天，愣是没想出来，看把他得意的！

一年级新生年龄小，心智发育尚不成熟，还处于形象思维阶段，而数学知识又比较抽象、枯燥，因而孩子们很难做到专心听讲。然而这些在我们的许老师这里都不是问题。

第一次家长公开课正好是数学课，课上老师运用举一反三、趣味的讲解，使孩子们兴致高昂，举手发言也是特别积极，毫不示弱。表现好的不但能得到老师的肯定，全班的孩子也会"狠狠"地为他点赞。老师把学生的热情调动得如此张弛有度，家长们也被深深地感染了，像个孩子一样认认真真地听着，随着孩子们时而哄堂大笑，时而冥思苦想。

我们可爱的班主任老师像位大姐姐一样每天细心地呵护着孩子们，教导孩子们懂礼貌、守纪律。在操场上与孩子们尽情玩游戏、做运动，那是孩子们最开心的时刻。

有一天孩子问我："妈妈，你猜我们尹老师几岁啦？""二十几岁吧。"孩子听了一个劲儿摇头："不对不对！"接着，他非常肯定地告诉我，"我们尹老师只有十八岁，嘻嘻。"可见我们的班主任"大人"在孩子们的心里是多么可爱又可亲。作为老师，跟孩子们能够像朋友一样相处，严而有度，成为孩子们真正的良师益友，也是孩子们的福气。

孩子在这一年里通过自己的努力和老师的辛勤教导，不仅能熟练地背诵古诗文，还认识了许多汉字，更在课余时间阅读了大量的课外书，从书中明白了许多道理。

每次学校有活动，孩子都会积极参加，在各方面也都有了很大的突破，性格变得开朗多了：在“做雷锋式好儿童”讲故事比赛中得到了老师们的一致好评，荣获特等奖；红领巾心向党“四好少年”我争当活动，在众多优秀的学生中，不辜负老师和家长的期望，被授予常州市“龙城好少年”奖章。荣誉和成绩的背后是老师们辛勤的付出。

每周一的升旗仪式时刻激发着孩子们的爱国之心和报国之情。我家乐乐也不例外，在看到别的班级的小小升旗手威武洒脱的样子时，就悄悄在心里种下了梦想：我也要当一次升旗手。

孩子的梦想终于实现了。那天，伴着庄严的国歌，当孩子看到五星红旗在自己的手中冉冉升起时，稚嫩的脸上洋溢着自豪，孩子为实现心中的梦想而骄傲，同时也更加坚定了学习的方向。

新学期、新起点，新的目标和任务在等待孩子们去完成。

祝愿孩子们新的学期健康、开心、进步！

我们这一年

刘雨嘉妈妈/章萍

2017 年 9 月 1 日，这是人民路小学迎来首届入学新生的一天，也是我们家孩子正式步入小学阶段的第一天。因为新校区刚刚落成，考虑到孩子的健康成长问题，我们的吴校长及相关领导经过再三考虑，最终决定让我们人民路小学的孩子在武实小集团中的李公朴小学过渡一个学期。

在刚入学的第一学期，因为条件限制，每个班的孩子人数都是有所超出的，但是老师们并没有因为孩子多而有所抱怨，更没有疏于管理和教育。班级的工作有条不紊地进行着，家长会的组织、家委会的成立、“超级爸妈”课程的开展、期末的感恩活动等，都让我们的孩子变得更加自信。

过渡的半个学期很快就过去了，2018 年 2 月 25 日，我们的孩子正式搬入了人小崭新的教学楼。考虑到之前班级人数太多，所以开学前学校又重新划分了一个新的班级，也就是我们现在的这个一（8)班。

和很多家长一样，刚进这个班我也是怀着一颗很忐忑的心，怕孩子一时适应不了新的班主任，适应不了新的任课老师等。然而这些疑惑才刚刚过了不到三天的时间，就在我和孩子的聊天中彻底释然了。孩子告诉我，她很喜欢尹老师，也非常喜欢蒋老师和许老师，她的老师们上课都非常有趣，同学们都很喜欢听，老师们还会自己花钱给他们买奖品，他们现在学习可有劲了。确实，面对这样有责任心又非常有爱心的老师，孩子们能不喜欢吗？

很快，我们这个班就重新成立了家委会，我也非常荣幸地成为其中的一员。孩子们也通过竞选，选出了班长、学习委员、宣传委员等，成立了一（8）班的班委会。有了这些职务的约束，我觉得孩子们学习也更加有动力了，因为他们都想为自己的班级争光。记得有一次，孩子放学回家告诉我，这一周他们班因为有些小朋友的表现不是很好，所以没有拿到流动红旗，大家都很不开心，但是转而又告诉我，他们下一次一定都会好好表现，争取再次拿到流动小红旗。一个一年级的孩子就有这样强烈的集体荣誉感，我真的很欣慰。孩子们的这些正能量，离不开老师的精心培育，真的非常感谢我们一（8）班的全体老师。

正所谓活到老学到老，孩子在学习的过程中，也需要我们这些做家长的能够参与其中，给他们起到一定的榜样作用。本学期，吴校长还特意为我们请来了王坚定老师，上了一节别开生面的礼仪课——

"家长的礼仪水平与孩子的健康成长"。我觉得其中的一句话说得非常好——"礼貌不花钱，但是最值钱"，我想这句话适用于各类人。

"六一"这一天，我很开心能和老师，还有部分家长一起陪孩子们度过了一个美好的儿童节。水果拼盘活动中，我们几位家长可谓八仙过海，各显神通，拼出的图案得到了老师和孩子们的一致好评。在丢沙包、投篮球、打保龄球的比赛中，孩子们也是使出了浑身解数。

一年级的学习生活即将结束，通过这一年的学习，我认为孩子对知识的掌握还是不错的。在生活自理还有与同学、老师的相处等方面，都有了特别大的进步。对于即将开始的二年级学习生活，我们希望，在学习上要保持以往的好习惯，改掉做事太慢的坏习惯；在组织纪律方面，要严格要求自己，先做好自己，再协助老师管理好班级；积极参加各种活动，展示自己，丰富经历。另外，还要合理安排时间，提高学习效率，锻炼身体。因为，只有拥有了健康的身体，才能拥有美好的生活。

在这一年里，发生了太多的故事，留下了太多的感人画面，千言万语道不尽，唯有再次衷心感谢学校老师和领导对孩子们的辛勤培育，感谢积极参与学校和班级各项活动、默默付出的家长志愿者们，是你们的努力付出，让孩子们度过了快乐的一年级。

我们这一年

徐妙涵妈妈/吴颖

岁月如梭，感慨万千，我的孩子马上就要上二年级了。当班主任尹老师传达学校在开展"我们这一年"征文活动时，内心有些忐忑，因为上学时最怕写作文。回想这一年，有太多令人感动的事和人，有好多的话好多的事想和老师、学校、家长一起分享，心中莫名感慨，鼓足勇气写下了“我们这一年”。

2017 年 9 月 1 日，我的女儿正式成为人民路小学一年级的学生，当天，学校举办了新生入学仪式，每个孩子都写下了自己的愿望，贴在愿望树上。刚跨入小学大门的孩子是那么纯洁，他们对自己的小学生活和未来充满美好的憧憬。2018 年 2 月 25 日，孩子们搬到了属于自己的学校——人民路小学，在这里放飞自己的梦想。

在这一年里，学校开展了各种各样的活动。学校一直贯彻真、善、美的教育，在孩子的成长路上播下真、善、美的种子，让每个孩子都有一个丰富多彩的童年。我不善于用华丽的文字来写文章，只是想和大家分享几件小事，几件很小很小的、就发生我身边的事，也许大家会觉得很平凡，因为这样的事每天都在发生……

春节过后，第二学期开学不久，记得那天放学后孩子回到晚托班，晚托班的老师联系我说孩子的眼睛不舒服，一直流眼泪，问我要不要带去医院看看，是不是有东西进去了。我和孩子她爸急急忙忙地赶过去带着孩子去医院做检查，在医院医生问她什么时候开始流泪的，还有哪不舒服。她告诉医生：“下午快放学的时候开始有点不舒服有点流泪的。”我家孩子本身比较内向不爱说话，一般有什么事她不会主动和老师说的。我就问她：“不舒服怎么不和老师说啊？如果下次哪儿不舒服一定要告诉老师。”因为也不碍事，就是眼睛里进了点东西，配了眼药水我们就回家了。我这人平时就喜欢写个“说说”发个朋友圈，后来我在自己朋友圈说：“这孩子不舒服也不知道告诉老师，什么时候可以变得外向勇敢一些？”大概过了几分钟，我突然接到班主任尹老师的电话，她第一句就是道歉：“不好意思，因为工作上的疏忽，没有注意到孩子不舒服。现在怎么样了？有没有去医院检查，医生怎么说的……”面对一连串的关心和问候，当时我真的很吃惊也很感动，我就和她说：“这又不能怪你，全班 40 多个孩子，你总不能一个个一直盯着，再说刚开学搬学校事情又那么多。孩子只是眼睛里进了点东西不舒服有些流眼泪，她也没告诉你，怎么能怪你呢？”接着，尹老师跟我交流了孩子的在校情况。本以为这件事就这样过去了，第二天我们也没特别在意孩子的眼睛，因为从医院回来后就好了，眼睛不再流泪了。但接下来的第二天、第三天，尹老师还特意每天帮忙观察孩子的状态，即使外出听课也特意请数学老师许老师多留意并帮忙滴眼药水。尹老师对孩子的关爱让我们做家长的心里酸酸的，我们自己都没有这么细心地对待自己的孩子。真的谢谢尹老师，让我真正看到我们学校一直贯彻的真、善、美。

我和孩子她爸爸都是上班族，平时没有时间接孩子，孩子是晚托班接的。这学期开学大概一个月，有次我正好下午有空去接孩子放学，遇到尹老师，像每一位接孩子放学的家长一样，我也向尹老师问了我家孩子在学校的表现情况。当时尹老师和我说正准备联系我的，这段时间她一直关注我家孩子，孩子学习成绩有点下滑，最近数学、语文测试成绩都不怎么理想，上课爱做小动作、走神等。不过现在刚开学一个月，要克服改掉这些小毛病，一切都还来得及，还谈到我家孩子的性格有点内向，要多多鼓励她、锻炼她。

转眼这个学期也快结束了，孩子真的进步了许多。好几位孩子同学的家长见到我都问："听说你们家妙妙这学期不管哪方面都进步很大啊！成绩不错，还经常参加学校的活动，比以前开朗自信了好多。"每个父母都是有点儿虚荣心的，听别人夸自家孩子，心情也会跟着好起来。我知道这一切都离不开老师的教导和鼓励！

昨天在家看课外书，读到一首诗歌《动物园欢乐多》，孩子觉得这首诗特别美，读了好几遍。突然，她说要把这首诗写下来，送给蒋老师。我就问她为什么要送给蒋老师，这是写动物园的诗歌又不是写老师的。她说："我就要送给蒋老师，因为我喜欢蒋老师，她每次看到我都笑。"孩子的心是单纯的，不掺杂一丝的杂念，她喜欢谁是发自内心的、本能的。平时我们都上班，因此和老师见面的机会也不多。记得上次参加家长会，蒋老师一直面带微笑，发自内心的笑容给人的感觉就是特别亲切，让人愿意去接近她。可以看出她对这份工作的热爱，对孩子们的喜欢。有次我家孩子语文测试考得很不理想，给她写了错题分析后，我给蒋老师发了微信。本来还担心已经太晚会不会打扰到老师休息，犹豫要不要和老师联系，谁知蒋老师看到我发的信息后，很快就给了回复，帮我一起分析了孩子这段时间存在的问题，并针对孩子自身的问题给出了一些建议。心里一直记得蒋老师那句："她确实很可爱，我也真的很喜欢她。她上课也很认真，一次没考好不代表什么，相信她后面会越来越棒的。"第二天，我把原话说给孩子听了，她当时就一直抬着头看着我，没有说话，一副思考的样子，估计在琢磨老师的话。后来她确实也按照老师的话在努力，成绩比以前进步了很多。孩子回家经常和我说，蒋老师今天又表扬她了，夸她一直坚持写日记，说她是写话小能手。孩子还经常自己做一些小的折纸带去学校给老师。在我们大人看来，这折的是什么啊！老师也不一定喜欢吧！可是在孩子眼里，那是她要送给自己亲爱的老师的礼物，那是她对老师爱的诠释。

有次孩子放学回家带回两根彩色的线，像宝贝一样珍藏着，说是要用它们做一个书签送给许老师。然后自己剪了一个歪歪扭扭的红色圆形，把彩线绑在上面，上面写着："许老师，我爱你！"我就问她："你做的这是什么啊，为什么要送给老师？""这是我最近学习进步，许老师奖励我的，这个红色的圆形是我最喜欢吃的大红桃，我要送给许老师做书签。"我看了下反面，虽然擦掉了，但是还能模糊地看到上面写着"妈妈我爱你"。"咦！怎么又不送给妈妈了？"她给我的回答是："我觉得许老师更适合，因为这个彩绳是许老师奖励我的啊。等我有空了再给你做一个。"一副小大人的模样。我当下有些许吃醋，但是心里还是挺开心的。许老师给我的感觉很知性、儒雅。"六一"

儿童节学校举办水果拼盘的活动，当时我正拿着小刀抠西瓜瓤，许老师经过时说小心点别碰到手，还和旁边的小朋友说，等会阿姨把刀放下来时和阿姨一起用勺子挖里面的瓜瓤。可能很多人会说这个小事有什么好说好写的，但就是因为是小事，我才更觉得心里很温暖，可以看出她平时上课肯定也是很认真负责的。我和许老师聊了我家孩子上课怎么样，许老师说挺好的，上课很认真，学习不用操心，她比较单纯，上课有时爱低着头，然后许老师笑着问我家孩子："是不是啊?如果上课把头抬起来会更好。老师很期待哦!"我记得以前我问过别的老师我家孩子在校的情况，老师给我的回答是："你家孩子啊，比较幼稚，没有进取心，上课总是喜欢低着头，不喜欢举手回答问题。"当时我心里一凉，气急败坏地回家把孩子揍一顿。虽然事后自己也后悔，可当时就是没忍住。但是许老师的回答让我既看到了我家孩子的不足，也看到了优点，回来后我就和孩子说："老师都表扬你学习认真，如果我们上课可以抬起头积极举手会更棒。"有时同一句话、同一种意思，不同的说法、不同的表达，真的能给人带来不同的影响。

前些天，我们几位家长还在闲聊不知道会不会换老师，我说希望我们班的老师可以一直带我们孩子到小学毕业。我觉得孩子能遇到这么好的老师，真的很幸运，在这么好的环境下学习，我相信她一定会拥有一个美好的童年。

我和糖宝的一年级

毕昕妍妈妈/蒋玥

作为一个与时俱进、努力倡导科学育儿的妈妈，我支持孩子"快乐成长，自由长大"，反对孩子过早算术写字。幼儿园的时候听说某个同学每天回家要做100道数学题，写50个汉字，我欣赏孩子的聪明伶俐，字写得端正整洁，对她的家长却嗤之以鼻，觉得孩子被剥夺了玩耍的时间。等我孩子上了一年级，我突然觉得他们那样做并没有错。

孩子一年级马上结束了，我用四个关键词来总结一下我们这一年。

焦 虑

幼升小的暑假里，大多数孩子都在上幼小衔接班，我盲目地觉得孩子会像我小时候一样是个“学霸”（不知道谁给我的自信），所以毅然决然地把娃送回了老家。一开学，傻眼了。首先是作息时间的焦虑，孩子起床困难，每天早上出门都跟打仗似的，中午不能睡午觉，担心孩子下午没精神上课；接着是拼音完全跟不上的焦虑，孩子能很顺溜地背出拼音字母，就是对不上号，我一度怀疑这是不是自己亲生的，怎么一点不像我小时候那么伶俐；还有就是对骨折的胳膊的焦虑，暑假里孩子右手手臂摔骨折了，开学还套着防护套，医生说要一年半才能完全康复，特别担心她体育课又弄伤，也担心她左手不会写字。

这些焦虑伴随了我差不多一个学期吧，所以我开头说的那些让孩子提前学算术、拼音、写字的家长并没有错，起码他们赢在起跑线上了。

温 暖

孩子手臂骨折，我怕她体育课再次受伤，事实证明，这种焦虑是多余的。老师们看到她胳膊吊着，特别照顾她，值日都安排了一个最轻松的活给她——检查红领巾；体育课的时候老师也不让她跑步，让她在旁边看着；写作业的时候因为右手还使不上力，写的字总是歪七扭八，可老师还是鼓励她，大多数给她个“优”……

所以在我暗自焦虑的时候，老师和同学们给予她的温暖相护，让她迅速适应了小学生活。她经常回来跟我讲一天发生的有趣的事，看着她伤着胳膊还开心快乐的样子，让我一度脑子里飘过“身残志坚”这个成语。

缘分

如果说第一学期的分班是随机的，那么第二学期的分班就是缘分了！从各个班级抽调出来重组的一（8）班，成了唯一一个体育老师带班的班级，这是缘分！孩子意外地遇到了幼儿园的好朋友徐妙涵，还成了同桌，这是缘分！比其他班的孩子获得了更多的同班同学，这是缘分！

也许大家都是彼此人生中的过客，让我们珍惜每一个从我们的世界里路过的人吧！

坚持

作为一个文青妈妈，我的座右铭是：阅读是一种高贵的坚持。所以我鼓励糖宝阅读，正经的、不正经的书看了几箱子，不管多晚，起码读两页书再睡觉。也许记不住多少内容，但这就是习惯的培养，爱好的培养，毅力的培养。

作为一个爱臭美的女生，她的理想是当一名舞蹈演员。小班开始练舞蹈基本功，似乎也没有人逼着她学，她却坚持下来了，舞蹈课成了她唯一的辅导班。上了一年级后，她很高兴能加入学校的舞蹈队，为了给老师和同学们呈现一场场精彩的演出，中午别人在休息，她们在训练；放学了别人在休息，她们在赶作业。

糖宝，人生是场马拉松，前面跑得慢点也不可惜，你比妈妈想象的更勇敢、更坚强、更有毅力，保持住耐心，按照自己的节奏奔跑的人会跑得更远。

谨以此文记录糖宝的一年级，我们的一年级！二年级，我们再一起努力哦！